Stan Wolf

STEINE DER MACHT

BAND 5

FINSTERNIS IM ZEICHEN DES KREUZES

▲

novum pro

www.novumverlag.com

Bibliografische Information der Deutschen Nationalbibliothek:

Die Deutsche Nationalbibliothek verzeichnet diese Publikation in der Deutschen Nationalbibliografie. Detaillierte bibliografische Daten sind im Internet über http://www.d-nb.de abrufbar.

Alle Rechte der Verbreitung, auch durch Film, Funk und Fernsehen, fotomechanische Wiedergabe, Tonträger, elektronische Datenträger und auszugsweisen Nachdruck, sind vorbehalten.

© 2013 novum publishing gmbh

ISBN 978-3-99038-293-6
Lektorat: Dr. phil. Ursula Schneider
Umschlagfotos: Stan Wolf,
Kriss Szkurlatowski | stock.xchng,
Lotophagi/seeingimages/Taigis | Dreamstime.com
Umschlaggestaltung, Layout & Satz: novum publishing gmbh

Die vom Autor zur Verfügung gestellte Abbildung wurde in der bestmöglichen Qualität gedruckt.

Gedruckt in der Europäischen Union auf umweltfreundlichem, chlor- und säurefrei gebleichtem Papier.

www.novumverlag.com

MACHT HAT VIELE GESICHTER
DAS STREBEN NACH MACHT IST UNS EIGEN
DIE STÄRKSTE MACHT
LIEGT IM VERBORGENEN

▲

VERGANGENHEIT GEGENWART ZUKUNFT
ALLES EXISTIERT GLEICHZEITIG

www.stan-wolf.at

VORWORT

▲

Vieles ist zu unfassbar, als dass man es einfach niederschreiben könnte. Vielleicht sollte es auch verborgen bleiben, denn der menschliche Verstand nimmt nur jene Dinge zur Kenntnis, welche ihm geläufig sind. Deshalb schreibe ich dieses Buch als Roman.

Es bleibt dem einzelnen Leser überlassen zu beurteilen, was er als Tatsache anerkennen möchte.

In dem gleichzeitig erschienenen Großformat-Hardcover-Buch *Bildband – Steine der Macht* sind über dreihundertfünfzig Hochglanzbilder zu den Schauplätzen und Artefakten aller fünf Bände von Stan Wolf zu sehen.

DANKSAGUNGEN

▲

Mein Dank gebührt Elisabeth und Herbert, den beiden Polizisten, sowie Claudia, welche mitgeholfen hat, Verborgenes ans Tageslicht zu bringen.

Peter, der Graf vom Palfen, war mit seiner unnachahmlichen Art eine große Hilfe.

Pfarrer Schmatzberger hat mir Denkanstöße gegeben, mystische Pfade weiter zu verfolgen.

Roland, der Apotheker und Rosenkreuzer, wies mir den Weg zum Eingang.

Becker, der Illuminat, hat maßgeblich zur Aktivierung des Mysteriums beigetragen.

Und ganz besonders danke ich meinem Freund Lutz aus dem Norden Deutschlands, der einen überaus interessanten Beitrag zu diesem Band eingebracht hat.

INHALTSVERZEICHNIS

▲

Einleitung	Was bisher geschah	10
Kapitel 1	Der Spuk in der Wolfshütte	17
Kapitel 2	Adventsgespräche	26
Kapitel 3	Schloss Mauterndorf, Sommer 1941	29
Kapitel 4	Die Gedenkstätte	31
Kapitel 5	Schörgen Tonis Höllenfahrt	40
Kapitel 6	Die Herrschaft der Kirche	54
Kapitel 7	Der Zauberer Jackl	64
Kapitel 8	Die Wolfsmünze	73
Kapitel 9	Das Vermächtnis	78
Kapitel 10	Die Raben am Untersberg	82
Kapitel 11	Die Benedictus-Kreuze	87
Kapitel 12	Die dunkle Macht	92
Kapitel 13	Die Innere Erde	97
Kapitel 14	Das Portal nach Argentinien	100
Kapitel 15	Die Zeittore vom Karnak-Tempel	107
Kapitel 16	Rassuls Geheimgang	117
Kapitel 17	VITRIOL	132
Kapitel 18	Die Flugscheiben des Generals	137
Kapitel 19	Das Sonderkommando	141
Kapitel 20	Im Kreml Mitte der Achtzigerjahre	148
Kapitel 21	Unbekannte Flugobjekte über dem Irak	151
Kapitel 22	Die Figur vom Obersalzberg	155
Kapitel 23	Im Schoß von Mutter Erde	161
Kapitel 24	Die römische Siedlung	165

Kapitel 25	Der grüne Kasten	170
Kapitel 26	Wo sich die Pyramide über das Kreuz erhebt	176
Kapitel 27	Hitlers Forellenteich	180
Kapitel 28	Die Vorsehung	186
Kapitel 29	Der Friedrichsteig am Untersberg . . .	190
Kapitel 30	Der unterirdische Tempel im Irak . . .	194
Kapitel 31	Die Untersbergkirchen	202
Kapitel 32	Das Kloster im Untersberg	209
Kapitel 33	Die Aktivierung	215

EINLEITUNG

▲

WAS BISHER GESCHAH

Als vor über zwanzig Jahren drei deutsche Bergwanderer auf dem Untersberg verschwanden und sich nach zwei Monaten von einem Frachtschiff im Indischen Ozean aus wieder meldeten, weckte dies Wolfs Interesse an dem ihm bis dahin nur als Sage bekannten Zeitphänomen am Salzburger Untersberg. Zudem hatte Wolf selbst diese drei Leute einige Jahre vor ihrem Verschwinden auf einer Schutzhütte auf dem Untersberg getroffen. Er hatte dann in den darauffolgenden Jahren ein sehr mysteriöses Erlebnis, als er mit seiner Tochter Sabine die vermutete Zeitanomalie am Berg erforschen wollte.

Doch wieder vergingen etliche Jahre, bis er auf seinen oftmaligen Reisen in entlegene Gebiete der Fels- und Sandwüsten in Ägypten mit seiner Begleiterin, der Lehrerin Linda, auf ähnliche rätselhafte Erscheinungen stieß, welche offenkundig mit runden, schwarzen Steinen in der Größe und Form einer Orange zu tun hatten. Immer intensiver wurde seine Suche, bis er durch Zufall in der unterirdischen Kammer der Cheops-Pyramide einen solchen schwarzen Stein fand. Bei seinen weiteren Recherchen fand er eine wenig bekannte Sage, der zufolge von einem Tempelritter im elften Jahrhundert ein ebensolcher Stein aus Mesopotamien zum Untersberg gebracht wurde.

Diesen Stein, welcher der Überlieferung nach von dem Templer in einer Höhle im Berg versteckt worden war, ließ bereits Hitler, der ja bekanntlich eine Vorliebe für den Untersberg hatte, suchen. Hitler hatte angeblich Hinweise, wonach dieser Stein der Schlüssel zu großer Macht sein sollte. Wolf dehnte seine Nachforschungen in der Folge auch auf den Obersalzberg bei Berchtesgaden aus und machte dort mithilfe zweier deutscher Polizisten eine erstaunliche Entdeckung, welche ihm aber beinahe zum Verhängnis wurde.

Noch einmal konzentrierte Wolf seine Suche auf den Untersberg und es gelang ihm, ein brisantes Geheimnis zu lüften. Er entdeckte einen verborgenen Eingang in den Berg. Ein General der Waffen-SS, der diese Zeitanomalie schon 1943 gefunden hatte, ließ sich im letzten Kriegsjahr dort im Felsen eine komfortable Station als Unterkunft errichten, in welcher er durch die Zeitverlangsamung im Berg innerhalb nur weniger Monate über siebzig Jahre verbringen konnte. Wolf und Linda kamen mit diesen Leuten aus der Vergangenheit in Kontakt und erfuhren von ihnen Dinge, welche in keinem Geschichtsbuch zu finden sind.

Der General zeigte den beiden ein Golddepot in den Bergen und ersuchte Wolf, der ja auch Hobbypilot ist, um einen Flug nach Fuerteventura, um ihm aus den Lavahöhlen unter der Villa Winter zwei Bleizylinder zu bringen. Wolf und Linda wollten das Geheimnis der Zeitverschiebung ergründen und willigten ein. Der weite Flug mit der einmotorigen Cessna und die anschließenden Erlebnisse auf der Kanareninsel gestalteten sich für die zwei extrem abenteuerlich. Es gelang den beiden aber schließlich tatsächlich, die Bleizylinder zu bergen und dem General zu überbringen ...

Bei archäologischen Ausgrabungen wird ein deutscher Stahlhelm in einem Kelten-Grab am Dürrnberg in der Nachbarschaft des Untersberges entdeckt.

Daneben liegt das Skelett eines Kriegers mit einem Einschussloch im Kopf. Der Verfassungsschutz wird daraufhin aktiv. Wolf und Linda finden am Obersalzberg radioaktiv strahlende Steine, welche sich als Uranoxid herausstellen. Der General in seiner Station im Untersberg demonstriert den beiden seine technischen Geräte, welche weit über die Möglichkeiten der heutigen Technik hinausreichen. Auf seiner Suche nach den Zeitkorridoren des Untersberges entdeckt Wolf ein vergessenes Waffendepot der amerikanischen Besatzungstruppen von 1953. Von einem alten Mann bekommen die zwei einen wunderschönen Amethyst-Kristall, welcher etwas mit der altbabylonischen Göttin Isais zu tun haben soll. Hinter einem uralten Gebetsstock am Untersberg sieht Wolf eine kleine Silberplatte aus der Erde ragen. Darauf ist ein geheimnisvoller Code zu sehen. Diese uralte Schrift in lateinischen Buchstaben wirft neue Fragen auf. Ein Illuminat klärt die beiden über die Isais-Geschichte und den schwarzen Stein im Berg auf. Auch zu einer mysteriösen Marmorplatte mit einer Inschrift aus dem Jahr 1798 erzählt ihnen der Logenmann eine Geschichte. Der General lässt Wolf mittels eines Zeitkorridors einen Blick in eine ferne Zukunft tun und ermöglicht ihm und Linda einen Ausflug in die Vergangenheit, und zwar in die Stadt Salzburg zur Zeit Mozarts.

Schließlich retten die beiden noch einem Deserteur das Leben, indem sie ihn in eine Höhle schicken, in welcher ebenfalls eine Zeitanomalie auftritt. Eine neuerliche Fahrt in die ägyptische Wüste bringt sie in die Oase Siwa, wo ihnen die Mumie von Alexander dem Großen gezeigt wird. Wieder zurück am Untersberg gelingt es ihnen, einen durch ein Hologramm getarnten Eingang in den Felsen zu finden.

Ein alter, astrologiekundiger Pfarrer sagt Wolf aufgrund seines Jahreshoroskops eine Begegnung voraus, welche aus den Tiefen seiner eigenen Vergangenheit auftauchen wird. Tatsächlich kommt Wolf kurze Zeit später auf merkwürdige Weise mit seiner einstigen Jugendfreundin Silvia, die er seit fast vierzig Jahren nicht mehr gesehen hat, in Kontakt. Silvia begleitet ihn nach Gran Canaria, von wo aus er mit einem kleinen Flugzeug die Insel San Borondon suchen will. Tatsächlich gelingt es den beiden, diese geheimnisvolle Insel, welche in einer fernen Vergangenheit existiert hat, zu finden.

Aber auch mithilfe des Generals kann Wolf einen Blick in die Vergangenheit werfen. Mit dessen Chronoskop sieht er alles zwar nur in Schwarz-Weiß, kommt dabei aber sogar bis an Adolf Hitler heran, dem er mittels eines Laser-Beamers durch das Chronoskop eine „Erscheinung" schickt, um ihn vom Angriff auf Russland abzuhalten.

Wolf wird von einem Forstarbeiter am Obersalzberg der geheime Ritualraum N3 gezeigt und der General berichtet vom Mausoleum des Führers, welches sich dieser im Untersberg errichten ließ. Wolf lädt ihn anschließend in den Gasthof Kugelmühle am Ende der Almbachklamm ein, wo sie den Wirt namens Anfang treffen.

Anlässlich eines Besuches in Ägypten fährt Wolf mit Silvia vom Roten Meer durch die Berge nach Luxor und trifft dort den Grabräuber Rassul, welcher ihnen tief unter seinem Haus in Qurna eine geheime Drehtür zeigt, hinter der sein Bruder auf mysteriöse Weise verschwunden ist. Auch hier spielen wieder die schwarzen Steine eine Rolle.

Mit Linda geht Wolf nochmals durch den Hologramm-Eingang in den Untersberg und gelangt mit ihr in eine völlig fremde Gegend im Jahre 2029. Eine kurze Unterhaltung mit Leuten von dort eröffnet ihnen neue Perspektiven zu den alten Prophezeiungen.

Josef, der Geheimdienstmann vom BVT bekundet ebenfalls sein Interesse an Wolfs Entdeckungen am Berg. Schließlich führt der Forstarbeiter vom Obersalzberg Wolf noch zu einem uralten Stollen, in dem, wie sich später herausstellt, der General noch zu Kriegsende mehr als eine Tonne Uranoxid verstecken ließ.

Auch eine Art Flaschenpost, ein unvollendetes Manuskript aus den Siebzigerjahren, wird in einer Höhle nahe dem Dorf am Untersberg entdeckt. Es sind dreizehn Blätter eines bekannten Autors, welcher ebenfalls seltsame Erlebnisse am Berg gehabt hatte.

Durch den General wird Linda und Wolf ein Ausflug in das Jahr 1818 ermöglicht. Sie fahren am 24. Dezember, als Mönche verkleidet, auf dem Fluss mit einem Salzschiff nach

Oberndorf, wo sie die Uraufführung des weltbekannten Liedes „Stille Nacht, heilige Nacht" miterleben dürfen. Ein polnischer Franziskanermönch aus Berchtesgaden, den die beiden im Winter beim Meditieren in der Almbachklamm treffen, erzählt ihnen von einem Ritual der Isais, durch welches das neue Zeitalter beginnen würde.

Tino, ein Australier österreichischer Abstammung, ebenfalls Rosenkreuzer wie Wolf, kommt nach Salzburg, um in einer alten Kirche am Ettenberg, wo einst die Templer auf Geheiß der Isais ihre erste Komturei errichteten, ein Ritual abzuhalten, welches Wolf durchführen soll.

Letztendlich gibt sich der Illuminat Becker als einer der „Anderen" zu erkennen und zeigt Wolf in der Nähe des Hochsicherheitsarchives am Fuße des Untersberges in einer Art dreidimensionalen Bildschau Schlüsselszenen aus seinem Leben sowie einen Blick in die Zukunft.

Auf der Kanareninsel La Palma trifft Wolf auf den Fischer Perez, der ihm mit einem Fernrohr die geheimnisvolle Insel „San Borondon", welche in einer fernen Vergangenheit existiert, zeigt. Zur Wintersonnenwende gründen Linda und Wolf mit ihren vier Freunden den „Ring der Isais". Während draußen der Schneesturm tobt, erhalten alle im Rahmen eines Rituales, an welchem auch Tino in Australien per Skype teilnimmt, Goldringe mit dem Isais-Zeichen und einem schwarzen Diamanten. Wolf unternimmt mit den beiden Polizisten Herbert und Elisabeth eine Reise nach Ägypten, wo ihnen sein Freund Franz, der Manager vom Sheraton Hotel in El Gouna, den Archäologen Dr. Khaled vorstellt. Von diesem erhalten sie interessante Informationen über ein Zeitphänomen bei den Pyramiden von Gizeh. Anlässlich eines Besuches in Luxor treffen sie den Grabräuber Rassul, welcher ihnen Kopien von wunderschönen Texten aus der Zeit der Pharaonin Hatschepsut gibt. Nach einer abenteuerlichen Fahrt zeigt Wolf den beiden das Tal der Hieroglyphen. Der Illuminat Becker klärt Wolf über die Aktivierung des Untersberges auf, zu welcher auch die weibliche Komponente benötigt wird. Vom General in der Station im Berg werden Wolf und Linda eingeladen, eine Basis in der Vergangenheit zu besuchen. Der kurze Ausflug bringt die zwei nach Atlantis. Ein alter Jude, den Wolf in New York trifft, erzählt ihm von seiner Deportation aus Rumänien und der anschließenden Flucht aus einem Eisenbahnzug in Salzburg. Von Friedl, dem Wirt der Kugelmühle, erfahren Wolf und Linda von einem schweren Unglück in der Almbachklamm. Er erzählt ihnen auch die Geschichte von einer verschwundenen jungen Frau am Untersberg, welche in den Fünfzigerjahren zwölf Tage lang verschollen war und dann wohlbehalten wieder aufgefunden wurde. Mit Claudia, einer jungen Frau aus dem Ring der Isais, fliegt Wolf mit einer kleinen Cessna nach Venedig, wo sie auf der Insel Murano am Boden einer Basilika die steinerne Abbildung einer Insel finden. Eine schwarzhaarige Dame, welche sich Julia nennt, gibt ihnen Hinweise dazu und verschwindet plötzlich. Wolf landet auf dieser Insel und sie entdecken dort einen Kristall, welcher vom „Ordo Bucintoro" dort versteckt wurde. Wolf und Linda gelangen in ein unterirdisches Labor aus dem Dritten Reich, in welchem das geheimnisvolle Xerum 525 hergestellt wurde. Mit Obersturmbannführer Weber bringen sie eine Stahlflasche davon dem General. Weber flutet im Anschluss das Labyrinth neben dem Gebirgsbach am Obersalzberg.

Claudia sieht bei ihrer Suche am Fuße der alten Römer-Steinbrüche ein großes Tor im Fels, welches sich wie von Geisterhand öffnet und auch wieder schließt. Mit Herbert, dem Polizisten, erkundet Wolf nochmals das unterirdische Kreuzgewölbe N2 und kurze Zeit später gelingt es ihm, aus N3, dem Versammlungsraum der Generäle, einen großen, schwarzen Turmalin-Kristall mit zwei Enden sowie einer Kugel aus demselben Stein zu bergen. Wolf und Linda lesen in dem gefundenen Manuskript des verstorbenen Autors, dass dieser eine Höhle am Untersberg entdeckt hat, durch welche er direkt in die unterirdische Kammer der Cheops-Pyramide gelangte. Vom General erfahren sie, dass diesem Autor vor vielen Jahren ein Besuch der Basen in der Vergangenheit gestattet wurde. Schlussendlich machen sich Wolf und Claudia auf den Weg, die Kraft im Untersberg zu aktivieren. Mithilfe eines alten Gedichtes von Becker, dem Illuminaten, finden sie den Weg zum Eingang, welcher überraschenderweise dort liegt, wo ihn niemand vermutet hatte. Sie finden die Magna Figura, benützen den Kristall von der Insel und gelangen schließlich in eine riesige, kuppelförmige Halle im Berg, in welcher sie die goldene Kugel im Untersberg erblicken.

KAPITEL 1

▲

DER SPUK IN DER WOLFSHÜTTE

Es war Mitte November. Schon vor vielen Wochen war bereits der erste Schnee auf dem zweitausend Meter hohen Berg, auf welchem sich die Wolfshütte befand, gefallen. Die wenigen Lärchen, die noch vereinzelt hart an der Baumgrenze standen, hatten längst ihre Nadeln abgeworfen und eine eisige Stille herrschte dort oben. Der Schnee war zwar noch nicht tief, aber dafür hart und fest gefroren. Der Rauch aus dem Kamin der Hütte stieg kerzengerade über dem hölzernen Schindeldach empor.

Im großen Ofen der Wolfshütte knisterten die brennenden Holzscheite und zwischen den Fugen der alten Herdplatte warf das Feuer seinen flackernden Schein auf die hölzerne Decke. Wolf war schon am Vortag ganz allein auf den Berg gefahren, um einzuheizen. Direkt bis zur Wolfshütte konnte er mit dem Wagen nicht mehr fahren, der Schnee auf dem Fahrweg zu den Hütten war bereits zu tief. So musste er die letzten dreihundert Meter mit seinem Rucksack zu Fuß hinaufstapfen. Er wollte die Hütte für seine Freunde vom Isais-Ring wohlig warm haben. Herbert und Elisabeth, die beiden Polizisten, würden im Laufe des Nachmittags eintreffen. Claudia, Linda und Peter, der Graf vom Palfen, wollten am Abend da sein. Anrufen konnten ihn seine Freunde nicht, denn Telefon gab es hier oben keines, aber Wolf hatte zur Sicherheit immer sein Satellitentelefon dabei, welches ihm auch schon in den Wüsten Afrikas gute Dienste geleistet hatte. Damit konnte er von hier oben anstandslos telefonieren. Dazu musste er sich jedoch nach draußen begeben, wo er freie Sicht zum Himmel hatte. In der Hütte funktionierte das Gerät nicht.

Gerade hatte er einen Korb Brennholz von der Holzlage hereingetragen und war mit dem Aufschlichten der Scheite neben dem Ofen beschäftigt, als er ein heftiges Klopfen an der Hüttentüre vernahm. Wer mochte das sein? Die wenigen Häuser hier oben am Berg waren um diese Jahreszeit alle verlassen. Erst um die Weihnachtsfeiertage und zu Silvester kamen normalerweise Leute herauf. Wolf hatte auch unten am Parkplatz, wo die geräumte Straße endete, kein Auto gesehen. Wer also sollte da klopfen? Er ging zur Tür und öffnete. Aber da war niemand. Auch Spuren waren außer seinen eigenen keine zu sehen. Getäuscht hatte er sich nicht. Nein, da hatte jemand mehrmals an die Hüttentür geklopft. Wolf zuckte mit den Schultern und ging wieder in die mittlerweile schon warme Stube zurück. Das fing ja gut an. Würden sich die Phänomene, welche sich in den letzten Jahren gezeigt hatten, nun auch in diesem Jahr wiederholen? Er schloss die schwere Tür und schob den Eisenriegel vor.

Dann nahm er das Hüttenbuch zur Hand. Auf den letzten Seiten waren die sonderbaren Ereignisse penibel mit Datum und Uhrzeit aufgezeichnet worden. Wolf begann zu lesen:

Erster November 1990, Eintrag um 13:00.

Heute, in der Samhain-Nacht, in welcher schon die Kelten das Fest der Toten feierten und in der die Anderswelt offen stehen sollte, passierte etwas sehr Seltsames. Wolfs Töchter, Alexandra und Sabine, dreizehn und vierzehn Jahre alt, hörten in dieser Nacht eine überirdisch schöne Musik, welche direkt aus der Stube zu kommen schien, wie sie am Morgen erzählten. Es war, als ob sämtliche Instrumente auf einmal erklingen würden. Alexandra fragte immer wieder nach einer Musikkassette. Zu diesem Zeitpunkt war die Wolfshütte aber erst vor zwei Monaten fertiggebaut worden und es gab weder Radio noch Fernseher oder sonstige Musikabspielgeräte. Zwei Stunden später kam auch Sabine aus dem Kinderzimmer und erzählte mit ähnlichen Worten ebenfalls von dieser Musik, die sie aber einige Stunden später als Alexandra gehört haben wollte.

Der zweite Eintrag stammte vom darauffolgenden Tag, dem zweiten November. Alexandra und ich blickten von der Eckbank in der Stube zur gegenüberliegenden Speisekammer und sahen, wie sich deren Türklinke nach unten bewegte und dann mit lautem Geräusch wieder nach oben schnellte. Sabine, welche sich zur selben Zeit im dahinterliegenden Badezimmer befand, hörte ebenfalls das Schnappen der Türklinke und glaubte, dass Alexandra sich etwas Süßes aus der Speisekammer holen wolle.

Natürlich war kein Mensch in dieser Kammer. Erstens war dort bei geschlossener Türe für einen Menschen kein Platz und zweitens war ja auch niemand in der Nähe dieser Tür.

6. Januar 1991. Ich sitze auf der Holzbank vor dem Ofen und plötzlich schließt sich der Luftschieber der alten Ofentür mit quietschendem Geräusch. Kein brennendes Holzstück im Inneren hätte den Schieber zumachen können. Sogar mit der Hand war es schwer genug, ihn zu bewegen. Nun ist schon zum dritten Mal in kurzen Zeitabständen etwas Unerklärliches geschehen.

27. Oktober 1991. Wir sitzen alle um den großen Tisch in der Ecke der Stube, da hören wir schwere Schritte draußen vor der Hütte. Kurz darauf wird die alte Eingangstür geöffnet. Man hört ganz deutlich, wie die unten am Türblatt angebrachte Borstendichtung über den Holzboden streift. Dann sind schwere Schritte im Windfang zu vernehmen. Danach ist Stille.

Alle warten, dass Hans, der Nachbar, zur Innentür hereinkommt, aber es bleibt totenstill. Sabine steht auf und öffnet die innere Tür des Windfanges. Da ist niemand. Als sie genau schaut, sieht sie, dass der Eisenriegel der äußeren Hüttentür vorgeschoben ist. Sie öffnet ihn und geht nach draußen. Vor der Wolfshütte ist alles tief verschneit und keine Spuren sind im Schnee zu sehen. Dann sehen auch die anderen nach.

Betroffene Gesichter bei allen. Haben sie doch deutlich gehört, dass jemand hereingekommen sein musste.

1. November 1991. Es ist wieder die Samhain-Nacht oder eben unser Allerheiligen-Fest. Draußen liegt bereits viel Schnee. Es ist einundzwanzig Uhr abends. Ich erzähle einer kleinen Gruppe von Freunden eine Theorie, wie diese seltsamen Phänomene entstanden sein könnten. Wir hatten in den vergangenen Jahren uralte Ruinen und Opfertische sowie zwei Steinkreise auf den umliegenden grasbedeckten Bergen gefunden. Nach Auskunft eines befreundeten Museumsdirektors ließe das auf eine frühe Besiedelung durch Kelten schließen. Dazu kam noch, dass sich an dem Ort, an dem die Wolfshütte erbaut wurde, vorher sieben kleinere Quellen befunden hatten. Quellen waren für die Kelten Heiligtümer, sozusagen Eingänge in die Anderwelt. Drei dieser Quellen wurden beim Bau der Hütte verschüttet.

Während ich diese Geschichte erzähle, zerspringt der Zylinder einer der Petroleumlampen an der Wand mit lautem Geräusch und sackt in sich zusammen, ohne dass jedoch ein Glasstück auf den Boden fällt. Auch hing die Lampe nicht schief an der Wand und die Flamme war ebenfalls nicht zu groß eingestellt.

Es war das erste und blieb auch bis heute nach zweiundzwanzig Jahren das einzige Mal, dass so etwas vorkam.

14. Dezember 1991. Es ist später Nachmittag und es wird dämmerig am Berg. Ich bin allein auf der Hütte und bringe Holz herein, das ich neben dem Ofen aufschlichte. Als ich damit fertig bin, lege ich mich aufs Sofa, um mich etwas auszuruhen. Plötzlich höre ich ein Holzstück vom Stoß herunterfallen. Ich stehe auf und sehe nach. Da ist aber nichts heruntergefallen. Kurz nachdem ich mich wieder hingelegt habe, höre ich erneut ein Scheit fallen. Aber wieder ist alles schön aufgeschlichtet. Als sich das Ganze nach weiteren fünf Minuten nochmals wiederholt, stelle ich

mich vor den Holzstoß und beginne, ihn zu schimpfen. Ich lege mich wieder hin, aber es dauert keine zehn Minuten, bis wieder ein Rumpeln zu hören ist. Ein wenig ängstlich sehe ich mich in der Stube um. Ich packe meine Sachen und schlüpfe in den warmen Anorak. Dann gehe ich zu meinem Wagen auf dem Parkplatz hinunter und fahre nach Hause. Ich weiß, dass ich erst in zwei Stunden daheim ankommen werde, aber eine gewisse Furcht vor dem Ungreifbaren treibt mich an, die Hütte für heute zu verlassen.

Wolf begann, einige Eintragungen im Hüttenbuch zu überspringen. Dann hielt er kurz bei einer Zeile inne.

21. Dezember 1995. Sabine wird im Badezimmer, in dem sie sich allein aufhält, von einer Hand am Rücken gestupst. Sie schreit laut auf. Aber die Tür zum Bad war zu und niemand war in ihrer Nähe.

Wolf legte das Buch aus der Hand. Ja, schon sehr viele Male hatte sich dieses Phänomen gezeigt, wenn auch zuweilen Monate dazwischenlagen.

Er erinnerte sich, wie er sich einst von einem Parkplatz an der Autobahn mit dem Mobiltelefon auf einen Aufruf des Österreichischen Rundfunks meldete und den Hörern von den seltsamen Ereignissen auf der Wolfshütte erzählte. Der Sender suchte damals Leute, denen unerklärliche Dinge widerfahren waren. Als er auf Sendung geschaltet wurde, konnte er sich selbst im Autoradio hören.

Das hatte aber zur Folge, dass sich ein „Gespenster-Professor" bei ihm meldete und auch nach geraumer Zeit zur Wolfshütte hinaufkam. Mit allerlei technischem Gerät ausgestattet, versuchte dieser Professor, das unerklärliche Phänomen zu lokalisieren, was ihm aber letztendlich nicht gelang.

Später, nachdem Wolfs Versuche, des Hüttengeistes, denn um so etwas musste es sich seiner Auffassung nach handeln, mittels Weihrauch und sonstigem Zeug Herr zu werden, erfolglos blieben, wurde ein Pfarrer gebeten, dem Spuk ein Ende zu bereiten. Der Geistliche hatte Weihwasser in einer kleinen Sektflasche dabei und bespritzte damit viele Stellen in der Hütte. Aber auch das schien „Sebastian" – so wurde das Phänomen mittlerweile genannt – nicht im Geringsten zu beeindrucken. Nein, ganz im Gegenteil – immer heftiger und intensiver zeigten sich diese Spukphänomene, an welche sich Wolf aber mittlerweile schon ein wenig gewöhnt hatte.

Ja, und gerade heute, da alle seine Freunde vom Isais-Ring wieder einmal hier heraufkommen sollten, meldete sich „Sebastian" wieder. Aber vielleicht war es nur ein einmaliges Klopfen? Es würde sich ohnehin in ein paar Stunden zeigen, ob Sebastian noch aktiv war.

Langsam begann es draußen dämmrig zu werden. Als er aus dem Fenster sah, erblickte er Herbert und Elisabeth, die mit ihren Taschen bereits den Weg von der Straße zur Wolfshütte heraufkamen.

Wolf erzählte den beiden vorerst nichts von dem Klopfen, das er vor über einer Stunde gehört hatte. Als dann kurz vor Einbruch der Dunkelheit die restlichen drei Freunde bei der Hütte eintrafen, gab es eine deftige Jause mit Räucherspeck, Schwarzbrot und einem obligatorischen Stamperl, selbst gebranntem Enzianschnaps vom Bauern. Peter, der Graf vom Palfen, ging später nach draußen und bewunderte den Sternenhimmel, welcher hier in zweitausend Meter Höhe in einer Klarheit zu sehen war, die man unten im Tal nicht kannte. Da die Temperatur aber bereits weit unter den Gefrierpunkt gesunken war und es Peter trotz seiner dicken Jacke kalt wurde, kam er schon nach kurzer Zeit wieder in die Stube zurück und stellte sich vor den großen Ofen, um sich aufzuwärmen.

Wolf erzählte seinen Freunden die Geschichte von der Entstehung der Wolfshütte, die er auch anhand von vielen Fotos festgehalten hatte. Die Hütte stammte ursprünglich noch aus der Zeit der österreichisch-ungarischen Monarchie und war bereits über hundertundzehn Jahre alt. Sie war wie ein großes Blockhaus aus dreißig Zentimeter dicken, runden Baumstämmen erbaut. Eine Jahreszahl von 1893 war auf der Stirnseite eines Holzstammes zu sehen. Sie hatte als Forsthaus in der Steiermark, einer stark bewaldeten Gegend, gestanden. Wolf hatte sie dort fachgerecht abbauen und hier am Berg wieder neu aufstellen lassen. Freilich wurde die Hütte auf ein Betonfundament gestellt und innen dick isoliert. Strom, Wasser und Kanal wurden eingebaut und es entstand ein recht wohnliches Ambiente, wobei aber der urige Charakter der ursprünglichen Hütte zum größten Teil bewahrt werden konnte. Die wirkliche Schwierigkeit beim Aufbau bestand eigentlich darin, dass hier am Berg mindestens acht Monate lang Schnee lag und für eine Bauzeit nur die restlichen vier Sommermonate von Juni bis September zur Verfügung standen. Das erforderte eine genaue Einteilung der Arbeiten und der dafür benötigten Handwerker. Aber es ging sich gerade aus. Am 29. September vor dreiundzwanzig Jahren konnte die Wolfshütte bezogen werden. Wolf erklärte seinen Freunden anhand der Bilder die einzelnen Bauphasen, wobei es sogar einmal im August einen Wettersturz mit reichlich Schneefall gegeben hatte.

Er musste kurz unterbrechen, um einige Holzscheite nachzulegen.

Der große Ofen war so gebaut, dass man sogar meterlange Holzstücke verheizen konnte. Während Wolf die Ofentür öffnete, fiel ihm wieder die Geschichte mit dem Luftschieber ein und er überlegte, ob er die Spukgeschichten ebenfalls erzählen sollte. Aber er wollte seine Gäste nicht verunsichern, er wusste ja nicht, wie seine Freunde es aufnehmen würden. Einzig und allein Linda kannte dieses Phänomen bereits. Sie selbst war auch schon einmal dabei gewesen, als man die Geräusche der sich öffnenden Hüttentür hören konnte, und auch die schweren Schritte im Windfang hatte sie damals vernommen.

Als Wolf mit seinen Erzählungen vom Entstehen der Hütte fertig war, begannen die Frauen, das Abendbrot vorzubereiten. Claudia schälte die mitgebrachten Kartoffeln, während Linda und Elisabeth Zwiebeln und Speck zerkleinerten, woraus sie in einer großen Pfanne eine Art Tiroler Gröstel machen wollten. Das Braten auf dem riesigen Herd war für alle eine neue Erfahrung und der Duft des Kartoffelgröstels erfüllte schon bald die Stube.

„Wir brauchen mehr Hitze!", stellte Peter fest. „Ich werde den Herd jetzt auf Stufe fünf schalten", lachte er und schob noch zwei Holzscheite ins Feuer.

„Dazu musst du aber auch den Zugschieber vom Kamin etwas öffnen", erwiderte Wolf und deutete auf einen Eisengriff hinten am gemauerten Aufsatz des Ofens. „Zieh den Griff fünf Zentimeter heraus, das dürfte genug sein", ergänzte er noch. „Und vergiss nicht, auch den Luftschieber an der Ofentür zu öffnen, sonst funktioniert das nicht richtig!"

Peter, der ja von Beruf Architekt war, nickte nur und regelte die Luftzufuhr am Herd.

Wolf füllte drei Tonkrüge mit Bier, worauf er mit Herbert und Peter anstieß.

„Auf einen gelungenen Abend in der Wolfshütte, ich hoffe, es gefällt euch hier oben. Übrigens, wir sind hier fast zweihundert Meter höher als der Gipfel des Untersberges. Also schon Hochgebirge sozusagen."

Das von den Damen zubereitete Essen schmeckte vorzüglich, und nachdem das Geschirr abgewaschen war, setzten sich alle am Ecktisch zusammen. Wolf überlegte einige Male, ob er das Gespräch nicht doch auf den Hüttengeist lenken sollte, aber da auch Linda keine Anstalten machte, davon zu erzählen, ließ er es letztendlich doch bleiben. Er wollte die Freunde ja nicht verunsichern, vor allem nicht Claudia, die ja angeblich schon in jungen Jahren einige mysteriöse Erscheinungen gehabt hatte.

So wurden Geschichten rund um den Untersberg und auch vom General und seiner Station im Berg erzählt.

Es wurde ein gelungener Hüttenabend und erst gegen Mitternacht gingen alle schlafen. Herbert und Elisabeth legten sich im Kinderzimmer oben in die nebeneinanderstehenden Stockbetten, während es sich Peter in den darunterliegenden Betten gemütlich machte. Wolf begab sich in sein Bett im Schlafzimmer. Linda und Claudia wollten in der großen Stube auf den beiden Sofas schlafen.

Es war eine mondlose, finstere Nacht. Das Feuer im Ofen war längst erloschen und nur ab und zu wurde die Stille von einem Knarren im alten Gebälk der Hütte unterbrochen. Plötzlich war ein gellender Schrei zu hören. Wolf erwachte blitzartig, und als er bemerkte, dass es Claudia war, welche draußen in der Stube so schrie, sprang er aus dem Bett, öffnete die Tür und drehte das Licht an. Die junge Frau saß mit schreckverzerrtem Gesicht und weit aufgerissenen Augen aufrecht auf dem Sofa und zitterte am ganzen Leib. Auch die anderen waren durch ihren Schrei aufgewacht und kamen nun ebenfalls in die Stube, um nachzusehen, was da geschehen war. „Was hast du?", fragte Wolf. „War irgendetwas oder hast du schlecht geträumt?"

Claudia konnte vor Schreck kaum sprechen und stammelte nur: „Da hat mich jemand an den Händen angefasst, ich habe es deutlich gespürt."

Peter meinte: „Da ist doch niemand! Du wirst bestimmt bloß geträumt haben."

„Nein, das waren Hände, kalte Hände, sie haben mich berührt", antwortete sie mit zitternder Stimme.

Wolf und Linda tauschten einen kurzen Blick aus. Außer ihnen beiden wusste ja noch niemand von dem Hüttengeist. Und nun hatte er sich offensichtlich wieder zurückgemeldet. Vielleicht war Claudia eben sehr empfänglich für solche Dinge.

Am nächsten Morgen beim Frühstück erzählte Herbert, dessen Vater hier im Lungau ganz in der Nähe wohnte, auch von einigen seltsamen Geschichten, die nicht rational zu erklären waren. Ob es sich dabei nur um Sagen handelte, die unter der Bevölkerung kursierten, wusste er nicht.

Die Freunde vom Isais-Ring vereinbarten eine neuerliche Fahrt in diese einsame Berggegend, aber erst, wenn es wieder Frühjahr sein würde. Dann wollten sie sich die geschichtsträchtigen, unheimlichen Orte selber ansehen.

KAPITEL 2

▲

ADVENTSGESPRÄCHE

Es war in der Adventszeit und der einundzwanzigste Dezember, für welchen laut Maya-Kalender der Weltuntergang vorhergesagt wurde, rückte immer näher. Es lag auch schon eine Menge Schnee am Fuße des Untersberges. In den letzten Wochen waren die Temperaturen bis auf knapp zwanzig Grad unter null gefallen. Das alljährliche Treffen zur Wintersonnenwende der Freunde vom Isais-Ring musste dieses Jahr wegen des Dienstplanes der beiden Polizisten Herbert und Elisabeth auf den zwanzigsten Dezember vorverlegt werden. Linda würde diesmal nicht dabei sein. So trafen sich die fünf Freunde auf dem Adventsmarkt vor dem mittelalterlichen Rathaus in Bad Reichenhall. Peter, der Graf vom Palfen, erschien in der alten Tracht eines bayrischen Jägers. Dieses Outfit passte zu ihm, hatte er doch im Herbst zuvor tatsächlich die Jägerprüfung abgelegt. Nach einem kurzen Rundgang zwischen den weihnachtlich geschmückten Hütten wärmten sich die Freunde bei einem Becher heißen Mets. Der Honigwein war eine Besonderheit.

Direkt vor der Fassade des malerischen Rathauses sang ein kleiner Kinderchor Weihnachtslieder. Der Duft von gebrannten Mandeln und heißen Maroni lag in der Luft. Da es aber empfindlich kalt war, beschlossen die fünf, in das nahe liegende Bürgerbräu zu gehen. Dort würden sie etwas essen.

„Ich habe vorgestern Kontakt mit dem General gehabt", begann Wolf, „dabei habe ich die Sache von Himmlers Hexenkartothek angesprochen. Kammler meinte, dass

Himmler immer schon so einen Hang zum Übersinnlichen gehabt hätte. Der General selbst hatte seiner Aussage zufolge anfangs für solche mystischen Dinge ganz und gar nichts über, aber nach einigen sonderbaren Erlebnissen, die ihm in seiner Zeit im und am Untersberg widerfuhren, begann sich seine Einstellung allmählich zu wandeln. Er war sich jetzt sogar sicher, dass der Reichsführer SS Himmler kein esoterischer Träumer gewesen sei, sondern sehr wohl hinter tiefen Geheimnissen her war. Dann hat er noch etwas von der Gralssuche erzählt. Ein gewisser Otto Rahn suchte in Himmlers Auftrag nach dem Heiligen Gral. Als Rahn schließlich in den Pyrenäen tatsächlich etwas gefunden haben dürfte, beging er angeblich nach seiner Rückkehr Selbstmord. Aber diese Version von Rahns Ableben glaubte selbst Kammler nicht."

„Hexenkartothek hast du vorher erwähnt", fragte Claudia erstaunt, „hat das etwas mit den Tarotkarten der Wahrsagerinnen zu tun?"

„Nein, ganz und gar nicht", klärte sie Wolf auf, „die Hexenkartothek des Reichsführers SS war eine Sammlung der Daten von etwa dreiunddreißigtausend Hexenprozessen, welche hauptsächlich in Europa stattfanden. Auf vorgedruckten Blättern wurden in siebenunddreißig Rubriken sämtliche relevanten Prozessdaten samt Urteilen, die meist den Tod der Betreffenden bedeuteten, festgehalten. Himmler hatte hierzu ein eigenes Amt in der SS, den „H-Sonderauftrag", ins Leben gerufen. Was aber der eigentliche Zweck dieser Nachforschungen gewesen sein soll, darüber wird nur spekuliert."

„Und – was hat er noch gesagt?", fragte Elisabeth. „Mach es nicht so spannend."

„Er fragte mich, ob man von der Veränderung hier in der Außenwelt schon etwas bemerkt", antwortete Wolf und ergänzte, „aber ich musste ihm leider sagen, dass noch nichts Besonderes passiert ist."

„Was ist bei der Aktivierung des Berges eigentlich herausgekommen?", fragte Peter. „Damals, als ihr beide in der großen Halle bei der goldenen Kugel wart, habt ihr in diese Sache noch etwas unternommen?"

Claudia antwortete: „Ich weiß, es klingt ein wenig banal, aber mir selbst ist das Ganze auch ein bisschen zu wenig vorgekommen. Was haben wir eigentlich getan? Wolf und ich haben doch nur auf eigentümliche Art und Weise den Eingang zur Halle entdeckt. Er hat dann diesen Doppelkopf mit dem langen Zopf aus der Truhe geholt und auf den dazugehörigen Sockel gestellt. Wolf hat auch den Kristall von der Insel Unije in die Rille vor dem Sockel gesteckt. Danach kamen wir zu der riesigen Halle mit den neun großen Metallscheiben und haben die goldene Kugel gesehen. Als sich die Scheiben zu drehen begannen, sind wir so rasch wir konnten wieder nach draußen gelaufen. Ob das schon etwas mit der Aktivierung zu tun hatte, kann ich dir nicht sagen. Aber seit damals sind wir nicht mehr dort hinaufgegangen. Wolf wollte Becker, den Illuminaten, fragen, was wir vielleicht noch zu tun hätten."

„Ja, aber seitdem habe ich keinen Kontakt mehr zu ihm gehabt", sagte Wolf zu Peter, „wenn es noch etwas zu tun gibt, dann werden wir selbstverständlich noch mal hinaufgehen. Jetzt wissen wir ja, wie dieser Eingang funktioniert, und wo sich die Halle befindet, ist uns ja auch bekannt."

KAPITEL 3

▲

SCHLOSS MAUTERNDORF, SOMMER 1941

Der Reichsfeldmarschall Hermann Göring, der ja auch die Position des Reichsjägermeisters innehatte und in der Bergwelt Salzburgs eine ansehnliche Burg sein Eigen nennen konnte, lud eines Tages den Reichsführer SS Himmler, welcher auch eine Leidenschaft zum Jagen hatte, zu sich auf Schloss Mauterndorf, so hieß die Burg, ein. Göring wollte Himmler auch die nähere Umgebung seiner Burg zeigen.

Als sie eines Abends vor dem großen, offenen Kamin saßen, versuchte der Reichsmarschall, seinem Gast die Landschaft hier in den Bergen zu beschreiben.

„Hast du gewusst, Heinrich", meinte Göring, „dass über den ehemaligen Hinrichtungsstätten aus der Zeit der Hexenverfolgungen auch noch heutzutage immer wieder Raubvögel kreisen? Vorzugsweise Raben und Krähen."

„Du meinst über den alten Richtplätzen des Mittelalters?", fragte Himmler.

„Ja, zum Beispiel ganz in der Nähe bei den sogenannten Rabensteinen, kurz vor dem Ort Tamsweg. Dort befand sich nämlich die Hexenverbrennungsstätte dieser Region. Immer wieder lassen sich dort an dieser Stelle die Raben nieder, obwohl es an diesen Plätzen für sie schon lange nichts mehr zu holen gibt."

Himmler hörte aufmerksam zu. Hatte er doch schon vor Jahren eine Kommission, den H-Sonderauftrag, ins Leben gerufen, welche sämtliche Hexenprozesse im Reichsgebiet penibel genau untersuchen und aufzeichnen sollte. „Hexenkartothek" nannte er diese Sammlung.

„Weißt du, Hermann", sagte er nachdenklich zu Göring, „es muss da irgendetwas geben, das diese Opfer gemeinsam gehabt haben. Vielleicht nicht alle, aber doch einige. Ich weiß selbst noch nicht, was das ist, aber vielleicht lässt sich etwas herausfinden. Denn die römisch-katholische Kirche, welche ja die Inquisition verkörperte und schließlich für diese Massenmorde verantwortlich war, hatte offensichtlich eine Heidenangst vor den Kräften der vermeintlichen Hexen und Zauberer. Als geistige Elite, die diese Kleriker damals zweifelsfrei darstellten, kann man ihnen auch keine besondere Naivität unterstellen. Nein, lieber Hermann, die wussten damals ganz genau, dass es magische Kräfte gibt, die ihrer Macht durchaus gefährlich werden konnten. Also galt es, diese mit aller Härte samt den Wurzeln auszurotten. Es sollte ein von fremden Gedankengut reiner Katholizismus geschaffen und alles andere ausgemerzt werden."

Göring hörte aufmerksam zu. So hatte er es selbst noch nicht gesehen. Aber vielleicht hatte Himmler Recht.

„Morgen fahre ich mit dir zum Schloss Moosham, dort kannst du dir ein Bild davon machen, wie die Kirche damals mit den Hexen und Zauberern umgegangen ist, und den Platz bei den Rabensteinen, der alten Richtstätte, können wir anschließend auch noch besuchen, wenn du möchtest", sagte er zu Himmler. Der Reichsführer SS nickte und blickte in Gedanken versunken in die züngelnden Flammen des offenen Kamins.

KAPITEL 4

▲

DIE GEDENKSTÄTTE

Es war herrliches Frühsommerwetter, als sich die Freunde des Isais-Ringes auf den Weg in den südlichsten Teil des Bundeslandes Salzburg, in den Lungau, machten. Auch diesmal war Linda nicht mit von der Partie. Als erste Station kam nach einer Stunde Fahrtzeit über das Gebirge die Burg Mauterndorf, das einstige Domizil des Feldmarschalls Göring, in Sicht. Die gewaltigen Burgmauern boten einen imposanten Anblick. Die Burg ragte hoch über dem malerischen Dörfchen Mauterndorf empor. Sie hielten sich dort nicht lange auf und machten bloß ein paar Aufnahmen von draußen.

Nach kurzer Fahrt erreichten sie dann die Burg Moosham, welche ausgiebig besichtigt wurde. Das Schloss Moosham war vor einigen Hundert Jahren der Sitz der erzbischöflichen Gerichtsbarkeit hier inmitten der Berge.

Ein gewisser Anton Heilmeier, welcher alle Vollmachten vom Erzbischof in Salzburg hatte und als Gerichtsdiener damals hier tun und lassen konnte, was er wollte, waltete hier seines Amtes. Er war zudem an den von ihm verhängten Geldbußen beteiligt und auch aus diesem Grunde schon sehr daran interessiert, dass Strafen mit exorbitanten Beträgen verhängt wurden. Grausame Folterungen an unschuldigen, vermeintlichen Hexen waren seine Spezialität und er ließ sich immer neue Quälereien einfallen, bevor er schließlich die Geständnisse der geschundenen Opfer in Händen hatte. Dies bedeutete dann fast immer das Todesurteil durch Verbrennen auf dem Scheiterhaufen. Über achtundzwanzig Jahre trieb er hier auf diesem Schloss sein

Unwesen und die Bevölkerung wünschte ihn zum Teufel. In einer Augustnacht des Jahres 1775 verschwand der „Schörgen Toni" – wie man ihn im Volksmund nannte – dann urplötzlich, was der Anlass für viele Sagengeschichten wurde. Es hieß, der Satan persönlich hätte ihn abgeholt.

In der Folterkammer, die unmittelbar an den Gerichtsraum angegliedert war, konnten es die Damen des Isais-Ringes kaum aushalten. Dem Gewölbe haftete noch das Grauen an, welches sich in der Zeit des Schörgen Toni hier abgespielt haben musste. Schrecklich anzusehen waren die Folterinstrumente, mit welchen den Delinquenten unsägliche Qualen zugefügt wurden.

Wolf hatte schon zuvor umfangreiche Recherchen über das Schloss angestellt und dabei auch rasch den Hauptverantwortlichen für diese Gräueltaten ausfindig machen können.

Es waren hauptsächlich die Salzburger Erzbischöfe Max Gandolf von Kuenburg und Hieronymus Colloredo. Diese hatten hier und auch in den anderen Bezirken des Landes sowie in der Stadt Salzburg Grauenvolles vollbracht.

Als die Freunde nach ihrer Runde wieder zum Schlosseingang zurückkehrten, ließ sich Wolf von der Frau, welche die Besichtigungen in der Burg durchführte, erklären, wo sich einst die Hinrichtungsstätte befunden hatte.

Da wurden auch die anderen Mitglieder vom Isais-Ring hellhörig und neugierig. Rasch wurde beschlossen, auch dorthin zu fahren. Es war nicht weit entfernt, nur einige Kilometer. Heute befand sich dort ein größeres Waldstück, in welchem vor Kurzem ein Rundwanderweg angelegt worden war, der zu den einzelnen Stationen führte, an denen die Delinquenten grausam gemartert und getötet wurden. „Richtstättenweg" wurde diese drei Kilometer lange Strecke durch den Wald genannt. Parallel dazu gab es dort einen so genannten „Zeitreiseweg" für die Kinder, so hatte die Führerin im Schloss erzählt, welcher mit seinen lustigen Figuren eher an Micky Maus und Disneyland erinnerte.

„Einfach geschmacklos", meinte Elisabeth, „stell dir vor, solche Figuren würden an einer Totengedenkstätte oder auf einem Friedhof aufgestellt sein."

„Na, so ist die heutige Zeit eben – alles für die Spaßgesellschaft. Die Kinder verstehen ja diese grauenvollen Dinge nicht, welche damals geschehen sind, aber Spaß sollen sie hier trotzdem haben – sogar an einer solchen traurigen Stätte", antwortete Peter, der Architekt und zog dabei seine Augenbrauen hoch.

„Vielleicht gibt es hier sogar bald einmal ein Fest an dieser Richtstätte, mit Musik, Würstelgrillen und Bierausschank", meinte Herbert, „damit könnte man doch sicher auch ein paar Leute anlocken."

„Diese Idee müsste man den Verantwortlichen der Gedenkstätten in den Konzentrationslagern Dachau oder Mauthausen nahebringen. Ob die dort auch so etwas veranstalten würden?", überlegte Wolf.

„Das glaube ich kaum", meinte Claudia, „bei uns in Deutschland sind an unzähligen Stätten, an denen sogenannte „Hexen und Zauberer" hingerichtet wurden, Gedenksteine und Tafeln aufgestellt, mit denen auf die Grausamkeiten von damals hingewiesen wird, aber von so etwas wie hier habe ich noch nie gehört."

Am Beginn dieses Rundwanderweges befand sich ein kleiner Parkplatz, auf dem sie ihre Autos abgestellt hatten. Peter blieb vor einer großen Tafel stehen. Er rief:

„Schaut einmal her, was hier geschrieben steht!", und begann vorzulesen:

„... es ist nicht beabsichtigt, die damalige Gesellschaft zu verurteilen ..." Bevor er weiterlesen konnte, unterbrach ihn Elisabeth und meinte: „Ich verstehe nicht ganz, was der Verfasser mit ‚damaliger Gesellschaft' gemeint hat. Meines Wissens bedeutet Gesellschaft doch die Gesamtheit der Bevölkerung, wie etwa Bettler, Bauern, Handwerker, Adelige und Herrscher. Der hätte das nicht extra betonen müssen, denn es ist ohnehin einleuchtend, dass nicht die gesamte damalige Gesellschaft für die Hexenverfolgungen zu verurteilen ist."

„Natürlich", erwiderte Wolf, „verurteilen muss man aber denjenigen, der dafür verantwortlich war, denn diese Verbrechen wurden ja auch nicht von der Gesellschaft angeordnet, sondern einzig und allein vom Erzbischof persönlich. Aber solch eine Aussage wollte der Verfasser offensichtlich nicht machen, denn so einem Kirchenmann wird man hierzulande auch nach über dreihundert Jahren nicht die Verantwortung für diese Taten anlasten wollen. Es handelte sich doch um den angeblich so guten, christlichen Erzbischof."

„Nun stellt euch einmal vor, so eine Tafel würde vor den als Mahnmal übrig gelassenen Ruinen eines im Krieg zerstörten Dorfes in Frankreich oder in Tschechien stehen oder vielleicht bei den Gedenkstätten in Mauthausen oder in Dachau. Auch dort kamen unschuldige Menschen zu Tode, genauso wie hier. Wenn man da ein Schild aufstellen würde, auf dem zu lesen wäre: ‚Es ist nicht beabsichtigt, die damalige Gesellschaft zu verurteilen ...' – na, was glaubt ihr, was dann geschehen würde?"

Ein Raunen ging durch die kleine Runde.

„Aber das hier war ja eine Richtstätte, wurden hier nicht verurteilte Verbrecher hingerichtet?", fragte Claudia.
Wolf seufzte: „Leider nein, oder zumindest nur sehr wenige. Die meisten der Getöteten fielen dem Hexenwahn und der Machtgier der Kirche zum Opfer. Die Prozessakten, die heute noch für jedermann zugänglich sind, sprechen eine deutliche Sprache."
Wolf fuhr fort:
„Zu dieser Zeit gab es bittere Armut hier in unserem Land. Während dieser Erzbischof für seine Verwandten und Günstlinge prachtvolle Palais bauen ließ und Kirchen errichtete, welche wohl eher seinem Ruhme als der Ehre Gottes dienen sollten, vegetierte das einfache Volk dahin und viele konnten sich nur durch Betteln vor dem Ver-

hungern retten. Das barg sozialen Sprengstoff und daher mussten diese Bettler, welche überwiegend minderjährige Kinder waren, verschwinden. Was war einfacher, als die aufgegriffenen Personen der Hexerei zu beschuldigen. Spätestens nach Anwendung der Folter, welche man ‚Peinliche Befragung' nannte, ‚gestand' dann fast jeder alles, dessen man ihn bezichtigte. Anschließend wurden die Verurteilten, unter denen sich sogar zehnjährige Mädchen befanden, dem Scharfrichter überantwortet und starben qualvoll auf dem Scheiterhaufen. In der Folge kam es beinahe zu einem Bettleraufstand, welcher in einer Unzahl von Prozessen um den sogenannten ‚Zauberer Jackl' endete. Zahlreiche Jugendliche scharten sich um einen ebenfalls jungen Mann, welcher Jakob hieß und in den Augen des Bischofs ein Zauberer sein musste, da er seiner nie habhaft werden konnte. In seiner Wut ließ er daraufhin unbarmherzige Jagd auf die Bettelkinder machen. Über hundertdreißig, überwiegend Jugendliche und Kinder, kamen so innerhalb eines Zeitraumes von nur sechseinhalb Jahren unter der Herrschaft des Erzbischofs Max Gandolf von Kuenburg ums Leben. Aber vor dem Volk ließ er sich als mildtätiger Mann Gottes bezeichnen, indem er die Strafen der Verurteilten zuweilen ‚abmilderte', wobei er manche der Kinder gnadenhalber erdrosseln oder enthaupten ließ, bevor ihre Körper verbrannt wurden.

Auch die Vertreibung der Protestanten aus unserem Land wurde von diesem Bischof angeordnet. Er wollte einen reinen Katholikenstaat haben, frei von Andersdenkenden. Die Kinder der Ausgewiesenen wurden den Eltern weggenommen und ihr halbes Vermögen vom Bischof einbehalten. Versuchte ein Vater, sein Kind heimlich außer Landes zu bringen, so endete er als Galeerensträfling in Venedig. Erst nachdem damals der Kurfürst Friedrich Wilhelm von Brandenburg einschritt und den Bischof in die Schranken wies, wurde den Kindern die Ausreise zu ihren Eltern ermöglicht."

„Das ist ja grauenvoll, was du da erzählst. Von so einem Verbrecher sollte eigentlich in den Geschichtsbüchern höchstens als Abschreckung berichtet werden", sagte Claudia.

„Ja, du hast Recht", erwiderte Wolf, „aber die Unterwürfigkeit gegenüber der Kirche ging und geht sogar so weit, dass man bis heute noch den Namen dieses Bischofs auf Straßenschildern in vielen Orten unseres Landes findet. Schließlich hatte der Erzbischof ja auch sehr viele schöne Bauten errichten lassen, die heute noch Bewunderung finden, welche aber in Wirklichkeit mit dem Blut und den Tränen seiner Untertanen erbaut wurden."

„Nur wegen dieser von ihm in Auftrag gegebenen Kirchen sollten seine Schandtaten verschwiegen und er in ein besseres Licht gerückt werden? So etwas kann es doch nicht geben", sagte Peter, der Architekt, mit einem Kopfschütteln.

„Stellt euch vor", antwortete Herbert, „in Salzburg oder Berchtesgaden gäbe es heute Straßen oder Plätze, die nach Kriegsverbrechern benannt wären! Einfach unvorstellbar!"

Wolf nickte: „Das ist ja auch etwas ganz anderes, zumindest wird das von vielen so gesehen. Ich habe kürzlich hier am Waldrand eine Frau und einen älteren Mann, vermutlich waren es Lehrer, mit einer Kinderschar getroffen. Sie meinten zu den Vorwürfen gegen Max Gandolf nur, dass der Bischof schließlich ein Christ gewesen sei. Aber waren das nicht auch viele andere, deren Namen man heute besser nicht mehr aussprechen sollte?

Zurzeit ist es aber in Österreich und vielleicht auch schon in Deutschland opportun, Hunderte von Straßennamen umbenennen zu wollen. Da hört man auf einmal, dass die Namen von bedeutenden Politikern und auch Wirtschaftstreibenden der Nachkriegsepoche, welchen man nachweisen konnte, dass sie sich während der Nazizeit antisemitisch oder ausbeuterisch betätigt haben, nichts auf Straßenschildern verloren haben."

Elisabeth meinte: „Aber den erzbischöflichen Kindermörder hofiert man weiterhin, nicht wahr?"

„Leider ist das so, aber irgendjemand muss da großes Interesse daran haben, dass es so bleibt."

Dann erzählte er weiter:

„Dieser Max Gandolf von Kuenburg hat sogar eine eigene Grabstelle in der Krypta des Salzburger Doms erhalten und seine Innereien befinden sich in der von ihm erbauten Kirche Maria Plain nahe Salzburg. Kurz vor seinem Tode wurde er sogar noch vom Papst zum Kardinal ernannt.

Freilich war dieser Erzbischof nur ein kleines Rädchen in den Annalen der Hexenverfolgungen. Aber in seiner Amtszeit gelangte er zumindest hier im Land Salzburg mit seinen Gräueltaten zu trauriger Berühmtheit, über welche aber heutzutage interessanterweise nur noch spärlich und am Rande berichtet wird.

Nur zu eurer Information: Die Inquisition der römisch-katholischen Kirche forderte zwischen dem dreizehnten und dem achtzehnten Jahrhundert allein in Europa mindestens eine Million Todesopfer.

Diese Zahl ist aber umso schwerwiegender, als es zu dieser Zeit in ganz Europa ohnehin nur durchschnittlich achtzig Millionen Einwohner gab.

Es handelte sich somit prozentual um die größte gezielte Ausrottung von Menschen in der Geschichte.

Freilich distanziert sich die heutige Kirche von diesen Verbrechen und will damit nichts mehr zu tun haben.

Es ist natürlich auch zu erwähnen, dass Papst Paul II. lobenswerterweise vor zwölf Jahren öffentlich Abbitte geleistet hat für diese Gräueltaten seiner Kirche, aber ob es in irgendeiner Form eine Wiedergutmachung geben wird, ist nicht anzunehmen.

Die vielen kleinen Dorfpfarrer, welche sich in der Ausübung ihres Amtes aufopfernd bemühen, die Religion einigermaßen wieder ins rechte Licht zu setzen, haben mit dieser Hypothek aus den vergangenen Jahrhunderten auch heute noch schwer zu kämpfen.

Aber sogar hier und jetzt dürfte einiges schieflaufen. Einen Amokläufer, der vor fünfzehn Jahren in dieser Gegend, ganz in der Nähe der Burg Mauterndorf, sechs Menschen und anschließend sich selbst erschossen hatte, wollte man nicht einmal auf dem Ortsfriedhof begraben. Na ja, er war schließlich nur ein Mechaniker gewesen und kein Erzbischof, welcher ja trotz seiner Verbrechen sogar im Dom bestattet werden durfte."

Peter meinte kopfschüttelnd:
„Für mich ist so etwas schlichtweg Verherrlichung. Verherrlichung eines Verbrechers gegen die Menschlichkeit."

Während die kleine Gruppe durch den dichten Wald wanderte, in dem an bestimmten Stellen Schautafeln angebracht waren, welche an das Schicksal der armen Opfer erinnern sollten, meinte Herbert:
„Was mich aber besonders interessiert, ist die Tatsache, dass sich der Reichsführer SS Himmler so massiv für diese Hexenprozesse interessiert hat und dass er hierfür sogar ein eigenes Amt innerhalb der SS geschaffen hat. Der hat doch mit Sicherheit nach irgendetwas gesucht. Ob er es wohl gefunden hat?"
Wolf antwortete ihm:
„Der General hat mir erzählt, dass Himmler mit sehr viel Aufwand nach diesen Prozessakten suchen ließ und ganz bestimmt etwas zu finden hoffte. Bei der nächsten Gelegenheit werde ich Kammler nochmals darauf ansprechen, vielleicht erfahre ich dann mehr."
Mittlerweile waren sie bei dem Platz angelangt, an welchem früher der gewaltige Scheiterhaufen loderte. Ein

dreißig Meter langes Oval, von einem metertiefen Graben umschlossen, mitten im Wald erinnerte an die grausige Stätte von einst. Und wieder waren es die Frauen vom Isais-Ring, welche das Grauen an diesem Ort fast körperlich zu spüren vermeinten.

Als die Gruppe dann wieder auf dem Rückweg zu den Autos war, sagte Wolf:

„Vielleicht könnten wir mithilfe des Generals einmal einen Blick in diese Zeit werfen."

„Ohne mich", antwortete Elisabeth, „was meinst du, ich möchte doch nicht in die Hände dieser Mörder fallen."

„Nein, das müsste mithilfe von Kammler schon ordentlich abgesichert sein und außerdem sind du und dein Mann schließlich bei der Polizei", lachte Peter, „ich wäre schon mit dabei."

KAPITEL 5

▲

SCHÖRGEN TONIS HÖLLENFAHRT

Der Kontakt mit dem General im Berg kam diesmal rascher als sonst zustande. Wolf war allein zum Treffpunkt gekommen. Nachdem er dem General sein Anliegen ausführlich vorgetragen hatte, meinte dieser: „Ich könnte mir vorstellen, dass da auch schon andere in diese Zeit gereist sind. Vielleicht, um etwas zu suchen. So wie etwa der Reichsführer SS mit seiner Hexenkartothek. Möglicherweise gibt es da auch für uns neue Erkenntnisse. Ich kann Ihnen jedenfalls helfen, dorthin zu gelangen."

Mit einem Lächeln meinte Wolf: „Ich danke Ihnen, General, und hoffe, dass wir auch Ihnen interessante Informationen mitbringen können."

Kammler nickte und meinte:

„Ich bin sicher, dass wir Ihre kleine Gruppe durch unser Dimensionstor direkt in das Schloss bringen können. Sie müssen mir nur noch ein exaktes Datum bekannt geben. Um die Örtlichkeit werden wir uns kümmern."

Der General schaute Wolf mit einem eigenartigen Blick an, so, als wolle er noch etwas hinzufügen, was er aber dann doch nicht tat. „Ich werde Ihnen zu Ihrer Sicherheit aber einige Soldaten mitgeben, falls etwas schiefgehen sollte."

Wolf versprach, so rasch als möglich den Zeitpunkt bekannt zu geben.

Linda, welche das Schloss Moosham schon des Öfteren in ihrer aktiven Zeit als Lehrerin mit Schulklassen besucht hatte, war um keinen Preis dazu zu bewegen, so eine Zeitreise in den Gerichtsraum neben der Folterkammer auf Moosham mitzumachen.

„Dort spukt es", sagte sie zu Wolf, „ich habe selbst einmal gesehen, als sich in diesem Schloss ein Hunderte Kilogramm schwerer Kasten von selbst bewegte! Es waren zwar bloß einige Zentimeter, aber wenn du so etwas hautnah erlebst, dann ist dir das nicht mehr einerlei."

Auch Wolfs Überredungskünste konnten die Lehrerin nicht davon überzeugen, bei dieser Reise in die Vergangenheit mitzumachen. Zudem hatte Linda, welche gerade das Haus ihrer Mutter umgestaltete, sehr viel Arbeit. Da war ihr jeder Tag wichtig, zudem waren laufend Handwerker da.

Nun, dann würden sie eben nur zu fünft den Schörgen Toni besuchen. Wolf hatte da schon wieder eine Idee ...

„Wir brauchen uns keine besonderen Gewänder anzuziehen, wenn uns Kammler in das Schloss bringt. Auffallen werden wir ohnehin. Trotzdem schlage ich vor, wir ziehen uns dunkel an, dann werden wir in dem düsteren Gerichtsraum nicht so schnell gesehen. Das Wichtigste ist jedoch unsere Ausrüstung. Wir müssen uns sehr gut vorbereiten, wer weiß, mit welchen Angriffen wir konfrontiert werden", sagte er bei der nächsten Zusammenkunft zu den anderen.

Claudia meinte: „Der General will uns ja bewaffnete Soldaten zum Schutz mitgeben, genügt das nicht?"

„Die sollten nur im schlimmsten Notfall eingreifen. Ich möchte ein Blutvergießen auf alle Fälle verhindern, wer weiß, vielleicht ist eine der Wachen im Schloss ein Vorfahre von einem von uns, und wenn so ein Scherge durch unsere Expedition den Tod fände, dann würde einer von uns möglicherweise aufhören zu existieren. Nein, wir werden uns die Burschen mit geeigneten Mitteln schon vom Leibe halten."

„Unsere Pfeffersprays sind auch nicht zu verachten", lachte Elisabeth, die Polizistin, „ich werde einige davon mitnehmen, das kann nie schaden."

Wolf hatte sich vor geraumer Zeit Neun-Millimeter-Pfefferpatronen gekauft. Diese konnte er aus seiner Glock-

Polizeipistole abfeuern. Das machte ordentlich Krach, genauso wie eine scharfe Patrone, und zudem konnte man sich damit jeden Angreifer auch auf größere Distanz vom Leibe halten. Er hatte genug von dieser Munition, deshalb versprach er, auch Herbert und Elisabeth welche für ihre Pistolen zu geben.

„Vergesst nicht", gab Peter zu bedenken, „die haben zur damaligen Zeit auch schon Gewehre gehabt und auf so eine Distanz nützt uns der Pfefferspray nichts."

„Tränengas- und Blendgranaten würden da hilfreich sein", erwiderte Herbert, „ich kenne da jemanden, der uns damit aushelfen könnte. Zwei solcher Dinger in den Schlosshof geworfen, sollten uns vor den Wachen schützen."

„Und vergesst eure Polizeihandschellen nicht, möglicherweise sind die auch zu etwas nütze", meinte Wolf.

„Taschenlampen sollten wir auch dabei haben und vor allem die starken Laser", ergänzte Claudia mit gemischten Gefühlen. Sie ahnte nicht, was ihnen noch bevorstehen würde.

Wolf musste zuvor in den alten Sagenbüchern das Datum ausfindig machen, an dem dieser Schörgen Toni angeblich vom Teufel persönlich geholt wurde. Es war der achtundzwanzigste August des Jahres 1775. Er ließ dies dem General ausrichten, indem er an den Obersturmbannführer Weber eine SMS sandte.

Schließlich, am Tag der Zeitreise, als die fünf am frühen Vormittag bei der Mauer des Baches standen – dort, wo das Wasser über das Wasser fließt –, kam dann doch ein gewisses Unbehagen auf. Keiner von ihnen wusste ja, wie dieser Besuch dort im siebzehnten Jahrhundert ablaufen würde. Plötzlich begann die Luft über dem Wasser zu flimmern und Weber stand vor ihnen. „Ich heiße Sie willkommen, gehen Sie mir nun einzeln nach", sagte er und deutete dabei auf das rasch fließende Wasser des Baches vor ihm. Alle Mitglieder des Isais-Ringes, außer Wolf, kostete es schon einige Überwindung, dem Obersturmbannführer zu folgen und scheinbar direkt in das Wasser zu gehen. Diesmal trafen sie im Inneren der Station nicht auf den General. Stattdessen warteten vier gut bewaffnete SS-Soldaten und der Obersturmbannführer auf sie. „Gehen Sie nun alle durch dieses Tor", sagte Weber und deutete dabei auf ein Portal, welches auch Wolf bei seinen bisherigen Besuchen in der Station noch nicht gesehen hatte. Es musste sich offensichtlich um eine neue Art Dimensionstor handeln.

„Sie sollten direkt in der Gerichtsstube des Schlosses Moosham herauskommen."

„Machen Sie aber schnell, der Überraschungseffekt wird dem Schörgen Toni keine Zeit lassen, die Wachen zu rufen. Zu Ihrer Sicherheit werden sich unsere Männer an der Tür und bei den Fenstern postieren. Sie werden nur schießen, wenn es unvermeidbar wird. Und nun gehen Sie."

Fast gleichzeitig gingen die fünf Freunde, gefolgt von den vier Soldaten mit ihren Maschinenpistolen durch das Dimensionstor. Im nächsten Moment erschienen sie im Halbdunkel des kalten Gerichtsraumes auf der gegenüberliegenden Seite des Richterstuhls. Vor ihnen kauerte eine junge Frau auf dem steinernen Boden. Augenscheinlich war sie verletzt. Über ihr erhob sich der schwere Tisch, auf welchem ein überdimensionales Kreuz mit zwei Kerzen stand, welche ein spärliches Licht auf einige Akten warfen. Dahinter, auf einem großen Stuhl, saß der Gerichtsdiener. Es war eine jämmerliche Gestalt von eher kleinem Wuchs und mit einem pockennarbigen Gesicht. Das sollte der allmächtige Schörgen Toni sein, der hier über Leben und Tod entscheiden konnte, wie es ihm gefiel. Im fahlen Kerzenlicht konnten die Freunde sein hässliches Antlitz gut erkennen. Er selbst sah aber die allesamt dunkel gekleideten Freunde nicht, ebenso wenig, wie er die SS-Soldaten in ihren schwarzen Uniformen ausnehmen konnte, die sich leise in dem kaum beleuchteten Gewölbe verteilten. Der Pockennarbige schien so in sein Verhör vertieft zu sein, dass er vorerst nichts von der Anwesenheit unserer Freunde bemerkte. Er fragte die am Boden liegende Frau in einem alten Dialekt etwas, was aber niemand verstehen konnte. Als die Frau keine Antwort gab und nur leise wimmerte, sprang er wütend von seinem Stuhl auf und kam hinter seinem Tisch hervor. Er hinkte. Plötzlich hatte der Schörgen Toni eine Peitsche in der Hand und holte zum Schlag auf die Frau aus.

Im selben Moment zog Wolf seinen neuen, fünftausend Milliwatt starken Laser aus der Hosentasche, schaltete ihn ein und richtete den roten Strahl direkt auf den Hals des Peinigers. Es zischte, der Gerichtsdiener schrie auf, die Peitsche fiel ihm aus der Hand, als er sich an die Gurgel griff. Es roch nach verbranntem Fleisch.

Vor Schreck erstarrt erblickte er nun die Gruppe an der Wand des Gewölbes, von der er sich nicht erklären konnte, wie die hier überhaupt hereingekommen war. „Wer seid Ihr? Um Christi willen, wer seid Ihr?", fragte er mit zitternder Stimme. Seine hasserfüllten Augen musterten zuerst Wolf und dann die anderen vier. Wolf trat einen Schritt vor und sprach mit tiefer, fester Stimme:

„Lass er Christus aus dem Spiel, der Name Gottes aus seinem Munde ist Blasphemie und er weiß, was darauf steht – der Tod!"

„Wer seid Ihr?", stammelte jetzt der kleinwüchsige Schörgen Toni zum dritten Male. Wolf sah ihn durchdringend an und sprach:

„Für dich bin ich der Satan, der Satan in Menschengestalt. Ich bin gekommen, um deinem Treiben ein Ende zu bereiten. Deine Zeit ist um, Anton Heilmayer."

Der Gerichtsdiener schien zu Tode erschrocken, er riss seine Augen weit auf und spähte zur Tür, als wolle er fliehen. Doch im nächsten Moment sah er einen der SS-Soldaten vor sich, welcher ihm mit einem festen Stoß den Lauf seiner Maschinenpistole in die Rippen rammte. Die Gefährlichkeit dieser Waffe aber nicht erkennend, griff der Schörgen Toni unter seinen Umhang und holte einen Dolch hervor, mit dem er auf den Soldaten losgehen wollte.

Dem SS-Mann würde nichts anderes übrig bleiben, als zu schießen, aber gerade das sollte doch vermieden werden.

Jetzt sprang Elisabeth, die ja bereits die Aufnahmeprüfung für das Spezialeinsatzkommando Cobra absolviert hatte, mit zwei großen Sätzen zu ihm. Mit einem raschen Griff entwand sie ihm sein Messer und warf ihn zu Boden. Dann klickte es zweimal und der Sadist lag, mit Handschellen auf dem Rücken gefesselt, bäuchlings auf dem kalten Steinboden. Er stieß einen lauten Schrei aus, der die Wachen draußen im Burghof auf den Plan rief.

Einer der SS-Soldaten schob den schweren Riegel vor die massive Holztür im Gerichtsraum und meinte: „Hier drinnen sind wir sicher, wir müssen bloß aufpassen, dass die Schergen des Gerichtsdieners nicht zu den Gitterfenstern hereinschießen." Das war das Stichwort für Herbert. Er holte eine Tränengas- und eine Blendgranate aus seinem Anorak hervor, aktivierte diese und warf sie gekonnt zwischen den Gitterstäben in den Burghof hinaus. Ein gleißender Lichtblitz erhellte den düsteren Hof und die Schwaden des Tränengases breiteten sich rasch aus. Die Wirkung ließ nicht lange auf sich warten. Bald hörte man laute Schreie, vermischt mit Husten und Röcheln.

Claudia kniete bei der jungen Frau am Boden und half ihr aufzustehen. Diese sagte, sie wäre als Hexe angeklagt worden, weil sie mit Kräutern aus dem Wald ihre kranke Großmutter geheilt habe. Auf sie warte nun der Tod auf dem Scheiterhaufen, erklärte sie in ihrer eigentümlichen, alten Sprache.

„Du wirst nicht sterben", sagte Wolf zu ihr, „zumindest nicht jetzt und nicht hier. Wir werden dich befreien und an einen sicheren Ort schaffen." Als er sah, dass die Frau an den Füßen mit schweren Eisenschellen gefesselt war, welche ihre Knöchel blutig gerissen hatten, wandte er sich zum Schörgen Toni. „Dafür wirst du büßen, du elender Wicht!", mit diesen Worten nahm er seinen Laser wieder hervor, zielte auf das Gewand des auf dem Boden liegenden Peinigers und setzte dieses damit augenblicklich in Brand.

Da sich dieser wegen seiner am Rücken gefesselten Hände nicht wehren konnte und verbrennen zu müssen glaubte, schrie und quiekte er wie ein Schwein, was aber Wolf nicht im Geringsten beeindruckte.

„So haben sich deine Opfer auch gefühlt, als die Flammen des Scheiterhaufens zu lodern begannen."

Dann ging er zum Richtertisch, nahm die dort liegende Bibel und die Anklageschrift und warf sie auf die jämmerliche Kreatur, die sich vor ihm am Boden liegend vor Todesangst wand.

„Wir wollen ihn doch lebend!", lachte Peter, der Graf vom Palfen, und trat auf die brennende Kleidung des Gerichtsdieners, um die Flammen auszulöschen. „Er soll ja schließlich noch büßen können."

„Du hast Recht", antwortete Wolf, während Peter beim Austreten der glosenden Jacke dem Mann mit den Schuhen auf den Rücken trat.

Die Schreie des Schörgen Toni hatten aber zur Folge, dass die Wachen draußen im Burghof jetzt mit allen Mitteln versuchten, sich Zutritt zum Gerichtsraum zu verschaffen, um ihrem Gebieter zu Hilfe zu eilen. Plötzlich zuckte Elisabeth zusammen und taumelte zurück. Wolf sah entsetzt den Bolzen einer Armbrust aus ihrem Bauch ragen. Elisabeth öffnete ihren Anorak und zog den Pfeil aus der schusssicheren Polizeiweste heraus. „Na, hab ich es doch gleich gewusst, dass diese schweren Dinger nicht ganz nutzlos sind", lachte sie.

Wolf versuchte, vom Rande des Fensters aus den Schützen auszumachen. Dieser befand sich weit hinten auf dem hölzernen Wehrgang über dem Burghof und spannte gerade erneut seine Armbrust. Wolf zielte mit dem Laser auf ihn und fuhr mit dessen Strahl über das Gesicht des Schützen. Ein grässlicher Aufschrei hallte über den Hof der Burg und die mörderische Waffe entglitt diesem, als er sich seine Hände vor das Gesicht hielt.

Peter, der Graf vom Palfen, meinte: „Wahrscheinlich war das ein Zufallstreffer. Der hat einfach nur durch das Fenster geschossen und dabei Elisabeth getroffen. Sehen konnte er in dem dunklen Raum bestimmt niemanden. Aber jetzt wird er keinem mehr mit seiner Armbrust etwas anhaben können."

Herbert und Peter waren inzwischen damit beschäftigt, der jungen Frau die Fußfesseln abzunehmen. Draußen im Burghof hatten sich die Schwaden des Tränengases offenbar schon etwas verflüchtigt, denn man konnte schon wieder ein hektisches Stimmengewirr und Waffenklirren vernehmen.

„Ich werde meine letzten zwei Granaten noch in den Schlosshof werfen", meinte Herbert und ging zum Gitterfenster. „Aber dann sollten wir uns wieder auf den Rückweg machen, denn langsam wird es hier für uns gefährlich."

„Ja, aber diese Frau nehmen wir mit, denn wenn wir sie hierlassen, wird sie sicher umgebracht werden", sagte Claudia.

„Du glaubst, wenn wir sie in unsere Zeit schaffen, dann ist sie gerettet?", fragte Herbert.

„Retten können wir sie in jedem Fall. Aber ich meine, wir sollten sie anschließend in eine Zeit bringen, in der sie auch ein normales Leben weiterführen kann. Wer weiß, ob diese Frau aus dem achtzehnten Jahrhundert in unserer Zeit überhaupt zurechtkäme? Mir wird schon etwas einfallen", antwortete Wolf.

Er ging zu dem SS-Soldaten, der die Rückreise durch das Dimensionstor aktivieren konnte. Dieser deutete auf den Schörgen Toni und die Frau und meinte: „Die beiden müsst ihr jetzt gut festhalten, damit auch sie in der Station ankommen." Dann aktivierte er das Dimensionstor.

Im nächsten Moment befanden sich alle in der Station des Generals im Untersberg. Als Obersturmbannführer Weber den eigentümlich gekleideten und mit Handschellen gefesselten Gerichtsdiener sah, meinte er mit einigem Erstaunen: „Wen habt ihr denn da mitgebracht? Und weshalb ist der Mann gefesselt?"

„Das ist eine abscheuliche Kreatur, der hat viele unschuldige Leute auf dem Gewissen, wir haben ihn sozusagen aus dem Verkehr gezogen", gab Wolf zur Antwort.

Mit finsterer Miene meinte Weber: „Soll der General ein Exekutionskommando für seine Erschießung bereitstellen?"

„Nein danke, wir haben uns eine spezielle Strafe für diesen Wicht ausgedacht, er soll ja schließlich für seine Taten noch büßen können", entgegnete Wolf.

Weber nickte nur und fragte: „Und wer ist diese junge Frau?" Claudia schaute ihn an und klärte den Obersturmbannführer über die Umstände auf, welche zur Verhaftung und Folterung dieses armen Geschöpfes geführt hatten. Im Anschluss meinte sie: „Können Sie die Wunden an ihren Knöcheln in Ihrer Sanitätsstation versorgen lassen? Und wäre es möglich, dass wir sie danach wieder zurückbringen in ihren Heimatort? Aber sicherheitshalber zehn Jahre später, denn ab dieser Zeit gab es hier keine Hexenverfolgungen mehr."

„Das wird sich bestimmt machen lassen", antwortete der Obersturmbannführer und rief nach einem Sanitäter, welcher die Frau in Begleitung von Claudia und Elisabeth in einen anderen Raum führte.

„Wir werden den Gerichtsdiener jetzt nach Salzburg bringen", sagte Wolf.

Herbert und Peter nahmen den Schörgen Toni in ihre Mitte und gingen mit dem gefesselten Peiniger von Moosham durch das Dimensionstor nach draußen, wo Wolfs Wagen ganz in der Nähe des Baches stand. Der Kofferraum wurde geöffnet und der kleine, hässliche Richter hineingeworfen. Sie fuhren mit ihm bis in die Altstadt von Salzburg und blieben in Sichtweite des Domes stehen. Peter und Herbert holten den Gefesselten heraus und nahmen ihm die Handschellen ab. Es war gerade ein Nachmittag in der Festspielzeit und die Aufführung des weltbekannten Schauspiels „Jedermann" auf dem Platz vor dem Salzburger Dom war voll im Gange. Der Schörgen Toni, der immer noch von Herbert und Peter festgehalten wurde, konnte von Weitem die Schauspieler in ihren alten Gewändern auf der Bühne vor der imposanten Kathedrale sehen. Wolf stellte sich hinter den Gerichtsdiener. „Geh Er hin und kehre Er niemals wieder, sein Schicksal wird sich nun erfüllen", sagte er zu ihm in verheißungsvollem Ton und wie auf ein Stichwort ließen die beiden Freunde den Schörgen Toni laufen. Dieser sah sich noch einige Male wie ein gehetztes Tier um, ob ihm ja niemand folgen würde, und verschwand schließlich in der Menge. Dann aber rannte er direkt auf die Bühne zu. Über die hölzerne Stiege erklomm er das riesige Podest und lief die dort aufgebaute, prunkvolle Festtafel entlang, bis ans andere Ende, wo eine Truhe stand. Er streifte in seiner Hektik einige der dort sitzenden Mimen, welche dadurch sogar ihr Getränk in den Bechern verschütteten. Diese Szene wurde mit einem erstaunten Raunen der Zuschauer auf den Rängen kommentiert. Keiner, auch nicht die Darsteller selbst ahnten, dass diese Gestalt mit ihrem angesengten Gewand nicht zum Schauspiel gehörte. Als er sich auf die Truhe setzen wollte, sprang plötzlich der Deckel der Kiste auf und der Teufel stand vor ihm – der Leibhaftige mit Pferdefuß und Hörnern. Der Schörgen Toni schrie auf und lief entsetzt über eine hölzerne Treppe in Richtung des Domeingangs hinunter, bis zwei Requisiteure, die offenbar doch bemerkt hatten, dass er nicht zum Ensemble gehörte, ihm nachrannten. Der Gerichtsdiener hetzte in den Dom hinein und rief mit krächzender Stimme nach dem Erzbischof. Schaurig hallte es im großen Mittelschiff der Kathedrale: „Mein Fürst, ich rufe Euch!" Er war außer Atem und der Schweiß rann ihm über sein pockennarbiges Gesicht. Der Dom zu Salzburg sah aber anders aus, als er ihn in Erinnerung hatte. In der Nähe des Hauptaltares angelangt, erblickte er einen Abgang. Vorne links führte eine Treppe hinunter. Ohne zu zögern lief er darauf zu.

Die beiden Verfolger kamen immer näher an den Schörgen Toni heran, der geradewegs in die Krypta des Domes hinunterstolperte. Hier unten war es hell erleuchtet, obwohl weder Fackeln noch Öllichter zu sehen waren.

So etwas hatte er noch nie erblickt. Schließlich gelangte er in einen Raum, in welchem Marmortafeln an den Wänden die Grabstätten der Erzbischöfe kennzeichneten. Das hatte er bei seinen Besuchen in Salzburg bisher nicht gesehen. Das musste der Erzbischof neu errichtet haben. Dann entdeckte er eine Tafel auf der stand:

Hieronymus Josephus
Ex Comtibus de Colloredo
+ MDCCCXII

Hier war offenbar die letzte Ruhestätte seines Erzbischofs. Das bedeutete aber, dass der Erzbischof Colloredo, in dessen Namen er ja auf Moosham Recht sprechen und foltern durfte, schon tot war. Aber hier stand als Sterbejahr 1812 und heute schrieb man doch erst August 1775. Der Gerichtsdiener verstand gar nichts mehr. In diesem Moment waren aber auch schon die beiden jungen Männer direkt hinter ihm und Fluchtmöglichkeit gab es jetzt keine mehr aus dieser Krypta. So verwirrt, wie er nun war, leistete er auch keinen Widerstand und ließ sich von den beiden Burschen aus dem Dom hinausführen. Zwar verlangte er einige Male nach dem Erzbischof und antwortete auf die Frage, wer er sei: „Ich bin der Gerichtsdiener von Moosham", womit die beiden jungen Männer aber nichts anzufangen wussten. Auch die Leute von der Festspiel-Security, welche herbeigerufen wurden, konnten seinen Aussagen nichts Brauchbares entnehmen und holten letztendlich die Polizei, da sie an einen Attentatsversuch eines Verrückten glaubten.

Auf der Polizei-Wachstube beim Salzburger Rathaus, welche im Volksmund einen gewissen Ruf besaß, wurde der Schörgen Toni gar nicht fein behandelt, ja, man drohte ihm sogar an, ihn in eine Arrestzelle zu sperren, sollte er seine wahre Identität nicht unverzüglich preisgeben. Er behauptete jedoch immer wieder, der Gerichtsdiener von Moosham zu sein, und wollte zum Erzbischof gebracht werden. Den Beamten kündigte er an, sie auf der Streckbank foltern zu lassen, wenn sie ihn nicht sofort ins erzbischöfliche Palais bringen würden. Er wusste offenbar nicht, wo er sich gerade befand und in welcher Gefahr er selbst schwebte, sonst hätte er solche Bemerkungen wohl unterlassen.

Aber er hatte Glück und kam mit dem Schrecken davon, denn der Kommandant der Wachstube, ein älterer Kollege und guter Bekannter von Elisabeth, schlug schließlich vor, die Nervenklinik zu verständigen, da dieser Mann sicherlich ein Fall für die Psychiatrie wäre. So geschah es dann auch. Kurz darauf erschien der weiße Wagen der Klinik. Zwei kräftige Männer stülpten dem Schörgen Toni eine Zwangsjacke über und brachten ihn zum Fahrzeug. Der diensthabende Oberarzt, welcher die Untersuchung vornahm, wies ihm schließlich eine Gummizelle zu und meinte lächelnd: „Dein Freund ist also der Erzbischof Colloredo und du bist der Gerichtsdiener von Moosham, da bist du hier bei uns in guter Gesellschaft, denn dein Zellennachbar ist der Kaiser Karl vom Untersberg. Einen erholsamen Aufenthalt wünsche ich."

Damit schloss sich die Tür der Gummizelle hinter Anton Heilmayer, dem Peiniger von Schloss Moosham.

Für seine Zeitgenossen im achtzehnten Jahrhundert hieß es aber nur, dass ihn der Teufel höchstpersönlich abgeholt hätte.

Wolf war mittlerweile mit Herbert und dem Grafen vom Palfen wieder zum Eingang der Station zurückgefahren. Der Mechanismus des Tores war wie vereinbart noch eingeschaltet geblieben und so konnten die drei ungehindert wieder in den Berg zum General hineingehen. Dort warteten bereits Claudia und Elisabeth. Die junge Frau aus dem achtzehnten Jahrhundert trug einen Verband an ihren Knöcheln. Sie schien total verwirrt und konnte sich keine Vorstellung darüber machen, was mit ihr geschehen war und wo sie sich überhaupt befand.

„Wir möchten die Frau jetzt wieder zurückbringen, und zwar ganz in die Nähe ihres Heimatortes Mauterndorf.

Aber eben genau zehn Jahre später, das heißt, Ende August 1785", sagte Wolf zu Obersturmbannführer Weber.

„Haben Sie genauere Ortsangaben?" Weber schaute Wolf fragend an.

„Freilich", antwortete dieser und zog sein Handy aus der Tasche, „hier habe ich die Koordinaten vom Alpenflugplatz Mauterndorf gespeichert: Nord 47 08.0 und Ost 013 41.8. Die Wiese liegt unweit des Dorfes, das müsste passen."

„Hervorragend, ich lasse diese Daten gleich einstellen", antwortete der Obersturmbannführer und ergänzte lächelnd: „Wir werden der Frau noch etwas auf die Reise mitgeben, damit sie ein geordnetes, schönes Leben führen kann."

Wolf schaute Weber fragend an: „Wollen Sie ihr ein paar Goldmünzen mitgeben, solche, welche auch ich schon von Ihnen erhalten habe?"

„Mit unseren englischen Goldmünzen von 1938 würde sie möglicherweise Schwierigkeiten bekommen, aber mit einer kleinen Scheibe, abgeschnitten von einem Reichsgoldbarren, wird sie in ihrer Zeit bestimmt zu einer wohlhabenden Frau werden."

Es dauerte nicht lange, da kam ein Soldat mit einem massiven Goldstück und überreichte es der Frau, die nicht wusste, wie ihr geschah. Dann war es soweit und die Mitglieder des Isais-Ringes standen mit ihr vor dem Dimensionstor. Diesmal war nur ein Soldat, der das Tor betätigen sollte, bei ihnen. Sie kamen bei strahlend schönem Wetter auf der Wiese neben dem kleinen Fluss heraus, genau an jener Stelle, wo sich in zweihundert Jahren der Sportflugplatz Mauterndorf befinden würde. Die Frau erkannte voll Freude schon von Weitem den Kirchturm ihres Heimatdorfes und verabschiedete sich herzlich sich von den Freunden.

„Die kann sich jetzt ein schönes Leben machen, hier, in diesem idyllischen Bergdorf. Sicher kennt sie noch Leute von früher", sagte Wolf beim Zurückgehen ins Dimensionstor, welches der Soldat soeben aktiviert hatte.

Eine halbe Stunde später saßen die fünf Mitglieder des Isais-Ringes bereits in der Stube des Alten Gasthofes.

Draußen war ein Gewitter. „Na, was sagt ihr dazu? Ist doch alles nach Plan verlaufen. Und ein gutes Werk haben wir sozusagen auch noch vollbracht", lachte Wolf, „das muss ich heute noch Linda erzählen, damit sie weiß, was sie versäumt hat."

„Was heißt nach Plan verlaufen?", fragte Elisabeth.

„Ohne die schusssichere Weste hätte ich jetzt ein Loch im Bauch."

„Nachdem jetzt aber doch alles gut ausgegangen ist, spendiere ich euch eine Runde", sagte Peter, der Graf vom Palfen.

„Etwas zu essen könnte jetzt auch nicht schaden, seit der Früh haben wir nichts mehr gehabt", meinte Herbert. Wolf lachte und ergänzte: „Du meinst wohl, dass du seit über zweihundert Jahren nichts mehr gegessen hast?"

Monika, die junge Wirtin, kam zum Tisch, brachte die Speisekarten und fragte zu Wolf gewandt: „Na, habt ihr wieder eine interessante Entdeckungstour am Untersberg hinter euch?"

Mit einem vielsagenden Blick lächelte er sie an und meinte: „Zuerst war es das Schloss Moosham, wo wir uns etwas umgesehen haben, und bei der heutigen Festspielaufführung des ‚Jedermann' am Domplatz waren wir auch noch kurz. Dann sind wir noch auf einen Abstecher in Mauterndorf gewesen und jetzt haben wir Hunger."

Die Wirtin schaute etwas ratlos und meinte: „Wie soll sich das alles an einem halben Tag ausgehen? Da wart ihr aber schneller, als die Polizei erlaubt."

„Das haben wir alles sozusagen unter Polizeiaufsicht gemacht", lachte Wolf und deutete auf Herbert und Elisabeth, „nur Blaulicht haben wir keines dabeigehabt."

„Ja, wir haben uns auch gefragt, wie das gehen sollte, aber es ist eben doch möglich, denn im Untersberg gehen die Uhren einfach anders", sagte Peter, der Graf vom Palfen, mit einem breiten Lächeln im Gesicht und setzte den Bierkrug zu einem kräftigen Schluck an seine Lippen.

KAPITEL 6

▲

DIE HERRSCHAFT DER KIRCHE

Nach dieser abenteuerlichen Aktion, welche im Einklang mit den Sagen und Überlieferungen stand, war Wolf nun neugierig geworden. Er wollte gerne wissen, wie es in dieser Zeit wirklich zugegangen war. Mit Beckers Hilfe könnte es ihm vielleicht ermöglicht werden, sich einen Einblick in die Zeit des Hexenverbrenners Max Gandolf zu verschaffen. Wolfs Recherchen ergaben, dass in dessen Regierungszeit die 1100-Jahr-Feier des Erzbistums Salzburg stattfand. Genauer gesagt, am 17. Oktober des Jahres 1682.

Als er Becker von seiner Idee erzählte, meinte dieser, dass es ohne Weiteres möglich sei, ihm auf unkomplizierte Art so eine Stippvisite zu ermöglichen. Becker meinte ironisch, dass der 17. Oktober diesen Jahres eine gute Gelegenheit wäre. Das würde bedeuten, dass diesmal die Reise auf den Tag genau 330 Jahre zurück in die Vergangenheit gehen würde.

Aber Wolf sollte nur allein kommen und auch nichts mitnehmen. Der Illuminat hielt es für zu gefährlich, mit zwei Personen unerkannt ins Barockzeitalter zu reisen.

Für eine passende Bekleidung würde er Sorge tragen, Wolf bräuchte sich um nichts zu kümmern.

Nach einer Woche war es soweit. Becker hatte als Treffpunkt einen kleinen Parkplatz im Untersbergwald vereinbart. Gegen zwanzig Uhr abends würde sich dort mit Sicherheit niemand mehr aufhalten.

Gar nichts mitzunehmen, gefiel Wolf überhaupt nicht. Wenigstens seinen starken Laser hätte er gerne dabeigehabt.

Andererseits konnte er aber Becker voll vertrauen, denn der Illuminat hatte schon des Öfteren bewiesen, dass er über außergewöhnliche Fähigkeiten verfügte. Deshalb hielt er sich also penibel an Beckers Anordnung und erschien ganz allein auf dem Parkplatz im Wald, wo der Illuminat bereits auf ihn wartete.

„Ziehen Sie sich aus, ich habe das passende Gewand für Sie dabei", sagte Becker, und als Wolf zögerlich begann, seine Jacke auszuziehen, meinte er:

„Alles, Sie müssen alles ausziehen. Auch die Schuhe und die Socken, hier habe ich ein Gewand für Sie." Mit diesen Worten gab er Wolf eine schwere Mönchskutte mit Kapuze und Ledersandalen. „Damit werden Sie sicher nicht auffallen und vergessen Sie nicht, Armbanduhr und Ring abzulegen. Wir werden ohnehin in wenigen Minuten wieder hier sein. Sie brauchen sich deshalb um Ihren Wagen und den Inhalt auch keine Sorgen zu machen."

Wolf stutzte. „In wenigen Minuten? Ich dachte, wir würden einige Stunden bei dieser Feierlichkeit im alten Salzburg verbringen."

„Das werden wir auch", antwortete der Illuminat, aber ich werde den Zeitpunkt unserer Rückkunft so wählen, dass wir gleich nach der Abreise wieder hier ankommen. Sie werden schon sehen. Und nun nochmals, reden Sie mit niemandem, auch dann nicht, wenn Sie irgendjemand ansprechen würde. Und auf gar keinem Fall dürfen Sie jemandem Ihren Namen nennen! Denn Wolf war zu dieser Zeit gleichbedeutend mit dem Bösen, dem Teufel."

Wolf nickte stumm. Sie gingen ein paar Schritte vom Wagen weg, Becker nahm seine Hand und im nächsten Augenblick blendete sie der helle Sonnenschein am Uferweg des Flusses in der Stadt Salzburg. Obwohl er schon zweimal so eine Zeitreise mithilfe der Korridore des Generals mitgemacht hatte, war Wolf auch dieses Mal aufs Neue absolut verblüfft über das Geschehene. Sie waren keinen Schritt gegangen und befanden sich trotzdem gut zehn Kilometer entfernt vom Untersberg und zudem noch dreihundertdreißig Jahre in der Vergangenheit, wenn Becker Recht hatte.

Wolf musste sich erst an die vollkommen andere Umgebung gewöhnen. Der Geruch von verbranntem Holz und eigenartigen Gewürzen lag in der Luft. Sie gingen auf den nahe gelegenen Mönchsberg zu und konnten dabei schon von Weitem den festlich geschmückten Weg sehen, auf dem unzählige Menschen daherkamen. Abordnungen der verschiedenen Zünfte in ihren Trachten, gefolgt von Ordensbrüdern aus fernen Landen zogen in langen Reihen auf die Stadt zu. Es waren Triumphbögen aufgebaut worden, welche aus Herbstblumen und Tannenzweigen bestanden. Als er sah, dass Wolf aus dem Staunen nicht mehr herauskam, meinte Becker:

„Ja, dieser Max Gandolf von Kuenburg hat diese Feierlichkeit recht gut inszeniert, was einen aber nicht vergessen lassen darf, dass der Bischof ein grausamer Schlächter war. Mit diesem Schauspiel wollte er sich seine Untertanen bei der Stange halten und zeigen, für welche Pracht er sorgen konnte."

Jetzt kamen einige pompöse, vierspännige Wagen mit einem Reitertrupp voran. Auch folgten der Kutsche sechs bewaffnete Reiter. Dabei musste es sich mit Bestimmtheit um höhergestellte, adelige Personen handeln. In den Buden neben dem Weg wurden Speisen verkauft. Es roch nach undefinierbaren Gewürzen. Becker deutete auf einen dieser Torbögen, unter dem gerade der prachtvolle Wagen eines Bischofs hindurchfuhr. „Sieben solcher Bögen wurden für diese Feierlichkeit errichtet. Eintausendeinhundert Jahre Erzbistum Salzburg. Für dieses Ereignis hat der Bischof sogar extra Münzen mit seinem Namen prägen lassen.

Er wollte eben in die Geschichte eingehen, was ihm schließlich auch gelang. Aber ganz anders, als er es beabsichtigt hatte, denn unter seiner Herrschaft und auf seinen Befehl wurden unzählige Leute, hauptsächlich Jugendliche, ermordet – im Namen der römisch-katholischen Kirche."

Als Wolf das Wort „Münzen" hörte, musste er daran denken, dass er ja schon vor Jahren, als er damals mit Linda nach Salzburg in die Zeit Mozarts gekommen war, einen Taler mit dem Konterfei des damaligen Bischofs Hieronymus Colloredo von einem Wirt abgekauft hatte. Er erzählte Becker davon, welcher mit einem Lächeln meinte: „Ich werde Ihnen einen solchen Taler zur Erinnerung besorgen, bleiben Sie hier stehen und, wie bereits gesagt, reden Sie mit niemandem, das wäre zu gefährlich." Dann ging er zu einem Haus, in dem die Gedenkmünzen des Bischofs verkauft wurden. Wolf stellte sich inzwischen mit gesenktem Haupt an eine Wand und faltete die Hände, so, als würde er im Gebet versunken sein. Kurz danach kam der Illuminat wieder heraus und überreichte ihm eine prägefrische Silbermünze. Als Wolf ihn fragte, welchen Wert der Taler in dieser Zeit hätte, antwortete Becker: „Das entspricht ungefähr dem halben Monatslohn eines Handwerksmeisters." Fast ehrfürchtig betrachtete Wolf dieses silberne Geldstück. Er erinnerte sich an seine Münze aus der Mozartzeit, die war zwar um einhundert Jahre jünger, sah aber dennoch schon sehr abgewetzt aus. Kein Vergleich also mit diesem prächtigen Stück hier.

Sogar die Rundung des Talers durch die Prägewalze konnte man eindeutig erkennen. Das würde ihm zu Hause in seiner Zeit niemand glauben.

Er steckte sie in einen kleinen Lederbeutel, der innen an der Mönchskutte befestigt war.

Sie wollten schon weitergehen, da entdeckte Wolf am Rock eines Mannes einen halben Silbertaler mit fast demselben Aussehen wie das Talerstück. Dieser hatte ihn mittels einer angelöteten Nadel am Gewand befestigt. Als Becker bemerkte, dass Wolf auch an diesem neuwertigen Stück interessiert war, kaufte er dem Mann den halben Taler ab, wobei dieser aber die angelötete Nadel einfach herunterbrach. So war auf der Münze eine winzige Ausbruchstelle zu sehen. Rasch steckte Wolf auch dieses Erinnerungsstück in den ledernen Beutel.

Sie gingen nun weiter den Fluss entlang in Richtung des Salzburger Domes. Hier, in dessen Nähe, befand sich auch der Kern der Altstadt. Viele der mehrstöckigen Häuser waren direkt an die senkrecht abfallenden Felsen des Mönchsberges gebaut. Durch eine enge Gasse erreichten sie schließlich die Domkirche, deren Eingangsportal mit Girlanden aus Blumen geschmückt war. Hoch oben von der Festung waren Salutschüsse aus Kanonen zu hören, welche vermutlich einem der hochgestellten Besucher gelten mussten.

Dann begannen die Glocken zu läuten. Ja, zuerst nur vom Dom her und dann aus allen Kirchen Salzburgs gleichzeitig. Es wäre fürwahr eine feierliche Stimmung gewesen, aber da Wolf wusste, dass dies alles zulasten des überwiegend armen Volkes ging, dem hier wieder einmal die Macht des Bischofs vor Augen geführt werden sollte, konnte er dieser Inszenierung kaum etwas abgewinnen. Ja, es widerte ihn an, diesen Prunk länger anzusehen. Becker bemerkte das und schlug vor, wieder zurückzukehren. „Können wir diesem Max Gandolf nicht doch noch einen kurzen Besuch abstatten? Ich wäre neugierig, wie so ein menschenverachtender Bischof in Wirklichkeit aussieht. Ich habe ihn bisher nur auf alten Gemälden im Dommuseum gesehen."

„Ja, freilich können wir das", antwortete Becker, „aber wir sollten uns dafür eine ruhigere Zeit aussuchen. Heute wird der Bischof sehr beschäftigt sein."

Wolf dachte, irgendwie enttäuscht, dass es wieder eine Weile dauern würde, bis der Illuminat ihn abermals auf eine Zeitreise mitnehmen könne, als Becker unverhofft sagte: „Wir werden ihn in einem Jahr aufsuchen, und zwar am Abend, direkt in seinen Gemächern, bevor er sich zur Ruhe begibt. Kommen Sie her zu mir." Mit diesen Worten nahm er Wolf bei der Hand und ging mit ihm unter einen der großen Torbögen in der Nähe der Domkirche.

Becker lächelte: „Es braucht ja schließlich niemand zu sehen, wenn wir hier so einfach verschwinden." Kaum hatte er diese Worte zu Ende gesprochen, befanden sich die beiden im Schlafgemach des Erzbischofs. Dessen Kammerdiener war soeben damit beschäftigt, ihm seine Kleider abzunehmen, als Max Gandolf im Spiegel die beiden Besucher aus der Zukunft erblickte. Er wusste, dass sich niemand unbemerkt in seine Gemächer hätte einschleichen können. Mit einer raschen Drehung wandte er sich den beiden zu und wollte den Kammerdiener schon um Hilfe schicken. Dieser eilte schnell zur Tür, als Becker die Hand erhob und zu ihm sprach: „Bleib Er stehen, es soll Ihm nichts geschehen, doch wenn Er diese Tür öffnet, dann wird es Ihm schlecht ergehen." Der Diener hielt erschrocken inne und blickte die beiden Mönche, die scheinbar urplötzlich aus dem Nichts erschienen waren, argwöhnisch an.

Der Bischof sah bei Gott nicht aus wie ein mächtiger Kirchenfürst. Nein, er war eher klein von Wuchs und unscheinbar. Er fasste sich rasch und stammelte: „Wer um Himmels willen seid Ihr? Seid Ihr Mönche? Ihr tragt die Ordenstracht der Franziskaner. Oder hat Euch etwa der Böse gesandt? Seid Ihr mit dem Zauberer Jackl im Bunde?" Ratlosigkeit spiegelte sich in seinem Antlitz wider.

Becker schien es beinahe Spaß zu bereiten, Gandolf zu verwirren, und er meinte zu Wolf gewandt: „Sag ihm, Bruder, was du von ihm hältst."

Nun trat Wolf einen Schritt auf den entsetzten Bischof zu und sagte mit gebieterischem Ton:

„Er ist nicht würdig, ein Landesfürst zu sein. In den Kerker werfen sollte man Ihn lassen. Nach außen hin gibt Er sich prunkvoll, so, als tue Er alles zum Wohle des Volkes. Er erlässt Gesetze zur Seuchenbekämpfung und Sauberkeit in der Stadt. In Wahrheit ist er ein schmutziger, gieriger, machtbesessener Schlächter, welchem es nur um seinen Ruhm und sein Wohlergehen geht und der sich auch nicht scheut, Bettelkinder ermorden zu lassen."

Der Bischof zitterte vor Wut, er war aber nicht in der Lage, eine Antwort zu geben.

Wolf fuhr fort: „Er selbst sollte auf dem Scheiterhaufen brennen, auf den Er die ärmsten der Armen geschickt hat. Die protestantischen Bergknappen lässt Er enteignen und ausweisen, wenn sie nicht katholisch werden. Er nimmt ihnen ihre Kinder weg, und wehrt sich ein Vater dagegen, so wird er auf die Galeere nach Venedig geschickt.

Und das alles im Namen Christi? Er hat noch viereinhalb Jahre zu leben, dann wird Er ohnehin vor seinem Richter stehen, denn in seinem Haupt ist bereits das Geschwür des Bösen manifest geworden."

Der Kammerdiener erschauerte und wurde bleich im Gesicht ob dieser düsteren Prophezeiung Wolfs.

Becker wandte sich zu diesem und sprach: „Merke Er sich gut, was Er soeben vernommen hat, und erzähle es später, nach dem Tod seines Herrn, der Nachwelt."

In diesem Augenblick rief der verängstigte Bischof laut um Hilfe und sogleich waren eilige Schritte vor der Türe des Gemaches zu hören, als der Illuminat wiederum die Hand hob. Der Schlüssel in der Türe drehte sich von selbst und verriegelte so das Schlafgemach.

„Teufelsspuk und Zauberei!", rief Gandolf. Aber unbeeindruckt erwiderte Wolf: „Sein Tod wird ein Segen für dieses Land sein, möge Er in der Hölle für seine Taten büßen."

Becker trat nun zu Wolf heran und nahm ihn bei der Hand. „Sie haben nun gesehen, was Sie wollten. Wir werden jetzt wieder in Ihre Zeit zurückkehren", sagte er.

Voller Entsetzen musste Max Gandolf mit ansehen, wie sich die zwei vermeintlichen Mönche sozusagen in Luft auflösten.

Im nächsten Moment befanden sich die beiden wieder auf dem kleinen Parkplatz im Untersbergwald. Wolf griff sofort in den kleinen Lederbeutel und konnte darin tatsächlich die beiden Silbertaler spüren.

„Na, zufrieden?", fragte Becker. „Ja, natürlich", antwortete Wolf, „aber ich habe mir diesen Bischof eigentlich ganz anders vorgestellt."

Der Illuminat antwortete: „Man sieht es meist keinem Verbrecher am Gesicht an, zu welchen Taten er fähig ist. Und bedenken Sie, der Bischof war nur ein winziges Rädchen in dieser Organisation, welche sich römisch-katholische Kirche nennt. Der Papst hat ihm kurz vor seinem Tod noch die Kardinalswürde verliehen. Das bezeugt doch, dass Gandolfs Grausamkeit auch an höchster Stelle Gefallen gefunden haben musste. Es hat aber noch viel schlimmere Kleriker gegeben, besonders unter den Jesuiten, denen der Bischof übrigens ebenfalls angehörte.

Die Inquisition hat vor Hunderten Jahren Verbrechen verübt, nach welchen es im Jahre 1947 wohl auch zu einem Verbotsgesetz gegenüber der Kirche hätte kommen müssen. Nur fühlte sich dazu sonderbarerweise niemand berufen."

Wolf musste daran denken, dass sein verstorbener Onkel, welcher ebenfalls Rosenkreuzer wie er war, einmal zu ihm gesagt hatte: „Weißt du, die Kirche hat ungeheuerliche Verbrechen begangen, über welche heutzutage kaum mehr gesprochen wird. Trotzdem gibt es unter den Geistlichen aber auch Leute, welche zum Segen der Gläubigen wirken. Deshalb hat meines Erachtens die Kirche für ihr Dasein eine Berechtigung. Sie ist auch für sehr viele Menschen ein Halt, den sie dringend brauchen und ohne welchen sie keine Hilfe hätten. Stell dir einmal das alte Mütterchen vor, das für die Heilung ihres kranken Enkelkindes in der Kirche betet. Möchtest du der Frau diese letzte Hoffnung nehmen? Also wollen wir die Kirche im Dorf lassen, obwohl zumindest wir beide um die wahren Hintergründe ein wenig Bescheid wissen."

Das Interessante daran war, dass dieser Onkel sogar im Kirchenrat seiner Gemeinde tätig war.

Becker sah Wolf nachdenklich an und sagte: „Ich habe diesen Ausflug mit Ihnen nicht nur deshalb gemacht, um Ihre Neugier zu befriedigen. Nein, meine Absicht war es, dass Sie sich heute ein Bild davon machen konnten, wie sehr es damals den Machthabern gelang, die Bevölkerung in einer Art unwissenden Dämmerungszustand zu halten. Die Macht der Kirche wurde nachhaltig demonstriert und der blinde Gehorsam der Leute mit der Drohung des Höllenfeuers sichergestellt. Und wagte es trotzdem einer, an den Dogmen zu zweifeln, dann wurde er rasch zum Schweigen gebracht. Dafür musste dann sogar der Teufel herhalten, welcher sich angeblich so eines armen Sünders bemächtigt hatte. Eine Auflehnung gegen die klerikale Diktatur war unmöglich.

Erinnern Sie sich an Galileo, welcher es wagte, öffentlich der Meinung der Kirche zu widersprechen, welche behauptete, dass die Erde der Mittelpunkt unseres Sonnensystems wäre.

Er wurde gedemütigt, musste seiner Lehre abschwören und starb nach Jahren im Hausarrest.

Erst 350 Jahre nach seinem Tod wurde der Physiker Galileo von der Kirche rehabilitiert. Papst Johannes Paul II. stellte fest, Galilei sei Unrecht geschehen, als ihn die Inquisition unter Folterdrohung zwang, dem neuen Weltbild abzuschwören, wonach sich die Erde um die Sonne dreht. Aber der Papst gestand den Richtern der Inquisition zu, sie hätten „guten Gewissens" gehandelt.

Auch die Verurteilung Giordano Brunos, einem ehemaligen Priester und Mönch, welcher es wagte, sich durch Studium der Philosophie und Astronomie eine selbstständige Denkweise anzueignen, indem er behauptete Gott in der gesamten Natur zu erkennen, zeigte die arrogante Intoleranz der römisch katholischen Kirche. Giordano Bruno wurde deswegen in Rom auf dem Scheiterhaufen verbrannt. Die Inquisition duldete kein eigenständiges Denken."

Wolf, der aufmerksam zugehört hatte, meinte: „Und Sie wollten mir damit zeigen, dass es auch heutzutage noch sehr ähnlich zugeht, nur mit subtileren Mitteln, nicht wahr?"

„Richtig, auch in dieser Zeit werden die Menschen auf einem Level gehalten, der für die wahren Herrschenden von Vorteil ist und der es eben nicht zulässt, eigene Meinungen aufkommen zu lassen", erwiderte Becker.

„Eine Illusion der Freiheit wird den Leuten vorgegaukelt mit dem Hinweis, dass es anderswo viel ärger zugehe. Wahrheiten, die nicht ins Konzept passen, werden verunglimpft oder sogar unter Strafe gestellt. Leute, die sich der Verbreitung solcher Dinge widmen, werden mundtot gemacht oder sogar eliminiert. Dazu braucht man heutzutage keinen Satan mehr. Das erledigen unsere Widersacher schon selbst.

Deshalb ist es so wichtig, das morphogenetische Feld am Wachsen zu halten. Das spüren aber die zurzeit noch Herrschenden, welche mittlerweile auch die Kirche zu ihrem Vasallen gemacht haben, und versuchen, das mit allen Mitteln zu unterbinden. Aber glauben Sie mir, je größer deren Macht wird, desto stärker wird auch der Widerstand. Das ist eine Gesetzmäßigkeit."
„Und wer wird dabei als Sieger hervorgehen?", fragte Wolf.
„Wenn es mit Demut und überlegt geschieht, wird es schon bald eine gewaltige Umverteilung der Machtverhältnisse geben. Dies liegt aber bei Ihnen und Ihrer Generation. Sie sind auf dem besten Wege.
Das ist alles, was ich Ihnen dazu sagen kann. Und nun leben Sie wohl."
Mit diesen Worten verabschiedete sich Becker und war nach wenigen Schritten in der Dämmerung verschwunden.
„Wer soll übrigens dieser Zauberer Jackl gewesen sein, von dem der Bischof geredet hat?", rief er Becker noch nach, doch dieser war schon weg.
Rasch wechselte Wolf nun wieder seine Kleidung und verstaute die doch recht warme und schwere, alte Mönchskutte im Kofferraum. Es sollte sie ja nicht gleich jeder sehen. Er war erstaunt, dass es im Inneren seines Wagens noch immer eine angenehme Temperatur hatte. Und das, obwohl sie doch viele Stunden im Salzburg des siebzehnten Jahrhunderts verbracht hatten.
Das war beeindruckend. Wolf startete den Motor. Auf der Fahrzeuguhr war es soeben zwanzig Uhr zehn geworden. Becker hatte Recht gehabt, ihr Ausflug hatte keine fünf Minuten gedauert.

KAPITEL 7

▲

DER ZAUBERER JACKL

Die Geschichte um den sogenannten Zauberer Jackl ließ Wolf keine Ruhe.
Das war eine sehr mysteriöse Sache. Niemand konnte etwas Genaueres dazu sagen und auch seine Recherchen im Internet und in den alten Sagenbüchern brachten keine brauchbaren Einzelheiten zutage.
Da musste es etwas geben, das sogar den grausamen Erzbischof Max Gandolf aus der Fassung gebracht hatte. Er würde einfach Becker fragen, was es mit dieser Geschichte auf sich hatte.
Eine SMS auf das Handy des Illuminaten zu senden, war das Erste, was Wolf am nächsten Tag tat.
Überraschenderweise meldete sich Becker bereits am folgenden Vormittag, und als Wolf ihn mit der Frage nach diesem Zauberer Jackl konfrontierte, meinte er bloß:
„Dieser junge Mann machte dem Bischof arg zu schaffen. Im ganzen Erzbistum und auch darüber hinaus ließ der Kirchenfürst nach diesem Jackl suchen. Aber außer ein paar vermeintlichen Spuren, welche aber immer wieder im Sand verliefen, war nichts von ihm zu finden."
Wolf dachte bereits daran, mithilfe des Generals in diese Zeit zurückzukehren, um mit diesem Zauberer Jackl Verbindung aufzunehmen.
Als er aber an seine Reise mit Becker zur 1100-Jahr-Feier zurückdachte, bei welchem die geballte Macht des Bischofs deutlich wurde, verwarf er wieder diesen Gedanken. Es wäre zu gefährlich gewesen. Selbst wenn ihm der General

zwanzig gut bewaffnete SS-Männer zum Schutz mitgegeben hätte, wäre es bei einer solchen Aktion mit Sicherheit zu einem Gemetzel gekommen, was aber wiederum eine Veränderung der Geschichte zur Folge gehabt hätte. Von so einem Ereignis war aber auch in den überlieferten Aufzeichnungen von damals nichts zu lesen.

Schon allein deswegen wäre eine Zeitreise mit dem Illuminaten die weitaus bessere Wahl.

Also fragte er kurzerhand Becker, ob er ihn nochmals in diese Zeit mitnehmen könne. Er wollte unbedingt die Bekanntschaft dieses jungen Mannes, nach dem der Bischof so angestrengt suchen ließ, machen.

„Gerne", antwortete der Illuminat, „aber seien Sie dessen eingedenk, dass Sie ein völlig anderes Bild von dem Jackl bekommen könnten als das, welches Sie aus den Sagenbüchern, in denen er oft als Halunke dargestellt wird, haben. Lassen Sie sich einfach überraschen."

Treffpunkt sollte wieder der kleine Parkplatz im Untersbergwald sein, und zwar am nächsten Tag um neunzehn Uhr.

Wieder zog Wolf die Mönchskutte und die Ledersandalen an, welche ja noch immer im Kofferraum seines Wagens lagen.

Becker wartete, bis er sich seiner Armbanduhr und seines Ringes entledigt hatte. Dann konnte es losgehen, aber zuvor wollte der Illuminat Wolf noch einige Hintergrundinformationen geben.

„Sie sollten wissen, dass dieser Jakob Tischler, denn so hieß er tatsächlich, Sohn eines Freimannsknechtes in dem kleinen Bergdorf ‚Werfen' südlich von Salzburg war. Seine Mutter, Barbara Koller, war schon früher einmal verheiratet gewesen. Nach dem Tod seines Vaters blieb der dadurch verarmten Frau mit ihrem Sohn nichts anderes übrig, als sich mit Betteln und kleineren Diebstählen am Leben zu halten.

Bei einem Opferstockdiebstahl wurde die Frau Anfang 1675 im Dorf Golling, ebenfalls südlich von Salzburg, erwischt und verhaftet. Ihr Sohn Jakob konnte jedoch fliehen. Barbara Koller wurde eingekerkert und nach Verhör und Folterungen im August desselben Jahres in Salzburg wegen Diebstahls und Schadenszauber hingerichtet. Ihr Sohn, der ja wusste, dass seine Mutter keine Hexe war, und der einen unbändigen Hass auf den Erzbischof hatte, konnte den Häschern immer wieder entkommen und bekam so den Ruf eines Zauberers. Er hatte wenig später am Fuße des Untersberges eine Begegnung mit einem Mönch, der ihm ein sicheres Versteck in Form eines Zeitportales anbot. Mittlerweile hatten viele Bettelkinder von der erfolglosen Jagd auf den Jakob gehört und sahen in ihm eine Art Idol.

Der unerbittliche Bischof hatte zur effektiveren Verfolgung Jackls eigens die ‚Peinliche Ordnung Maximiliani Gandolphi' herausgegeben. Aber auch damit hatte er keinen Erfolg bei seiner Suche nach dem Zauberer Jackl. Wir werden ihm nun im Jahre 1678 einen Besuch abstatten."

Wolf freute sich über diese ausführliche Information von Becker. Dieser nahm ihn bei der Hand und im nächsten Moment standen sie im Untersbergwald vor einem Höhleneingang. Nach Wolfs Einschätzung dürfte sich die Stelle gar nicht weit von Wolfs Auto befunden haben.

Der junge Mann stand vor der Höhle und staunte nicht schlecht, als plötzlich zwei Mönche wie aus dem Nichts vor ihm erschienen.

„Hab keine Furcht, von uns hast du nichts Böses zu erwarten", sprach Becker zu ihm. Der Jackl ging einige Schritte zurück und betrachtete die Fremden argwöhnisch. „Wir wissen, was dieser verbrecherische Bischof dir angetan hat, aber wir werden dir helfen", sagte Wolf.

Immer noch misstrauisch begann der junge Mann zu sprechen. „Wer seid ihr, dass ihr vorgebt, mir helfen zu wollen? Wisst ihr, worauf ihr euch einlasst? Wenn man euch erwischt, so seid ihr des Todes. Schon viele, welche mit mir Kontakt gehabt haben, sind auf dem Scheiterhaufen gelandet. Oder seid ihr etwa Boten des Bösen, da ihr keine Furcht vor den Schergen des Bischofs habt?"

„Wir haben mit dem Bösen nichts zu schaffen, glaube uns. Hast du Hunger?", fragte Becker.

„Ja", antwortete der Bursche, „etwas Anständiges zu essen hab ich schon lange nicht mehr gehabt."

„Dann gib mir deine Hand", sagte Becker und nahm Wolf an der rechten und Jackl an der linken Hand.

Im nächsten Moment befanden sie sich in der erzbischöflichen Vorratskammer in der Residenz in Salzburg. Dort lagerten Brotlaibe und Schinkenstücke, Käse sowie edler Wein und auch Obst. Jackl kam aus dem Staunen nicht heraus, als er diese Köstlichkeiten in solch einer Menge sah.

„Ja, das hier sind die Speisekammern von Max Gandolf. Dieser Schurke nimmt den Bauern einen Teil ihrer ohnehin kargen Ernte, und wenn sie ihm nichts abliefern, kommen sie in den Hungerturm. Hauptsache, er lebt in Saus und Braus. Also, hier stehen Körbe, füllt sie an und dann gehen wir wieder zurück zum Untersberg."

Wolf und Jackl räumten von den guten Sachen in der Vorratskammer des Bischofs so viel ein, wie sie mit einer Hand tragen konnten, jeder in einem Korb. Dann nahm sie Becker wieder an der Hand und schon waren sie erneut vor der Höhle im Untersbergwald.

„Ihr seid Zauberer!", entfuhr es Jackl, welcher nicht begreifen konnte, wie so etwas möglich war.

„Es mag für dich so aussehen, Jackl Tischler, aber das ist keine Zauberei", meinte der Illuminat.

Jackl verstaute die mitgebrachten Lebensmittel in seiner Höhle, dann begann er:

„Nachdem der Bischof meine Mutter grausam ermorden ließ, habe ich geschworen, Rache an ihm zu üben und wenn es mithilfe des Bösen geschehen sollte. Ich bin dann auf meiner Flucht vor den Schergen des Bischofs hierher, an den Fuß des Untersberges, gekommen, wo mich anfangs Bauern mit etwas Nahrung versorgten. Kurz danach traf ich den Mönch, der mir diese Höhle zeigte. Doch irgendjemand musste mich wegen der hohen Belohnung, die auf meine Ergreifung ausgesetzt ist, verraten haben. Plötzlich standen über einhundert Bewaffnete rund um das Gehöft des Bauern, um mich gefangen zu nehmen. Ich war sicher, dass es nun um mich geschehen wäre, an ein Entkommen war nicht mehr zu denken."

Wolf konnte am Gesichtsausdruck des jungen Mannes sehen, wie sehr er unter dieser Jagd auf ihn zu leiden hatte.

„Doch plötzlich war dann wieder dieser Mönch da. Er trug eine andere Kutte als ihr. Er stand neben mir, nahm mich an der Hand und im nächsten Moment waren wir beide hier in der Höhle.

Die Bauersleute wurden allesamt mitgenommen und ich glaube, dass sie umgebracht wurden. Seit damals habe ich den Ruf, mich mithilfe des Teufels unsichtbar machen zu können."

„Viele Kinder und Jugendliche, hauptsächlich Bettler, denen du ein Vorbild zu sein scheinst, ließ der Bischof auf dem Scheiterhaufen verbrennen. Er kann es einfach nicht glauben, dass du nicht zu fassen bist.

Sein sadistischer Bannrichter, der Hofrat Sebastian Zillner, nimmt die Verhöre der Unglücklichen selbst vor und beginnt immer mit derselben Frage:

‚Hast du den Zauberer Jackl gekannt?' Wenn einer darauf mit Ja antwortete, war das schon sein Todesurteil."

„Wenn ich nur wüsste, wie ich diesem elenden Halunken das Handwerk legen könnte, ich würde mein Leben dafür geben", sagte Jackl und der Ausdruck seines Gesichts spiegelte seine Verzweiflung wider.

„Ich kenne einen Schneidergehilfen, welcher beim Hofschneider arbeitet. Wenn ich ein starkes Gift hätte, würde ich es ihm bringen und er könnte es in ein Kleidungsstück des Bischofs einnähen."

„Nein", sagte Becker, „nicht auf diese plumpe Art. Aber ich bin auch der Ansicht, dass dieser Mann den Tod verdient hat. Je länger er am Leben ist, desto mehr unschuldige Kinder werden von ihm ermordet. Hier zeige ich dir etwas. Plötzlich hielt Becker einen Kristallschädel in seiner Rechten und zeigte ihn Jackl. Sieh dir diesen Kopf genau an. Siehst du an seiner rechten Schläfe diesen roten Fleck? Merke dir die Stelle genau. Der Bischof trägt fast immer sein Scheitelkäppchen, die Pileolus, und in diese soll dein Freund das hier einnähen." Mit diesen Worten überreichte er ihm einen kleinen, grünen, rechteckigen Edelstein.

„Was? Ihr wollt einen Smaragd in des Bischofs Käppchen einnähen lassen?

Natterngift sollte man ihm geben. So ein wertvoller Karfunkelstein ist doch zu schade für den Mörder."

Becker blickte ernst und meinte: „Das ist kein Smaragd! Das ist der Stein des Todes! Der Bischof wird eitel genug sein, dass er sich dieses vermeintliche Kleinod in die Kappe einnähen lassen wird.

Ein langsamer, schleichender Tod wird die Folge für ihn sein. Dann wird aber auch das Hinmetzeln der Bettelkinder ein Ende haben.

Du selbst musst aber den Edelstein zum Schneider bringen, denn nur du allein bist in der Lage, die Geschichte zu ändern, das kann niemand für dich tun."

Jakob Tischler schaute den Illuminaten ungläubig an. Was war das für ein kristallener Totenschädel, den er ihm gezeigt hatte? Und was für ein Edelstein war das, der den Tod brachte? Rasch steckte er den grünen, schön geschliffenen Stein in seinen Lederbeutel. Er hatte sich die Stelle am Kristallkopf genau eingeprägt und würde sie seinem Freund ebenso beschreiben. Das Kleinod würde er gleich bei nächster Gelegenheit dem Schneidergesellen zukommen lassen.

Jackl war gerade damit beschäftigt, die neu erhaltenen Vorräte in seiner Höhle zu verstauen.

Wolf schaute Becker an und fragte: „Sie haben zuvor vom ‚Bannrichter Zillner' gesprochen. Bei der SS gab es doch auch den Rang eines Sturmbannführers. Hat das mit der Recherche des ‚Sonderauftrages H' des Reichsführers SS Heinrich Himmler zu tun?"

Becker sah ihn nur an und zuckte mit den Achseln. „Wer weiß, Himmler hat bestimmt sehr viel von diesen römisch-katholischen Verbrechern jener Zeit übernommen. Der Ausdruck, unwertes, unnützes Leben zu beseitigen, stammt nämlich nicht aus seinem Munde. Was glauben Sie, wie viele geistig zurückgebliebene oder körperlich behinderte Kinder damals, zu Gandolfs Zeit, dem Fanatismus der Kirche zum Opfer fielen."

Wolf erschauerte bei einer solchen Vorstellung. So etwas hatte man doch bisher nur von den „Aufdeckern" der nationalsozialistischen Schandtaten gehört. Offenbar scheuten sich dieselben Leute aber sehr wohl davor, auch die bestialischen Machenschaften der Kirche anzuprangern. Da musste ein großes Interesse daran bestehen, diese Gräueltaten ungesühnt zu lassen.

„Wir werden dich zu deinem Freund, dem Schneider, begleiten, damit du nicht befürchten musst, in die Hände der Häscher zu fallen", sagte Becker zu Jackl. Nach wenigen Minuten war alles erledigt und der Freund Jackls versprach, den Stein des Todes im Scheitelkäppchen des Bischofs einzunähen.

Als Becker sich zu Wolf wandte und unverhofft seinen Vornamen aussprach, zuckte Jackl zusammen und rief: „Wolf? Ihr seid der Böse?"

„Nein", musste ihn Becker beschwichtigen, „das ist sein Name. Er hat nichts mit dem Satan zu tun!"

Etwas argwöhnisch schaute Jackl nochmals zu Wolf und beruhigte sich dann wieder. „Ich wurde schon oft für einen Werwolf gehalten, da ich im Wald recht flink war und immer den Schergen des Bischofs entkommen konnte. Die haben dann zuweilen einen Wolf zwischen den Bäumen gesehen und auf diese Art und Weise hielten mich dann viele für einen Werwolf. Auch dass ich zu fliegen imstande wäre, wurde mir angedichtet."

„Ich glaube, die Überlieferung und auch die Sagen lassen es zu, dass wir diesen jungen Mann in eine andere Zeit bringen. Damit wird nichts in der Vergangenheit verändert", meinte der Illuminat zu Wolf.

„Ja, ich sehe das ebenso. Was meinst du, Jackl, wenn wir dich in eine friedlichere, ungefährlichere Zeit bringen. Wegen dem Bischof brauchst du dir keine Gedanken mehr machen, er wird am dritten Mai 1687 vor seinen Schöpfer treten und seiner gerechten Strafe zugeführt werden. Du aber könntest ein geruhsameres Leben führen."

„Ja, sehr gerne", antwortete der junge Mann, „wenn ihr das könnt."

Becker nahm beide an der Hand und in der nächsten Sekunde befanden sich die drei am Fuße des Untersberges in der Nähe eines Bauerngehöftes, welches Jackl noch in Erinnerung hatte. Hier wäre er doch damals von den Häschern des Bischofs beinahe gefangen worden. Aber irgendwie sah jetzt alles anders aus, auch die Leute waren gänzlich andere. „Du bist jetzt im Jahre 1792. Da gibt es keine Hexenverfolgung mehr", sagte der Illuminat zu ihm. Vielleicht können dir die Bewohner des Bauernhofes noch von der alten, grausamen Zeit berichten."

Wolf verabschiedete sich noch vom Zauberer Jackl und wünschte ihm alles Gute für sein weiteres Leben. Dann nahm ihn Becker an die Hand und die beiden befanden sich wieder nur wenige Kilometer entfernt bei Wolfs Wagen auf dem Parkplatz im Untersbergwald.

„So, jetzt haben Sie den Zauberer Jackl gesehen. Ein gutes Werk haben wir im Einklang mit der Geschichte offenbar auch getan."

Wolf nickte. Er war durch die Ereignisse der letzten Stunden doch irgendwie mitgenommen.

„Wenn man die Geschichte so hautnah erlebt", meinte Becker, „dann wird einem viel bewusst, was ansonsten verschwiegen wird und nur ausgewählten Historikern zugänglich ist."

„Was war das für ein Edelstein, den Sie dem Jackl mitgegeben haben? Und weshalb nannten Sie ihn einen Stein des Todes?", fragte Wolf noch den Illuminaten.

„Das war ein Ekanit. Diese Steine sind sehr schön, aber auch gefährlich. Sie besitzen eine starke natürliche Radioaktivität. Das konnte ich dem Jackl aber nicht erklären. Er hätte das nicht verstanden.

Trägt jemand so etwas als Anhänger oder als Ring nahe am Körper, so wird er über längere Zeit hinweg sicher an Krebs erkranken. Und Max Gandolf ist ja schließlich an einem Gehirntumor gestorben, der sich oberhalb seiner rechten Schläfe gebildet hatte. Sie sehen also – alles geschichtskonform.

Mit diesem Kristallschädel habe ich dem Jackl nur jene Stelle gezeigt, an welche der Stein in der Scheitelkappe platziert gehört. Hier können Sie den Kristallkopf haben, vielleicht wird er Ihnen noch nützlich sein." Er gab ihn Wolf in die Hand. „Und da Gandolf ja nun auch schon tot ist, kann ich Ihnen den Ekanit auch geben, den können Sie ja schließlich für Ihre Edelsteinsammlung brauchen", lachte Becker, „aber wie bereits gesagt, gehen Sie vorsichtig damit um und machen Sie auf keinen Fall ein Schmuckstück daraus. Sonst gibt es am Ende noch einen Todesfall."

Wolf verabschiedete sich von dem Illuminaten und legte die Mönchskutte samt den ledernen Sandalen wieder in den Kofferraum seines Wagens.

Vielleicht würde er sie wieder einmal brauchen.

KAPITEL 8

DIE WOLFSMÜNZE

Wolf wollte zu den alten Römersteinbrüchen am Fuße des Untersberges fahren, ganz in die Nähe, wo auch der steile Pfad zur Illuminatenhöhle hinaufführte. Claudia sollte mitkommen, hatte sie doch dort vor etwa einem Jahr dieses große Tor im Felsen gesehen. Ein altes Metallsuchgerät aus DDR-Zeiten, welches er im Internet erstanden hatte, wollte Wolf auch mitnehmen. „Hallo junge Frau", sagte er zu ihr am Telefon, „hast du Zeit, mit mir zum Veitlbruch zu fahren?" „Veitlbruch", so hieß der alte Römersteinbruch im Volksmund. „Es wird nicht lange dauern, so ein bis zwei Stunden." Als Claudia das hörte, war sie sofort dabei und willigte ein. Genau diese Stelle interessierte sie doch schon seit Langem. Da bedurfte es keiner langen Überredungskünste von Wolf. Er würde sie in zwei Stunden von zu Hause abholen.

„Dort, bei dem alten Römersteinbruch, ist es doch sehr mystisch. Dich zieht es doch schon seit Jahren in diese Gegend."

„Ich weiß auch nicht, was es ist", antwortete sie und zuckte mit den Achseln. „Suchst du nach etwas Bestimmtem?"

„Nein", erwiderte er, „aber vorsorglich habe ich einen Metalldetektor dabei, den wollte ich schon seit längerer Zeit einmal ausprobieren."

„Aha, du gehst also auf Schatzsuche", lachte sie, worauf Wolf ganz ernst antwortete: „Nein, das gerade nicht, aber dort haben doch schon vor zweitausend Jahren die Römer

Marmor gebrochen und es könnte ja durchaus sein, dass da noch irgendwo ein metallenes Teil eines alten Werkzeuges herumliegt."

„Und du meinst, wenn du hinkommst, dann findest gerade du so etwas?"

Wolf sah sie mit erstaunten Augen an, und bevor er noch etwas sagen konnte, schüttelte Claudia den Kopf und meinte „Ja, ich weiß schon, was du jetzt sagen willst. Dass bei dir immer der Zufall eine Rolle spielt."

„Aber dass es tatsächlich so ist, weißt du doch inzwischen auch schon", antwortete er mit einem treuherzigen Augenaufschlag. „Denke doch an unseren Flug mit der Cessna im Vorjahr. Als wir in Murano in der Kirche waren und dann auf der Insel Unije, wo ich den eigenartigen Bergkristall in der Steinmauer gefunden habe, und schließlich noch unser verstopfter Fahrtmesser am Flugzeug, der mich dann über dem Meer ordentlich ins Schwitzen gebracht hat."

Claudia nickte. „Ich weiß schon, das waren eben viele Zufälle auf einmal, aber ich könnte mir vorstellen, dass hier bereits alles genauestens abgesucht worden ist, und zwar von Archäologen."

„Abwarten", war Wolfs lapidare Antwort.

Mittlerweile hatten sie die Stelle, an der auch eine kleine Kapelle am Straßenrand stand, erreicht. Er parkte den Wagen einige Meter davor.

„Hier war doch früher der Brunnen, an dem täglich Dutzende Leute Wasser vom Untersberg abfüllten", sagte Claudia und deutete auf den alten, steinernen Trog, welcher immer noch neben der Straße zu sehen war. „Warum wurde die Zuleitung des Brunnens eigentlich abgerissen?"

„Das kann ich dir auch nicht sagen", erwiderte Wolf, „aber auffällig für mich war die Tatsache, dass kurz nachdem ich eine Probe dieses Wassers in der Versuchsanstalt testen ließ, die Zuflussleitungen abgebaut wurden."

Er überlegte kurz und ergänzte: „Ich habe diese Analyse bis heute aufgehoben. Darin steht interessanterweise unter anderem, dass dieses Wasser so gut wie kalkfrei ist und das, obwohl der ganze Untersberg schließlich ein einziger Kalkstock ist, wenn ich nicht irre. Zudem dauerte es ungewöhnlich lange, bis ich das Ergebnis zugesandt bekam."

„Glaubst du, dass die Demontage des Brunnens etwas mit der Wasseranalyse zu tun haben könnte?", fragte die junge Frau erstaunt.

„Ehrlich gesagt, nein", antwortete Wolf, „es waren keinerlei Grenzwerte überschritten, nein, alle Werte waren absolut in Ordnung und eher in den unteren Bereichen. Aber auffällig war es schon, dass wenige Monate danach der Brunnen geschlossen wurde."

„Willst du da nicht Becker, den Illuminaten, fragen, vielleicht weiß er etwas?", meinte Claudia. Wolf schüttelte den Kopf. „Mit so etwas Banalem möchte ich den Illuminaten nicht befassen, da gibt es viel wichtigere Dinge, bei denen er mir behilflich sein kann."

Er öffnete den Kofferraum und nahm das militärische Minensuchgerät aus seiner Tragetasche. Mit ein paar Handgriffen war es einsatzbereit. Claudia staunte über das doch etwas klobige Gerät. Dann gingen die beiden hinter die Kapelle und dem kleinen Bachlauf entlang auf die schräge Felswand des alten Steinbruches zu.

Sie brauchten gar nicht weit zu gehen, da entdeckte Claudia hinter einem Gebüsch einen kleinen Kanister mit einem darauf montierten Trichter.

„Isotopenmessung – Studienprojekt der Universität Innsbruck" stand auf einem Aufkleber. „Wozu macht da irgendwer Isotopenmessungen? Und gerade hier?", fragte sie.

„Keine Ahnung, aber vielleicht sollte ich ein paar Staubkörnchen vom Uranoxid in den Trichter fallen lassen. Was meinst du, wie die über ihr Ergebnis staunen würden", scherzte Wolf.

Sie gingen weiter am Felsen entlang und Wolf setzte sich den Kopfhörer des alten Suchgerätes auf. „Unhandlich ist das Ding schon, aber es soll laut Beschreibung sehr empfindlich sein", meinte er zu Claudia.

„Hast du zufällig eine Münze dabei, ich hab meine Geldbörse im Wagen gelassen? Zum Testen des Gerätes könnte ich eine gebrauchen."

Sie lachte: „Ja, einen Euro!", und kramte aus ihrer Hosentasche die Münze hervor. „Den hab ich gestern beim Einkaufswagen gebraucht und dann einfach nur eingesteckt." Sie wollte gerade Wolf den Euro geben, da fiel ihr das Geldstück auf den Boden und verschwand zwischen zwei fußballgroßen Steinen. „Warte, ich hole es wieder heraus", sagte Wolf und legte sein Metallsuchgerät aus der Hand. Doch die Steine ließen sich nicht so ohne Weiteres bewegen. Sie ragten offenbar ein Stück in den Untergrund. Er buddelte schließlich einen der Steine frei und hob ihn heraus. Jetzt konnte er Claudias Geldstück bereits sehen. „Ich werde das Suchgerät einschalten. Ob es diesen Euro anzeigt?" Aus dem Kopfhörer kam ein eigenartiges Piepsen. „Na siehst du", sagte er zu Claudia, „es funktioniert."

Sie erwiderte: „Ja, aber du bist doch noch fast vierzig Zentimeter davon entfernt." Wolf schob das Gerät näher an den Euro heran und das Piepsen hörte auf. Erst als er sich mit dem Suchteller direkt über dem Geldstück befand, hörte er wieder etwas.

„Aber was hat es dann vorher angezeigt?" Verwundert schaute er auf den Boden neben der Felswand. Da lagen aber nur Schotter und Steine.

„Möglicherweise ist da etwas Metallisches darunter", meinte Claudia.

Wolf begann sofort, mit den Händen zu graben, und verschüttete nun vollends Claudias Euro-Münze. Kaum zwanzig Zentimeter tief im Schotter sah er etwas Grünliches. Es waren lauter kleine, runde Scheiben in Fingernagelgröße. Bei näherem Hinsehen konnte Wolf diese Dinger als Münzen identifizieren.

Es war eine ganze Menge, beinahe eine Handvoll. Bei nur ganz wenigen war die Prägung noch zu erkennen. In dem kleinen Bach davor wusch er die alten Münzen etwas ab. Claudia hatte mittlerweile ihre Euromünze ebenfalls wieder ausgegraben und meinte: „Du und deine Zufälle! Wenn ich da jetzt nicht dabei gewesen wäre, würde ich so etwas gar nicht für möglich halten."

„Ich bin langsam an solche Sachen gewöhnt, aber erzählen werde ich das trotzdem niemandem", antwortete er.

Sie gingen wieder zurück zum Wagen.

In seiner Wohnung angekommen, reinigte er die Münzen nochmals mit einer kleinen Bürste und warmem Wasser. „Schau, was ich da habe!", rief er zu Claudia, welche sich inzwischen Wolfs Glasvitrinen mit den Fundstücken anschaute. Sie kam zu ihm und er gab ihr eine der vielen Münzen in die Hand. „Die ist noch so gut erhalten, dass man die Prägung darauf ausgezeichnet erkennen kann. Und ich glaube, die musste gerade ich finden", lachte er.

„Tatsächlich!", staunte Claudia. „Da ist ein Wolf auf der Münze zu sehen."

Er ergänzte: „Genauer gesagt, ist das eine Wölfin und darunter sind die Zwillinge Romulus und Remus dargestellt. Das hat sicher etwas mit der Gründungsgeschichte von Rom zu tun."

Als sie später die Münzen, auf denen noch etwas zu sehen war, mit Bildern im Internet verglichen hatten, wussten sie, dass es sich um römisches Geld aus der Zeit um etwa zweihundert nach Christi handelte. Wolf schüttete die alten Geldstücke in eine Tonschale und stellte diese in den großen Glasschrank in seiner Wohnung.

„Wenn das so weitergeht, wirst du bald noch eine zusätzliche Glasvitrine für deine Artefakte brauchen", schmunzelte Claudia.

KAPITEL 9

▲

DAS VERMÄCHTNIS

Bei einem der nächsten Treffen der Freunde vom Isais-Ring im alten Gasthof fragte Elisabeth: „Habt ihr nicht daran gedacht, wieder in diese Kuppel zu der goldenen Kugel zu gehen?"

„Ja, schon, aber ich glaube, dass ich das Datum im vorigen Jahr doch nicht richtig interpretiert habe. Es gäbe da noch eine andere Deutung für diese seltsamen astrologischen Zeichen. So, wie der alte Pfarrer es gesagt hatte", gab ihr Wolf zur Antwort.

„Und wann soll das sein? Komm, lass dir nicht alles aus der Nase ziehen, sag schon", drängte Elisabeth.

„Das wäre der dreiundzwanzigste Juni", erwiderte Wolf, „also ziemlich genau zur Sommersonnenwende. Auch da haben wir wieder einen exakten Vollmond. Der Jupiter steht auch direkt an der Sonne und der Saturn ist dazu im Trigon."

Linda schaute nachdenklich und meinte: „Zur Wintersonnenwende haben wir doch im vorigen Jahr den Isais-Ring gegründet. Wisst ihr noch? Damals, als dieser fürchterliche Schneesturm getobt hat. Ob das alles auch mit der Sonnenwende zu tun hat?"

Die Frage blieb im Raum stehen, doch Peter, der Graf vom Palfen, hatte eine Idee: „Wir könnten doch zur Sommersonnenwende wieder ein Ritual durchführen. Nicht so eines wie im August mit Tino, dem Australier, in der kleinen Kirche. Nein, sondern ein solches wie zur Gründung unseres Isais-Ringes. Damals schien es doch, als hätten sich die dunklen Mächte dagegen auflehnen wollen." Seine Miene wurde finster und er sprach mit seiner tiefen Stimme in verheißungsvollem Ton. „Also meiner Meinung nach sollte so ein Ritual doch am besten wirken, wenn sich das Licht auf dem Höchststand seiner Kraft befindet. Und danach geht ihr beide in den Berg zu der goldenen Kugel."

„Ja, wenn wieder alles so klappt wie im Vorjahr und wir wieder den verborgenen Mechanismus am Eingang betätigen können.

Claudia muss natürlich mit dabei sein, so will es ja die Prophezeiung", antwortete Wolf.

„Vielleicht war es damals tatsächlich noch zu früh und die neun Scheiben begannen sich deshalb zu bewegen", meinte Herbert.

„Aber bis dahin ist ja noch genügen Zeit", sagte Wolf und nahm einen kräftigen Schluck aus seinem Glas. Er bevorzugte schon seit längerer Zeit eine Mischung bestehend aus einer Weißweinschorle und einem Drittel Orangenlimonade. Das war bei den oft stundenlangen Gesprächen erfrischend, durstlöschend, aber auch recht alkoholarm und stellte somit ein ideales Getränk dar. Sogar die Wirtsleute vom alten Gasthof überlegten schon, wie man dieses Getränk benennen könnte, damit es auch auf der Karte einen Platz fände.

Auf alle Fälle werde ich aber vorher noch den Illuminaten Becker fragen.

Ich habe nämlich keinen blassen Schimmer davon, was wir dort drinnen im Berg tun müssen, wenn wir wieder in diese riesige Kuppel gelangen. Wenn ihr das gesehen hättet, wärt ihr aus dem Staunen nicht mehr herausgekommen. Das sind gewaltige Dimensionen."

Da meldete sich Herbert wieder zu Wort: „Mir ist auch etwas aufgefallen, was ich euch schon längst erzählen wollte. Ihr kennt ja die Römerstraße, welche sich vom Untersberg-Museum viele Kilometer durch den Wald zieht. Da gab es doch damals den Erdrutsch, welcher die Straße für lange Zeit unpassierbar machte. Es wurde dann diese schmale, militärische Behelfsbrücke gebaut, welche sich nun schon seit über zwei Jahren dort befindet. Fast zur gleichen Zeit wurde der Brunnen bei der Kapelle am Veitlbruch abgerissen."

„Und was willst du uns damit sagen?", fragte Linda.

„Nun, meiner Meinung nach", gab Herbert zur Antwort, „haben diese Ereignisse massiv dazu beigetragen, dass sich jetzt viel weniger Leute an diesen Ort begeben als früher. Aber wie gesagt, mir ist das eben aufgefallen."

„Ja, du hast Recht", antwortete Linda, „außerdem ist das exakt die Gegend, wo die Infrarot-Kameras vom BVT an den Bäumen angebracht waren."

„Ich glaube ebenfalls, dass an dieser Stelle des Berges auch von anderer Seite ein starkes Interesse existiert", meinte Peter.

„Fassen wir einmal zusammen", sagte Wolf, „vor über zweihundert Jahren waren es die Illuminaten, die hierhergekommen waren, dann kam offenbar der General mit seinen Leuten hierher und schließlich der Autor der Science-Fiction-Romane. Alle hatten doch hier mit diesem kleinen Gebiet zu tun."

„Und vergesst bitte nicht, gerade von dieser Gegend gibt es doch die meisten Erzählungen von verschwundenen Personen. Auch die alten Sagen beziehen sich zum Großteil auf diesen Abschnitt am Berg", gab Linda, die Lehrerin, zu bedenken und zu Wolf gewandt meinte sie irgendwie ironisch: „Du und Claudia, ihr solltet wirklich zur Sonnenwende in diese Halle der Erkenntnis hineingehen. Wenn ihr dann nicht wieder herauskommen solltet, so werden wir euch eine schöne Marmortafel zum Gedenken aufstellen lassen."

Wolf, der diese Anspielung der Lehrerin sehr wohl zu deuten wusste, erwiderte: „Gute Linda, ich weiß genau, welche Sorgen dich plagen, aber du brauchst dir keine Gedanken zu machen, denn irgendwie geht's immer."

„Das weiß ich selber", antwortete sie mit schnippischem Tonfall, „aber passt nur auf, dass ihr euch nicht plötzlich im Mittelalter wiederfindet, denn dort würde man kurzen Prozess mit euch beiden machen."

„Solange du nicht der Oberinquisitor wärst, hätte ich da keine Bedenken", lachte Wolf mit einem kurzen Seitenblick auf Claudia, die sich ein Schmunzeln nicht verkneifen konnte.

KAPITEL 10

▲

DIE RABEN AM UNTERSBERG

In vielen Sagen über den Untersberg kamen immer wieder Raben vor. Obwohl es sich bei den großen, schwarzen Vögeln am Berg eigentlich um Dohlen handelte, wurde meistens von Raben berichtet.

Becker hatte bei der letzten Zusammenkunft zu Wolf gesagt, er solle auch auf Kleinigkeiten achten, was den Untersberg beträfe, und Zusammenhänge erkennen lernen.

Es war ein warmer Frühlingstag und Wolf hatte wieder einmal Lust auf einen ausgedehnten Spaziergang. Wie meistens fiel dabei die Wahl auf einen der schönen Wanderwege entlang der Königsee-Ache, welche sich von Berchtesgaden her durch das Tal in Richtung Salzburg dahinwand.

Er rief Claudia an und fragte sie, ob sie ihn begleiten wolle. Außerdem würde er mit ihr über die Raben am Untersberg sprechen. Es war ihm eine Menge dazu eingefallen, was er nun jemandem erzählen wollte.

Die junge Frau hatte Zeit und willigte ein. Bereits nach einer halben Stunde schlenderten sie den leicht ansteigenden Schotterweg entlang und Wolf begann: „Ich habe es so gemacht, wie Becker gesagt hat, und als ich das Thema ‚Raben' gewählt hatte, bin ich auf ganz interessante Dinge gestoßen."

Claudia war ganz erpicht darauf, Wolfs Geschichten zu erfahren. „Weißt du", fuhr er fort, ich habe die Begebenheiten chronologisch zusammengestellt. Das erste Mal bin ich vor über dreißig Jahren mit einem Raben in Berührung gekommen, der mir eines Tages vor meinem Haus am Waldrand direkt auf den Kopf geflogen ist. Ich glaube, es war noch ein junger Rabe, etwa dreißig, vierzig Zentimeter groß. Er landete zielsicher auf meinem Kopf und setzte sich dann auch auf meinen ausgestreckten Arm. Dann flog er wieder einige Runden über das Haus und über den Wald und kam immer wieder zurück. Ich begann, ihn zu füttern, und gab ihm den Namen Jakob. Er blieb über einen Monat bei mir. Wenn ich am Abend von der Firma zurückkehrte und aus dem Auto ausstieg, kam er schon von Weitem angeflogen und setzte sich auf meinen Arm.

Das Nächste, was mir zum Thema Raben einfällt, war einige Jahre später, in den frühen Achtzigern. Da war doch die Pyramidenfeier am Untersberg, zu welcher ich als damaliger Rosenkreuzermeister geladen hatte. Abgesehen von den vielen Dohlen, die dort oben bei der Schutzhütte um Futter bettelten und von den meisten Leuten als ‚Raben' bezeichnet wurden, hieß der auch anwesende Großmeister der deutschen Loge ‚Raab', worüber ich damals sogar witzelte."

Da es mittlerweile in der Sonne schon recht warm geworden war, zog Claudia ihre Jacke aus und trug sie über dem Arm. Sie hörte gespannt zu, was da noch kommen würde.

Wolf erzählte weiter: „Das wohl merkwürdigste Erlebnis mit einem Raben, auf das ich vorige Woche durch Zufall wieder aufmerksam wurde, kam mir wieder zu Bewusstsein, als ich den Kühlschrank im Büro öffnete und im Gefrierfach ein tiefgefrorenes Herz und den Schnabel einer Amsel entdeckte. Ich hatte die Dinge vor einigen Jahren dort eingefroren."

Claudia schüttelte etwas ungläubig den Kopf. „Was, den Schnabel und das Herz einer Amsel hast du tiefgekühlt?"

„Ja", antwortete Wolf, „aber lass dir die ganze Geschichte erzählen. Es war der erste Januar. Am Vorabend hatte ich mit Linda den Silvesterabend verbracht und das Feuerwerk über unserer Stadt angesehen. Dann fuhr ich in meine Wohnung und legte mich schlafen. Zeitig in der Früh wurde ich durch ein Gekreische direkt vor meinem

Wohnzimmerfenster im ersten Obergeschoss geweckt, so, als würden Katzen kämpfen. Kurze Zeit später vernahm ich ein lautes Klopfen an das riesige Fenster, durch welches man genau auf den Untersberg sehen konnte. Das Klopfen hörte nicht auf, ja, es wurde sogar lauter und ich ging zum Vorhang. Draußen saß ein großer Rabe und klopfte mit seinem Schnabel gegen die Scheibe. Das Glas war von außen halb verspiegelt und der Vogel konnte sich selbst darin sehen, so dachte ich. Er wollte offenbar einen Konkurrenten vertreiben. Als er mich dann schließlich doch wahrnahm, flog er fort.

Später, als ich zum Wagen, der vor dem Haus stand, hinunterging, blieb ich erschrocken stehen. In der Nacht hatte es ein wenig geschneit und eine dünne Schneeschicht lag auf dem Wagen – aber er war über und über mit schwarzen Federn bedeckt. Das Ganze sah irgendwie mystisch aus. Zuerst dachte ich daran, dass sich da irgendwer einen unpassenden Scherz erlaubt hätte, aber dann sah ich den Raben von vorhin. Er saß nur einen Meter neben meinem Auto und ließ sich auch von mir, der ich kurz vor ihm stand, nicht aus der Ruhe bringen. Der Vogel versuchte angestrengt, irgendetwas unter einer Holzpalette hervorzuholen. Erst als ich ihm ganz nahe kam, ließ er davon ab und flog ärgerlich krächzend davon.

Als ich noch näher kam, da bemerkte ich, dass dort überall frisches Blut im Schnee war, und entdeckte zwischen den Holzleisten der Palette ein Fleischstück, das sich als das Herz eines Vogels entpuppte. Es musste eine Amsel gewesen sein, wie ich am danebenliegenden gelben Schnabel erkennen konnte.

Eine Amsel, welche der Rabe in der Nähe meines Fensters zerrissen hatte und deren Todesschrei mich in der Früh weckte. Dass dies alles am ersten Tag des Jahres geschehen war, stimmte mich doch irgendwie nachdenklich.

Ich legte das Herz und den Schnabel der Amsel in eine ganz kleine Glasschüssel und stellte sie in das Tiefkühlfach im Bürokühlschrank.

Dort habe ich es erst vorige Woche nach langer Zeit wiederentdeckt. Wir werden nach unserem Spaziergang zum Büro fahren und dann zeige ich dir die Schale."

„Das klingt ja echt mystisch, was du da erlebt hast", meinte Claudia, „da könnte man sich schon beinahe fürchten."

„Ich kann dir noch etwas zum Thema Raben sagen", fuhr Wolf fort, „Göring hat doch damals auf der Burg Mauterndorf mit Himmler auch über Raben gesprochen. Raben, die heute noch an der alten Hexenverbrennungsstätte auftauchen sollen. Die Gegend dort nannte man die Rabensteine. Und jetzt kommt etwas ganz Merkwürdiges. Das Dorf, zu dessen Gemeindegebiet auch meine Wolfshütte in den Bergen gehört, hat ein seltsames Wappen. Man sieht auf einem Schild einen weißen Felsspitz, auf dem ein Rabe sitzt.

Also wieder so ein Vogel! Ich habe nachgeforscht, was es mit diesem Wappen für eine Bewandtnis hat. Viel ist dabei nicht herausgekommen und auch die Gemeindechronik weiß nichts Genaues darüber zu berichten. Der weiße Felsspitz, auf dem der Vogel sitzt, soll den Marmorabbau darstellen, der dort seit längerer Zeit vonstattengeht."

Claudia stutzte. „Marmor und ein Rabe? Beides kommt auch am Untersberg vor. Ich habe gar nicht gewusst, dass auch dort in den Bergen Marmor gebrochen wird."

„Ja, aber es kommt noch kurioser", antwortete Wolf, „kurz vor Erreichen dieser Gemeinde fährt man durch das winzige Dorf ‚Thomatal'. Dort sieht man auf einer kleinen Wiese direkt vor der Kirche eine fast lebensgroße Statue eines Mannes auf einem Esel reitend. Es stellt den schon zu Lebzeiten berühmten Pfarrer Valentin Pfeifenberger dar."

„Und was hat das mit den Raben zu tun?", fragte Claudia.

„Nicht direkt mit den Raben, aber mit dem Untersberg", antwortete Wolf.

„Dieser Pfarrer, der übrigens den Beinamen ‚Bischof vom Lungau' erhalten hatte, beschäftigte sich bereits während des Krieges im Jahre 1940 intensiv mit dem Untersberg. Er schrieb ein kleines Theaterstück, ‚Das Untersbergspiel‘, welches seit 1948 fortlaufend jedes Jahr dort in Thomatal vor dem Pfarrhof von Kindern aufgeführt wird. Und jetzt kommt das Interessante – die Aufführung dieses Schauspiels findet immer am fünfzehnten August jeden Jahres statt."

„Das ist doch genau das Datum, an dem sich der Sage nach die Zauberhöhle am Untersberg öffnen soll, und auch die drei Deutschen sind doch damals 1987 am fünfzehnten August am Berg verschwunden", erwiderte Claudia.

„Wahrscheinlich hat der Pfarrer sehr viel über die Geheimnisse des Untersberges herausgefunden, schade, dass ich ihn nicht mehr fragen kann. Er ist schon vor einigen Jahren verstorben, aber ich bin sicher, dass wir auch da noch allerhand herausfinden werden, denn ...", meinte Wolf, als ihm Claudia ins Wort fiel: „Irgendwie geht's immer! Das wolltest du doch jetzt sagen, nicht wahr?"

Wolf zuckte mit den Achseln und meinte nur lapidar: „Wir werden nun umkehren und zu meinem Büro fahren, dann zeig ich dir das gefrorene Herz."

KAPITEL 11

▲

DIE BENEDICTUS-KREUZE

Innerhalb von zwei Wochen erfuhr Wolf von ganz eigentümlichen Begebenheiten, und zwar von vier unabhängigen Personen. Man könnte das wieder als einen der seltsamen Zufälle bezeichnen, die sich in Wolfs Nähe bisweilen zutrugen.

Die erste Sache war die von Max, dem Sohn eines Bekannten:

Max kletterte vorsichtig über die steile Rinne hinab auf den Grund der Schlucht am Fuße des Untersberges. Immer wieder suchte er nach einem Halt an den kleineren Bäumen, die vereinzelt in dem steilen Gelände wuchsen. Sein Vater wartete oben bei den alten Geleisen, direkt neben der verfallenen Hängebrücke, welche den Abgrund überspannte. Endlich hatte Max den Bachlauf erreicht, welcher sich tief unten zwischen größeren Felsblöcken einen Weg gebahnt hatte.

Max wusste eigentlich gar nicht, was ihn hierhergetrieben hatte. Vielleicht war es nur pure Abenteuerlust, in diese tiefe Schlucht, die bestimmt niemand aufsuchen würde, hinabzusteigen. Mühsam kletterte er über die Felsbrocken im Bachbett, um näher an die steil aufragende Felswand heranzukommen. Bei einem Blick nach oben konnte er jetzt die alte, verrostete Hängebrücke sehen, die sich hoch über ihm befand. An der Felswand angekommen, wollte er sich nach einem einfacheren Rückweg umsehen, da entdeckte er einige Meter vor sich ein Kreuz am Rande des Baches liegen. Es war ein Holzkruzifix von etwa zwanzig Zentimeter Länge mit einem metallenen Christus darauf und sah ziemlich neu aus.

Max bückte sich und nahm es an sich. Wahrscheinlich war es irgendjemandem von oben vom Weg heruntergefallen, dachte er zuerst. Aber es wies keine Beschädigungen auf, welche durch einen Fall aus so großer Höhe sicherlich entstanden wären. Verwundert steckte Max das Kreuz ein und machte sich auf den Rückweg. Wieder oben angekommen, begutachtete der Vater den Fund seines Sohnes.

„Das hat bestimmt noch nicht lange dort unten gelegen", meinte er, nachdem Max es ihm gezeigt hatte, „sonst wäre das Holz aufgequollen und das Metall oxidiert."

„Ja", antwortete Max, „du hast Recht, aber wer sollte das Kreuz dort unten deponiert haben?"

„Ist irgendwie seltsam, dass sich da jemand solche Mühe machte, ein Kreuz dort in dieser unwegsamen Schlucht zu verstecken."

Die zweite Begebenheit, welche ebenfalls so ein Kruzifix betraf, wurde Wolf von einer Bekannten aus Wien gemeldet:

„Wir sind am Fuße des Untersberges in eine Höhle gegangen und haben dort drinnen am Boden ein Kreuz gefunden, neben dem einige Marienanhänger gelegen sind", sagte sie zu ihm am Telefon. Sie schickte Wolf ein Bild davon zu und er konnte erkennen, dass es ich um ein sehr ähnliches Kreuz handelte wie jenes, welches ihm von Max gezeigt wurde.

Eine Woche später kam Norbert zu ihm. Norbert befasste sich auch schon lange Zeit mit den Geheimnissen des Untersberges und hatte nun ebenfalls in einer Höhle ein etwas kleineres Kreuz liegen gesehen. Diese Höhle befand sich aber einige Kilometer weiter von den ersten beiden Fundorten entfernt und lag außerdem wesentlich höher. Er fotografierte das Kreuz nur und ließ es dort.

Als Wolf schließlich eine Architektin ebenfalls von einem solchen Kreuz erzählte, das sie vor nicht allzu langer Zeit in ihrem Garten in der Nähe des Untersberges gefunden habe, wunderte er sich nun doch ein wenig über diese Häufung. Er rief Herbert an und berichtete ihm von diesen Kreuzen. „Ich sende dir Bilder zu, vielleicht kannst du mir da etwas weiterhelfen."

Die Antwort Herberts ließ nicht lange auf sich warten und sie trafen sich zusammen mit Elisabeth und Claudia im alten Gasthof.

„Das sind ‚Benedictuskreuze' und die werden von der Kirche für Exorzismen gebraucht", war Herberts kurz gefasstes Ergebnis.

„Aber wer will denn hier am Untersberg den Teufel austreiben?", fragte Claudia ungläubig. Und dann ergänzte sie: „Das ist ja wie im Mittelalter!"

Elisabeth antwortete: „Du wirst es nicht glauben, aber da gibt es zum Beispiel Leute, die beten den Untersberg an und stimmen Lobeshymnen auf die dort vorkommenden Murmeltiere an. Diese Menschen halten ihn für einen heiligen Berg, denen würde ich so etwas schon zutrauen."

„Eigenartig, dass es solche Riten heutzutage noch gibt. Aber es soll doch jeder nach seiner Fasson glücklich werden", meinte Herbert und ergänzte, „diese Kreuze kann man auch im Internet kaufen, aber die sind gar nicht so billig. Wirklich interessant, dass jemand so etwas macht."

Wolf erwiderte: „Da braucht ihr euch gar nicht zu wundern, ich habe da etwas recherchiert. Im Vatikan gibt es sogar einen Beauftragten für Exorzismus. Dort wird auch heutzutage noch heftig der Teufel ausgetrieben. Sogar der Papst selbst, der Benedikt, soll so ein Ritual mehrere Male praktiziert haben."

„Das ist nicht dein Ernst", unterbrach ihn Herbert. „So etwas soll es jetzt noch geben?", fragte er erstaunt.

„Bitte, sieh doch selbst nach bei Google und Co", lachte Wolf, wurde aber sogleich wieder ernst und sprach weiter: „Ja, unsere römisch-katholische Kirche ist fest von der Existenz eines Satans überzeugt und handelt im selben Glauben wie einst die Inquisitoren, welche die armen

Leute foltern und verbrennen ließen, wovon ihr euch ja voriges Jahr im Hexenwald überzeugen konntet."

„Und welcher Teufel sollte gerade hier am Untersberg ausgetrieben werden?", fragte Elisabeth.

„Ich weiß auch nicht mehr als ihr, aber ich selbst bin zumindest von der Existenz dieser dunklen Macht, welche die Kirche Teufel nennt, überzeugt. Ich hatte früher nie ernsthaft an den Satan und die Hölle geglaubt, aber das sollte sich ändern.

Ich war noch keine dreißig Jahre alt, da bat mich eines Tages eine Bekannte, mit ihr das ‚Gläserrücken' zu versuchen. Da wird ein Glas umgedreht auf ein Blatt Papier gestellt, auf dem rundum die Buchstaben des Alphabets stehen. Dann legen die Anwesenden einen oder zwei Finger auf das Glas und stellen eine Frage. Das Glas sollte dann zu den einzelnen Buchstaben wandern, die wiederum ganze Wörter ergeben würden. Das Ganze spielt sich im Dunklen ab, nur eine Kerze soll dabei als Beleuchtung dienen.

Ulrike, wie die junge Frau hieß, hatte damals eine ganz neue Wohnung bekommen. Das war übrigens hier in der Nähe, im Dorf am Fuße des Untersberges, keine zwei Kilometer vom alten Gasthof entfernt."

Gespannt hörten alle zu, es war mucksmäuschenstill.

Wolf fuhr fort zu erzählen. „Nachdem Ulrike die Kerze angezündet hatte und das elektrische Licht ausgemacht war, legten wir beide die Zeigefinger der rechten und linken Hand auf das umgedrehte Glas. Sie wollte, wenn ich mich recht entsinne, Kontakt mit einem verstorbenen Verwandten aufnehmen, was aber nicht zu klappen schien. Ich selbst hatte so etwas noch nie praktiziert und glaubte nicht im Geringsten daran, dass sich dabei irgendetwas ereignen könne.

Nach mehreren Versuchen zog Ulrike ihre Schultern hoch und meinte, dass das heute nichts würde.

Ich wollte aber einen Spaß machen und sagte zu ihr, dass ich nun eine Formulierung versuchen wolle. Es war kurz vor dem sechsten Dezember und am Tag davor gab es in unserer Gegend immer Krampusläufe. Verkleidete junge Männer liefen am Abend dieses Tages mit Teufelsmasken, Fellkleidung und Ruten durchs Dorf. Da hatte ich spontan eine Idee.

Nach kurzem Nachdenken hob ich beide Hände und sprach mit beschwörender Stimme: ‚Fürst der Finsternis, Satan, wir rufen dich! Komm herauf aus den Tiefen der Hölle und erscheine. Komm aus den Klüften des Untersberges hervor und zeige dich hier an unserem Tisch.'

Ich fand das Ganze recht lustig und musste mir bei diesen Worten das Lachen verkneifen.

Ulrike war ob dieser meiner Worte total verängstigt und schaute im Halbdunkel des Raumes immer wieder nach links und rechts, ob da vielleicht tatsächlich eine Erscheinung auftauchen würde.

‚Was fällt dir ein? So etwas darf man nicht tun. Du kannst doch nicht den Leibhaftigen rufen!', sagte sie mit angstvoller Stimme.

Ich lachte und machte mit den Händen einige beschwörende Gesten, wobei ich die Anrufung wiederholte. Sie zuckte zusammen, als es plötzlich eiskalt im Raum wurde. So, als würde ein Fenster weit geöffnet sein, was natürlich nicht der Fall war. Zur Kälte gesellte sich dann ein heftiger Luftzug von der linken Seite. Die Kerzenflamme lag waagrecht und drohte zu verlöschen. Ulrike, welche ganz in der Nähe des Lichtschalters saß, war starr vor Angst und in diesem Moment gar nicht fähig, das Licht anzumachen. Auch mir rieselte ein kalter Schauer vom Genick bis in die Zehenspitzen hinunter. Nach einer Minute, die uns sehr lange erschien, hörte der Spuk auf. Seitdem habe ich so etwas nie wieder versucht. Aber ich war mir sicher, dass da eine Macht im Spiel war, deren Möglichkeiten jenseits unserer Vorstellung lagen."

Alle schauten etwas ergriffen, als sich Claudia zu Wort meldete: „Also ich für meinen Teil würde so etwas erst überhaupt nicht tun. Da hab ich schon zu viel davon gehört. Ich hätte da einfach Angst davor."

KAPITEL 12

▲

DIE DUNKLE MACHT

„Ich kann euch zu dem Thema Teufel noch etwas erzählen", begann Wolf von Neuem. „Keine zwei Jahre nach diesem Erlebnis fuhr ich in Gedanken versunken allein mit dem Wagen zu einem Geschäftstermin durch eine Wiesen- und Hügellandschaft nördlich des Salzburger Seengebietes. Ich hatte mir in der Woche zuvor Goethes Faust auf Video angesehen und stellte mir vor, dass es ganz angenehm sein müsse, so einen Mephisto zur Seite zu haben, der einem jeden Wunsch erfüllen könne. Man müsste ihm ja nicht gleich seine Seele verschreiben, dachte ich. Dass es diese dunkle Macht nun doch geben müsse, hatte ich ja bereits erlebt. Also sollte so ein Mephisto auch zu rufen sein. Ich wollte es jetzt wissen! Laut sprach ich während der Fahrt im Auto: ‚Mephisto, wenn es dich gibt, dann will ich dich sehen. Aber nicht irgendwann, sondern wenn ich jetzt dreimal mit den Fingern schnippen werde. Ich fuhr gerade auf einer schönen, breiten Straße leicht bergauf. An der rechten Seite war ein sehr steiler, etwa zehn Meter hoher Hang und oberhalb befand sich ein mit einem elektrischen Weidezaun umgebenes Plateau, auf dem Rinder grasten. Dann schnippte ich dreimal mit den Fingern und sagte dabei: ‚Jetzt!'

Genau in diesem Augenblick sprang ein Rind von dort oben mit einem gewaltigen Satz über den Drahtzaun direkt in den Steilhang hinein und stand nach zwei weiteren Riesensprüngen mitten auf der Straße. Es war unvorstellbar, dass dieses Hunderte Kilo schwere Tier zu solchen

Sprüngen fähig war und dabei nicht zu Fall kam. Der Stier, wie ich dann erkennen konnte, senkte die Hörner und begann, mit einem Huf auf dem Asphalt zu scharren.

Da es bergauf ging, konnte ich leicht bremsen und kam so unmittelbar vor dem schnaubenden Tier zum Stehen. Jetzt begann ich zu zittern. Ja, ich zitterte tatsächlich, bis hinunter zu den Fußknöcheln. Der Stier jedoch drehte sich zur Seite und ging langsam zum Straßenrand. Er begann dort friedlich zu grasen, so, als wäre nichts gewesen.

Das war meine zweite Begegnung mit dieser Macht, von deren Existenz ich nun endgültig überzeugt war.

„Da brauche ich jetzt etwas zu trinken", meinte Herbert und bestellte sich bei der Kellnerin eine Apfelschorle. „Das sind schon heftige Sachen, die du da erlebt hast", sagte Elisabeth, „das ist schon zum Fürchten. Jetzt verstehe ich auch, weshalb du so viel über die Salzburger Hexenverfolgung recherchiert hast. Ich könnte mir vorstellen, dass du damals ebenfalls den Schergen des Fürsterzbischofs überantwortet worden wärest."

Wolf machte einen Schluck von seinem Mix aus Weinschorle und Orangenlimonade und fing nochmals zu erzählen an:

„Noch ein drittes Erlebnis mit dieser dunklen Macht habe ich damals gehabt. Ich fuhr eines Tages zu einem guten Bekannten in die Steiermark. Josef, so hieß er, besaß dort einen Bauernhof und bewerkstelligte zudem auch die Müllabfuhr in der Umgebung. Wir saßen den ganzen Abend gemütlich zusammen und redeten über dies und das. Am nächsten Tag wollte er uns das Haus, in dem seine Schwester wohnte, zeigen. Es sollte eine Überraschung werden. Er fuhr mit uns durch einen tiefen Wald, wo sich dann eine größere Lichtung auftat. Dort stand das Anwesen, welches über dreihundert Jahr alt war. Die Räume im Erdgeschoss waren für die bäuerliche Gegend ungewöhnlich hoch. Josef klärte uns auf, dass dies früher ein Gerichtshaus gewesen sei und auf dem Hof davor einige der letzten Hexenhinrichtungen Österreichs stattgefunden hätten. Seine Schwester zeigte mir dann noch etwas sehr Merkwürdiges. In einem Nebengebäude befand sich ein Keller, welcher nur einige Stufen tief hinunterführte. Dort waren Vorräte in Regalen gestapelt. Danach folgte, wiederum einige Stufen tiefer, ein weiterer Kellerraum, der zwar auch noch elektrisches Licht hatte, in dem aber nur noch Kohlen gelagert waren. Von diesem zweigte man dann nach rechts in einen dritten Keller ab, der nicht einmal mehr einen betonierten Boden besaß. Im Felsen waren schwere Eisenringe eingeschlagen. Daran wären vor Jahrhunderten Gefangene festgebunden gewesen. Hier unten gab es kein elektrisches Licht mehr und auch kein Fenster erhellte diesen unheimlichen Ort.

In der Mitte sah man im Erdboden eine Senke, so, als wäre dort schon einmal gegraben worden. Keiner aus dem Haus wollte mit mir dort hineingehen. Ich lieh mir eine Taschenlampe und untersuchte so gut es ging das unterirdische Gewölbe. Aus der Senke hätten die Hausbewohner schon manchmal kleine Flämmchen züngeln sehen, sagte mir Josef.

Rasch fasste ich den Entschluss, mit meinem Freund Rudolf hierherzukommen. Mit einem starken Halogenscheinwerfer und mit Schaufeln und Pickeln würden wir diesem Keller zu Leibe rücken und seinem Geheimnis, wenn es eines gab, auf den Grund gehen. Ich erntete bei den Bewohnern und auch bei Josef nur argwöhnisches Achselzucken, als ich meine Absichten kundtat.

Aber er wollte mir noch etwas anderes zeigen. Wir stiegen in seinen Wagen und er fuhr mit uns wieder weit durch den Bergwald an einem Bachlauf entlang. Dort hätte sein Vater früher einmal eine Mühle gehabt. Der Arme hätte sich dort vor vielen Jahrzehnten bei seiner schweren Arbeit einige Finger abgetrennt, erzählte Josef.

Wir erreichten die Mühle, welche wie eine Filmkulisse echt romantisch am Waldrand stand. Plötzlich war da ein Heulen in der Luft, was uns alle irritierte. Keiner konnte sagen, woher es kam. Dann hob ein Wind aus völlig heiterem Himmel an. Ja, es war ein Sturm, wie ein Orkan. Binnen Sekunden begann sich das große Holzschindeldach der alten Mühle zu bewegen, als würde es sogleich herunterstürzen. Wir rannten auf einen nahen Jungwald zu. Ich stolperte über eine kleine, meterhohe Fichte, da traf mich etwas im Genick.

Ein brennender Schmerz durchfuhr mich und ich spürte das Blut über meinen Hals rinnen. Drei Holzschindeln, welche vom Sturm aus dem Mühlendach herausgerissen worden waren, hatten mich getroffen. Die anderen blieben unversehrt.

‚Schnell zum Auto!', rief Josef. Da sah ich im selben Moment, dass auf einen Schlag drei mittelgroße Fichten auf der gegenüberliegenden Seite des Baches vom Sturm entwurzelt und ins Wasser geworfen wurden.

Das Toben des Sturmes war mittlerweile infernalisch laut geworden und glich dem Geheul wilder Tiere. Kaum saßen wir in Josefs Wagen, fuhr er schon los. Mit einem Höllentempo brauste er durch den Wald, wobei ich zu sehen glaubte, dass wir gerade noch vor den auf die Straße stürzenden Baumriesen davonkamen. Während dieser Fahrt fiel mir trotz des Schreckens noch auf, dass es drei Keller im Gerichtshaus waren, drei Schindeln von der Mühle, die mich trafen, und drei Fichtenbäume, die entwurzelt wurden. Ich fragte mich, ob das alles nur ein Zufall gewesen sein konnte.

Wieder zu Hause angekommen, hörten wir dann in den Nachrichten, dass ein fürchterlicher Föhnsturm bei herrlichem Wetter über der ganzen Gegend gewütet hätte. Hunderte Ausflügler waren mit ihren Fahrzeugen auf den Waldwegen von den umgestürzten Bäumen eingeschlossen worden und mussten mittels Motorsägen von den Forstbediensteten befreit werden. Gottlob gab es keine Schwerverletzten oder Toten. Mein Genick wurde verbunden, aber die Narbe spürte ich noch viele Monate danach.

Über diese Begegnungen mit der dunklen Macht, denn für so etwas halte ich es auch heute noch, habe ich oft nachgedacht. Seit dieser Zeit bin ich fest davon überzeugt, dass diese Kraft, welche unsere Kirche den Teufel nennt, auf alle Fälle existent ist. Aber ob man mit diesen Benedictuskreuzen und Exorzismus-Riten etwas dagegen ausrichten kann, bezweifle ich allen Ernstes."

Alle drei waren erstaunt, von Wolf solche Erlebnisse zu hören.

„Davon hast du uns noch nie erzählt", sagte Elisabeth.

„Wisst ihr", antwortete Wolf, „mit solchen Aussagen muss man sehr vorsichtig sein. Nur allzu leicht wird man damit als okkulter Spinner abgetan, deshalb habe ich früher auch nicht gerne darüber gesprochen."

Herbert meinte: „Vielleicht gibt es hier am Untersberg wirklich auch eine dunkle Seite der Macht. Wer weiß? Wo das Gute sich befindet, ist meist das Böse auch nicht weit."

„Ich fürchte diese Macht nicht und Angst davor haben sollte auch keiner von uns. Es ist schon möglich, dass wir bei unserer Suche auch mit diesen Dingen konfrontiert werden. Aber auch dann benötigen wir bestimmt keine Exorzisten-Kreuze."

„Dein Optimismus in Ehren, aber ich habe trotzdem ein mulmiges Gefühl dabei", erwiderte Elisabeth.

Wolf lachte und antwortete: „Du darfst das, du bist ja schließlich eine unserer jüngsten. In deinem Alter hab ich mich auch noch gefürchtet, aber du wirst sehen – irgendwie geht's immer."

KAPITEL 13

DIE INNERE ERDE

Peter, der Graf vom Palfen, besuchte Wolf in seiner Firma und hatte wieder einmal eine interessante Neuigkeit. „Weißt du, ich habe da etwas von einem Bekannten erfahren, betreffend die Innere Erde. Sicherlich wirst du auch schon von dieser Theorie gehört haben, nämlich dass es im Inneren unserer Welt ein Reich geben soll, Agharti genannt.

In der Hitler-Zeit war das sehr populär und viele namhafte Wissenschaftler beschäftigten sich damals intensiv mit dieser Vorstellung. Dieser Bekannte hat mir nun letzte Woche erzählt, dass es hier am Untersberg einen Eingang zu dieser unterirdischen Welt geben soll. Angeblich haben das auch Hitler und seine engsten Getreuen geglaubt.

Wolf konnte dieser Theorie, mit welcher er sich schon früher einmal beschäftigt hatte, absolut nichts abgewinnen, was auch Peter an seinem Gesichtsausdruck unschwer erkennen konnte.

„Du brauchst nicht darüber zu lachen", meinte Peter, „damit haben sich vor vielen Jahren schon kluge Köpfe beschäftigt und sind zu dem Schluss gekommen, dass dem so sein soll."

„Ich lache doch gar nicht", konterte Wolf, „aber nur, weil viele daran geglaubt haben, heißt das noch lange nicht, dass es auch so ist.

Jetzt haben wir schon so viele verschiedene Phänomene am Untersberg, da kommt es doch auf eines mehr oder weniger auch nicht mehr an. Obwohl ich mich damit nicht ganz anfreunden kann."

Peter fragte: „Glaubst du, dass an dieser Sache etwas dran ist?"

„Ich habe dazu meine eigene Theorie", erwiderte Wolf. „Ich meine, dass es an einigen Stellen unserer Erde, so wie auch hier am Untersberg, diese Dimensionstore gibt, woher sie auch immer stammen mögen. Dadurch kam und kommt man wahrscheinlich auch heute noch an einen anderen Ort und zugleich auch in eine andere Zeit. Ich kann mir das eigentlich nur so vorstellen. Die Leute damals in der Hitlerzeit waren mit einer solchen Erklärung vermutlich überfordert und stellten das einfach als „Innere Erde" dar, in welcher es ebenfalls ein Firmament, Land und Meere gab.

Natürlich waren sie auch weiterhin auf unserer Erde. Nur dass sie eben auch in eine andere Zeit kamen und dabei mit Leuten zusammentrafen, die ihnen unbekannt waren. Solche Besuche in dieser sogenannten ‚Inneren Erde' wird es sicherlich gegeben haben. Es liegen zahlreiche Berichte vor, die sich alle in irgendeiner Weise ähneln."

„Du meinst also, die haben damals Zeitreisen gemacht?", überlegte Peter.

„Ja, es sieht ganz danach aus", antwortete Wolf.

„Das würde aber bedeuten, dass wir auch da hineingehen könnten, um uns dort ein wenig umzusehen."

„Dazu müssten wir aber erst einmal wissen, wo sich dieser Eingang befindet", konterte Wolf.

„Ich habe da einen Bekannten, der sehr viel über diese Sachen weiß, der wird uns vielleicht weiterhelfen können", sagte der Graf vom Palfen.

„Wenn das wirklich funktionieren sollte, dann gehen wir alle hinein. Du und ich, Herbert mit seiner Frau Elisabeth und die Claudia. Aber auch die Linda könnten wir mitnehmen, wenn sie nicht gerade wieder mit ihren Freundinnen auf Reisen ist", antwortete Wolf.

„Nein", unterbrach ihn Elisabeth, „die hat zurzeit überhaupt nichts mit Reisen am Hut. Ich habe mich kürzlich mit Linda getroffen, die Arme ist voll im Umbau-Stress. Sie möchte noch diesen Sommer in das Haus ihrer Mutter einziehen und dazu muss erst alles fertig werden. Sie hat aber noch viel Arbeit vor sich und deshalb kommt sie auch so selten zu unseren Zusammenkünften."

„Verstehe", antwortete ihr Wolf und zu Peter gewandt meinte er: „Und du meldest dich, wenn du etwas erfahren hast?"

„Ich werde dir Bescheid geben, sobald ich etwas Näheres weiß." Mit diesen Worten verabschiedete sich der Architekt von ihm. Wolf würde bei nächster Gelegenheit den General fragen, ob ihm etwas bezüglich „Innere Erde" bekannt sei. Vielleicht konnte auch er dazu etwas sagen.

KAPITEL 14

▲

DAS PORTAL NACH ARGENTINIEN

Obersturmführer Bauer war schon seit Tagen mit zwei SS-Soldaten am Untersberg unterwegs, um Gelände-Erkundungen anzustellen. Sie schliefen nachts in den Almhütten des Plateaus und suchten am Tage die mit Legföhren überwachsenen Flächen des Untersberg-Plateaus ab. Wonach sie suchten, wusste Bauer eigentlich gar nicht. Ihr Befehl lautete, alle Arten von Eingängen, wie Höhlen, Dolinen und auch alte Stollenbauten, zu erkunden und in die Karten einzuzeichnen.

In den verschiedenen Almhütten hatten sie schon einige Zeit zuvor Lebensmitteldepots eingerichtet, damit einer ausgedehnten Suche nichts im Wege stand und sie nicht immer wieder in ihre Station zurückkehren mussten. Das Plateau des Berges war riesig groß und auch schwierig zu begehen. Die Soldaten mussten sich teilweise angeseilt durch das Dickicht der Legföhren kämpfen, in welchem sich plötzlich Dolinen im Erdboden auftaten, welche Hunderte Meter in die Tiefe zu gehen schienen.

Eines Tages, als ein schweres Gewitter vom Westen her aufzog, verließen die drei das Plateau, um zu einer der tiefer gelegenen Almen zu gelangen.

Dort wollten sie den Wettersturz abwarten. Je tiefer sie vom Plateau abstiegen, desto spärlicher wurde der Bewuchs mit Legföhren und so durchquerten sie schließlich einen lichten Hochwald mit Lärchen.

„Obersturmführer, da!", rief einer der Soldaten und zeigte aufgeregt auf eine kleine Felswand, in deren Mitte sich ein dunkler Fleck befand.

Bauer ging nach vorne und wollte gerade nachsehen, was ihm der SS-Mann zeigen wollte, da bemerkte er am Waldboden große Steinplatten, welche kaum natürlichen Ursprungs sein konnten. Es sah aus wie ein mit Steinen gepflasterter Weg, der geradezu auf die dunkle Felswand zulief.

Der Obersturmführer meinte: „Eigenartig, das sieht nach einem Portal, nach einem Eingang aus und doch ist es keiner. Hier ist doch nur ein dunkler Felsen."

Der Platz schien gut geeignet für eine Rast zu sein, welche er hier mit seinen Männern einlegen wollte. Sie würden die weiter unten liegende Alm ohnehin noch vor dem Gewitter erreichen.

Zudem wollte er diese Besonderheit noch in der Karte einzeichnen.

Einer seiner beiden Soldaten ging auf die dunkle Felswand zu und wollte sich gerade hinsetzen. Er nahm dazu seine Maschinenpistole, welche er umgehängt hatte, von der Schulter und war gerade im Begriff, die Waffe an die Felswand zu lehnen, als die Maschinenpistole ins Leere fiel und nur noch der Griff aus dem Felsen herausragte. Magazin und Lauf waren nicht mehr zu sehen. „Ah, Obersturmführer, sehen Sie mal her!", rief er erschrocken. Bauer sah nun ebenfalls die Hälfte der MP vor der Felswand liegen und griff vorsichtig danach. Er zog die Waffe zu sich her und es schien, als ob er sie aus dem Felsen herausziehen würde.

„Das gibt's doch nicht!", rief er erstaunt und tastete mit seiner Hand vorsichtig an die dunkle Felswand.

Die Hand des Obersturmführers verschwand ebenso darin wie zuvor die Hälfte der Maschinenpistole.

Einer seiner beiden Begleiter hob einen kleinen Stein vom Boden auf und warf ihn mit Schwung gegen die Wand, in welcher dieser augenblicklich verschwand. Unmittelbar darauf hörte man das Kollern des Steines auf einem harten Untergrund.

Bauer fasste sich als Erster wieder. „Ich werde versuchen, da hineinzugehen. Ihr wartet draußen." Mit diesen Worten machte er einen großen Schritt und verschwand vor den entsetzten Augen seiner Kameraden direkt in der dunklen Stelle.

„Ihr könnt nachkommen!", hörten die beiden Soldaten ihren Anführer rufen.

Sie konnten ihn laut und deutlich verstehen, so, als stünde er unmittelbar vor ihnen. Zögernd gingen beide auf den dunklen Felsen zu und befanden sich im nächsten Augenblick im Inneren des Berges. Das war aber keine Höhle im herkömmlichen Sinn. Nein, die Wände sahen aus, als bestünden sie aus geschmolzenem, schwarzem Glas. Und auch der Boden war glatt und eben.

Es war auch gar nicht völlig finster in diesem tunnelähnlichen Gang, welcher eine Breite von ungefähr drei Metern hatte und eine Höhe, bei der ein Kleinlastkraftwagen Platz gehabt hätte. Das Licht von außen schien herein und man konnte sogar hinaussehen, wenn auch etwas diffus, so, wie durch einen dünnen Vorhang.

„Was das wohl sein mag? Und vor allem, wer ist in der Lage, so etwas zu bauen?", fragte Obersturmführer Bauer.

Er beschloss, mit seinen beiden Männern tiefer in den Gang hineinzugehen. Sie nahmen die Batterielampen aus ihren Rucksäcken, in deren Schein sie dann die glatte Oberfläche der Wände bestaunen konnten. „Nehmt eure Maschinenpistolen schussbereit in die Hände", befahl er seinen Männern, „wer weiß, was uns hier drinnen erwartet. Ich möchte nicht, dass wir uns überraschen lassen und in irgendeine Falle tappen."

Nach etwa fünfzig Metern kamen die Soldaten an eine Wand aus Edelstahl, welche den Tunnel zur Gänze abschloss.

„Sieht so aus, als wäre hier Endstation", sagte Bauer und klopfte mit der Faust gegen die Stahlwand.

Einer seiner beiden Begleiter stieß vorsichtig mit dem Lauf seiner Maschinenpistole mehrmals an die silbrig glänzende Wand, so, als wolle er klopfen. Er ging dabei nach links, und als er das letzte Mal mit dem Lauf gegen die Stahlplatte klopfen wollte, stieß er ins Leere.

„Obersturmführer, hier ist ein Durchgang, es sieht nur so aus, als wäre es eine Stahlplatte, aber der letzte Meter ist durchlässig, so wie an der Felswand draußen", meinte der Soldat, worauf Bauer befahl, weiterzugehen. Ein eigenartiger Schimmer erhellte hinter dieser stählernen Wand den Gang, sodass sie ihre Lampen wieder einstecken konnten. Sie marschierten nicht einmal eine Viertelstunde, da wurde es auf einmal wieder heller. Es sah aus, als ob sie auf einen Ausgang zuschritten. Von ferne war ein Rauschen zu vernehmen. Tatsächlich gelangten sie an ein großes Steinportal. Der Soldat an der Spitze rief plötzlich: „Das ist das Meer!"

„Unmöglich!", antwortete Bauer. „Wir befinden uns hier auf dem Untersberg bei Salzburg in einer Höhe von circa eintausendfünfhundert Metern. Ganz und gar unmöglich, dass hier ein Meer sein kann."

Inzwischen war er aber mit dem anderen SS-Mann ebenfalls am Ausgang angelangt. Was die drei hier zu sehen bekamen, verschlug ihnen den Atem.

Sie standen am Gestade eines Meeres. Einige Wolken waren am blauen Himmel zu sehen und es herrschte eine angenehme Temperatur. Ein starker Wind blies ihnen die salzige Luft ins Gesicht. Das Ufer war felsig und wenige Meter unter ihnen donnerte die Brandung an die Klippen. Draußen auf dem Meer tanzten Schaumkronen auf den Wellen. Als sie sich umdrehten, sahen sie, dass sie aus einem imposanten steinernen Portal am Berghang herausgekommen waren.

„Leute, ich habe weder eine Ahnung, wo wir hier sind, noch, was das alles zu bedeuten hat. Aber wenn wir schon einmal da sind, dann schauen wir uns etwas um."

Von dem Portal führte ein schmaler Weg am Meer entlang zu einem kleinen, weißen Gebäude, welches auf einer Anhöhe stand. Es waren nur ein paar Hundert Meter. Die

Soldaten hatten noch immer ihre Waffen im Anschlag, als sie das Haus erreichten. Vorsichtig öffneten sie die Tür, doch da war niemand zu sehen. Einige technische Geräte, welche ihnen aber völlig unbekannt erschienen, standen da auf Regalen. Das runde Haus hatte ein kuppelförmiges Dach und schien nur aus einem einzigen großen Raum zu bestehen. Zur Meerseite hin waren fünf große Fenster angebracht, so, als würde es sich hier um einen Beobachtungsposten handeln.

Da der Weg noch weiterführte, sagte der Obersturmführer: „Gehen wir noch ein Stück, vielleicht finden wir etwas, das uns Aufschluss über diese Gegend geben kann." Dann blieb er plötzlich stehen, sah in Gedanken versunken aufs Meer hinaus und meinte:

„Fassen wir zusammen, wir sind kurz unter dem Plateau des Untersberges bei einem sehr seltsamen, gut getarnten Eingang ins Bergesinnere gelangt und haben maximal eine Wegstrecke von einem Kilometer zurückgelegt. Und jetzt sind wir am Ufer eines Meeres. Wie sollte das möglich sein? Oder ist das vielleicht die ‚Innere Erde?'"

„Das kann doch gar nicht sein, es müssten Hunderte, wenn nicht Tausende Kilometer sein, um in die ‚Innere Erde' zu gelangen", erwiderte einer der Soldaten. „Ich habe mich mit dieser Thematik eingehend beschäftigt und wir sind doch gerade nur ein Stück in diesem glatten, schwarzen Tunnel gegangen."

Da entdeckten die drei ein Fischerboot, welches gerade in einen winzigen Hafen einlief. Es war eigentlich nur eine kleine Mole, an welcher einige Boote festgemacht waren. Sie mussten noch ein Stück landeinwärts gehen, um zu der Stelle zu gelangen, an der das Schiff angelegt hatte.

Es war ein kleiner Kutter und die Fischer luden gerade ihren Fang auf einen Lastwagen um.

Sie hatten noch eine schmale Landzunge zu überqueren, dann waren sie bei der Mole angelangt.

Etwas argwöhnisch wurde Bauer mit seinen zwei Soldaten, welche ihre Waffen gut sichtbar umgehängt trugen, begutachtet.

„Heil Hitler!", grüßte der Obersturmführer die drei fremdländisch aussehenden Leute, welche aber mit diesen Worten offenbar nichts anzufangen wussten. Sie sahen sich nur kurz an, dann lachte einer und erwiderte den Gruß mit „Buenos tardes, Senores!"

„Wo befinden wir uns hier? Wie heißt dieses Land?", fragte Bauer die Fischer, welche sich aber nur ratlos ansahen und untereinander einige Worte auf Spanisch wechselten.

„Perdona, pero no le comprendo", sagte schließlich einer der Männer.

„Das sind Spanier", rief einer der beiden Soldaten, „wir befinden uns demnach an der spanischen Küste."

„Nicht unbedingt", erwiderte Obersturmführer Bauer, „in vielen Staaten Lateinamerikas wird ebenfalls Spanisch gesprochen und auch dort liegen alle diese Länder am Meer." Er sah die Fischer an und deutete mit der Hand auf die Berge hinter ihm, dabei zog er einen Kreis, worauf er fragend, achselzuckend die Schultern hob. Einer der Fischer schien diese Gebärde zu verstehen und meinte nur: „Argentina!"

Bauer nickte nur mit dem Kopf. „Es ist kaum vorstellbar, aber so, wie es scheint, befinden wir uns tatsächlich in Argentinien. Schade, dass keiner von uns Spanisch spricht. Wir können daher nicht einmal nach dem heutigen Datum fragen."

„Weshalb nach dem Datum?", fragte einer der beiden Soldaten.

„Nun, wie ihr wisst, wird am Untersberg doch immer wieder von sogenannten Zeit- und Raum-Portalen berichtet. Es wäre doch leicht möglich, dass wir so einen Durchgang entdeckt haben und dadurch eben hier in Argentinien herausgekommen sind. Das würde aber auch bedeuten, dass wir uns dann auch in einer anderen Zeit befinden könnten", bemerkte Bauer. „Seht euch doch einmal den Lastwagen an und die Antennen am Schiff, ich vermute, dass wir in der Zukunft gelandet sind."

In diesem Moment sah er, dass einer der Fischer ein winziges Sprechgerät an sein linkes Ohr hielt und sich damit auf Spanisch mit irgendjemandem unterhielt. Das musste ein Funkgerät in Miniaturausführung sein. Also war es eine Zukunft, in der sich die drei nun befanden.

„Wir gehen wieder zum Portal zurück, wer weiß, was die Leute in dieser Zeit für Waffen haben. Vermutlich würden wir ihnen mit unseren Maschinenpistolen haushoch unterlegen sein. Hier ist ein rascher Rückzug angesagt." Sie winkten den Fischern noch zu und marschierten wieder den Uferweg zum Portal zurück. Sie befürchteten schon, dass der Eingang vielleicht in der Zwischenzeit verschwunden sein könnte, aber ihre Ängste waren unbegründet. Majestätisch ragte das steinerne Portal am Berghang empor.

Der kleine Trupp marschierte hinein und nach kurzer Zeit passierten sie wieder die Stelle mit der Edelstahlplatte. Wenig später standen sie erleichtert wieder vor der Felswand mit dem dunklen Fleck in der Mitte am Untersberg.

Die Gewitterfront war mittlerweile schon bedrohlich nahe an den Untersberg herangekommen und von ferne konnten sie schon vereinzelte Blitze sehen und dumpfes Donnergrollen hören.

„Jetzt sehen wir zu, dass wir noch rechtzeitig die Alm erreichen, die Gewitter am Berg sind gar nicht so ungefährlich", rief Bauer seinen beiden Kameraden zu und im Eilschritt liefen sie den Hochwald hinunter. Noch vor dem Einsetzen des Regens erreichten die Soldaten die Hütte.

Nachdem sie Feuer im Ofen gemacht hatten und vor dem Wetter geschützt in der Hütte saßen, überlegte Bauer: „Wir waren also heute Nachmittag in Argentinien, in welcher Zeit wir dort gelandet sind, wissen wir leider nicht. Ich hatte so etwas bisher nicht für möglich gehalten, aber offensichtlich ist an den alten Geschichten um den Untersberg etwas Wahres dran. Der General wird sich bestimmt freuen über unsere Entdeckung. Morgen gehen wir wieder zurück zur Station."

KAPITEL 15

▲

DIE ZEITTORE VOM KARNAK-TEMPEL

Wolf erhielt von einem Bekannten aus Deutschland einen Hinweis, dass sich in Luxor, im Tempel von Karnak eine geheimnisvolle Tür befinden solle, hinter welcher schon Leute verschwunden wären. Er wollte dieser Sache nachgehen, und da sich ja dort im Karnak-Tempel auch die „Rote Kapelle" der Pharaonin Hatschepsut befand, die er noch nie besichtigt hatte, war das jetzt eine gute Gelegenheit, dorthin zu fahren. Er rief die beiden Polizisten Herbert und Elisabeth an und auch Claudia, ob sie nicht Lust hätten, ihn für ein paar Tage nach Ägypten zu begleiten. Alle drei willigten ein und kurzerhand waren die Flüge gebucht. Diesmal würde es eine Zwischenlandung in Kairo geben. Von dort sollte die Reise dann mit einem kleineren Flugzeug nach Luxor weitergehen.

„Ich hätte nie gedacht, dass du so spontan bist und so einfach von heute auf morgen nach Ägypten fliegst, nur um nachzuprüfen, was es mit dieser ominösen Tür im Karnak-Tempel auf sich hat", meinte Elisabeth.

„Na ja, es geht schließlich nicht nur um die Tür im Tempel, wir werden auch dem Grabräuber Rassul wieder einen Besuch abstatten. Ich werde einen der beiden schwarzen Steine mitnehmen, damit ich ihm diesen zeigen kann", antwortete Wolf, „vielleicht hören wir wieder etwas Neues von ihm."

Dann wandte er sich zu Claudia. „Und du hast dann Gelegenheit, diesen Rassul, von dem ich dir schon viel erzählt habe, auch persönlich kennenzulernen, einen richtigen

Grabräuber. Von dem haben wir ja voriges Jahr diese Gedichte an Hatschepsut, die Herrin der beiden Länder, erhalten, die dir so gut gefallen haben."

„Das klingt ja echt spannend", meinte Claudia, „ich freue mich schon drauf."

Herbert lachte. „Aber passt auf, dass ihr nicht hinter dieser geheimnisvollen Tür im Karnak-Tempel verschwindet, sonst wird das nichts mehr mit dem Rassul."

Einige Tage später waren die vier bereits in Luxor und stöhnten unter der Hitze, die dort sogar noch spät am Abend herrschte. Immerhin waren es knapp vierzig Grad, die den Freunden vom Isais-Ring zu schaffen machten. „Schade, dass Linda diesmal nicht dabei ist", sagte Wolf, als sie bei einem kühlen Karkadeh auf der Nilterrasse vom Hotel saßen, „mit ihr habe ich hier in Luxor schon viele Wochen verbracht, es würde ihr sicherlich gefallen."

„Weshalb ist sie diesmal nicht auch mitgekommen?", fragte Claudia.

„Ganz einfach", erwiderte Wolf, „die ist gerade im Begriff zu übersiedeln. Jetzt, da sie in Pension ist, hat sie die Zeit dazu, das alte Haus ihrer Mutter zu renovieren. Deshalb kommt sie auch so selten zu unseren Zusammenkünften."

„Irgendwie schade", warf Herbert ein, „gerade sie, die schon so vieles mit dir hier unten in Ägypten erlebt hat, wäre eine echte Bereicherung für uns gewesen."

Am nächsten Tag, früh am Morgen, als die Temperatur noch erträglich war, fuhren sie mit einem Taxi zum nahe gelegenen Karnak-Tempel. Aufgrund der innenpolitischen Schwierigkeiten waren schon seit über einem Jahr kaum Touristen in Ägypten. Wo sich früher die Leute an der Kasse beim Eingang zum Tempel in Scharen drängten, war so gut wie niemand zu sehen.

„Ich schlage vor, dass wir uns zuerst die Rote Kapelle anschauen und dann nach dieser mysteriösen Tür sehen, was meint ihr?", fragte Wolf in die Runde.

Alle waren einverstanden und kurz nach dem zweiten Pylon gingen sie im Open-Air-Museum zu dem Bauwerk der

Hatschepsut. Claudia betastete die Wände dieser schönen Kapelle, so, als würde sie dadurch in direkten Kontakt mit der Königin kommen. Aber auch Elisabeth, die sehr sensitiv veranlagt war, schien sehr berührt von der Roten Kapelle.

Wolf machte einige Bilder und ging zurück in den Tempel zum zweiten Pylon, wo er nach der Tür zu suchen begann.

Die anderen drei schlenderten durch die imposante Halle, in der über einhundert drei Meter dicke Säulen standen. Herbert und Elisabeth verloren Claudia schon bald aus den Augen. Es war wie in einem Irrgarten, da man eine Person hinter diesen gewaltigen Säulen nicht ausnehmen konnte. An einer der Außenwände entdeckte Claudia dann einen Durchbruch in einen nach links abzweigenden Gang. Vorsichtig tastete sie sich in die Dunkelheit und glaubte ein seltsames Stimmengewirr zu hören. Ihre Sinne würden ihr einen Streich spielen, meinte sie. Das würde von der Hitze kommen. Dennoch versuchte sie, noch ein Stück weiter in diesen recht engen Gang hineinzugehen, als es plötzlich merklich kühler wurde. Es roch nach irgendwelchem Räucherwerk. Sie blieb stehen. Es war auf einmal still geworden und sie hörte nur das Pochen ihres Herzschlages.

Nein, Angst hatte sie keine, aber irgendein beklemmendes Gefühl stellte sich bei ihr ein. Wo war sie? Sie befand sich doch nur einige Meter in diesem dunklen Gang.

Wolf hatte mittlerweile vergeblich nach dieser Tür gesucht, von der ihm der Bekannte aus Deutschland erzählt hatte. Er setzte sich auf das Fundament einer der Säulen und nahm den schwarzen Stein aus der Hosentasche – jenen Stein, den er vor vielen Jahren in der unterirdischen Kammer der Cheops-Pyramide gefunden und durch den dann seine Suche nach den Zeitphänomenen erst begonnen hatte. Er konnte selbst nicht genau sagen, weshalb er diesen schwarzen Stein hierher nach Luxor mitgenommen hatte. Es war einfach nur so eine Ahnung gewesen, dass er ihm vielleicht nützlich sein könne. Seinen drei Freunden wollte er natürlich nichts davon sagen, er befürchtete, dass sie ihn möglicherweise ausgelacht hätten. Er drehte den orangengroßen Stein in seiner Hand herum und schaute gedankenverloren auf die Wand des zweiten Pylons, als er dort plötzlich drei Eisentüren sah. Nein, die waren vor einigen Minuten, als er an der Mauer vorbeiging, noch nicht da gewesen. Er musste an den Deutschen denken, der hatte ja auch von Eisentüren geschrieben. Außerdem waren nun wieder einige Touristen und etliche Wächter in der Nähe, an die sich Wolf aber nicht erinnern konnte. Aber zuvor, als er an der Mauer vorbeigegangen war, da war doch nur eine Scheintür aus Stein zu sehen gewesen und keine Menschenseele hatte sich in der Säulenhalle aufgehalten. Wolf wollte bereits aufstehen und nochmals hingehen. Er zögerte aber noch und drehte nervös den schwarzen Stein zwischen seinen beiden Händen. Als er wieder hochsah, hatte sich das Bild abermals verändert. Anstelle dieser drei Blechtüren waren nun drei schmale, offene Eingänge in der Mauer des Pylons zu sehen. Wolf schloss die Augen und rieb sich fest mit den Handrücken darüber. Er wollte sicher sein, dass er hier keiner Halluzination zum Opfer gefallen war. Freilich war es drückend heiß hier im Tempel, aber solche Streiche hatte ihm sein Verstand bisher noch nirgends gespielt.

Jetzt stand er auf, steckte den schwarzen Stein wieder in seine Hosentasche und ging zügig auf die drei schmalen Eingänge zu. Wolf betrat die rechte der drei Öffnungen. Sofort umgab ihn absolute Finsternis und es wäre bestimmt gefährlich gewesen, weiterzugehen. Er hatte aber eine ganz kleine LED-Lampe in seiner Handtasche, die er mit einem Gummiband auch als Stirnlampe verwenden konnte. Er war froh, dass die Batterien noch in Ordnung waren und ihm dieses kleine Ding jetzt im Inneren des Pylons ausreichend Licht spendete. Wolf konnte eine schmale Treppe mit recht hohen Stufen sehen, die steil nach oben führte.

Plötzlich erschrak er, als der Klang eines schweren Gongs ertönte. Es war für ihn nicht möglich festzustellen, woher der Ton kam.

Wolf hatte keine Zeit, sich darüber zu wundern, weshalb diese Eingänge in den Pylon vorher nicht zu sehen gewesen waren und warum er auch für eine ganz kurze Zeit an ihrer Stelle Eisentüren gesehen hatte. Langsam stieg er die hohen Stufen nach oben, als ihn plötzlich gleißender Sonnenschein blendete. Durch eine kleine Luke in der Mauer erhellte ein starker Lichtstrahl die gegenüberliegende Wand des Ganges. Wolf blieb stehen, nahm seine Sonnenbrille aus der Brusttasche seines T-Shirts und versuchte, durch die kleine Öffnung nach draußen zu schauen. Was er sah, ließ ihm den Atem stocken.

Herbert und Elisabeth kamen nun auch in den Säulensaal und bemerkten, dass sie Wolf und Claudia aus den Augen verloren hatten. Sie riefen nach den beiden, doch die drei Meter dicken Säulen, welche zudem in ziemlich kleinem Abstand zueinander in der Halle standen, schluckten den Schall. Irgendwie war es hier unheimlich, denn es befanden sich auch keine Touristen in der großen Säulenhalle, und die beiden kamen sich verloren vor. Sie beschlossen, die Reihen systematisch abzusuchen.

Claudia zuckte zusammen. Sie hörte den dumpfen, metallenen Klang eines großen Gongs. Dann vernahm sie wieder ein unverständliches Gemurmel in einer fremden Sprache. Sie konnte sich nicht vorstellen, woher das kam. Der Gang machte eine scharfe Biegung. Dahinter war alles auf einmal in ein diffuses Licht getaucht und sie konnte die Stufen einer Treppe erkennen, die steil nach oben führte. Kleine Luken auf der linken Seite ließen spärlich Licht herein, welches aber ausreichend war, um die Treppenstufen zu sehen. Claudia erschrak, als sie bemerkte, dass nach jeweils sieben Stufen immer ein großes Loch in der Treppe klaffte. Diese Öffnungen schienen tief nach unten zu gehen. Sie befanden sich einmal auf der linken und dann wieder auf der rechten Seite. Für einen Besucher, welcher hier ohne Licht auf dieser Treppe gehen wollte, wäre es eine tödliche Gefahr gewesen. Claudia hörte von draußen eigenartige Gesänge, welche vom Klang kleiner Glöckchen begleitet wurden. Langsam begann sie sich darüber klar zu werden, dass sie in eine ferne Vergangenheit geraten sein musste. Dann erklang wieder der Gong. Langsam verblasste der Schein durch die Öffnungen in der Mauer und absolute Finsternis umgab die junge Frau. Sie saß in der Falle. An ein Zurückgehen war wegen der Öffnungen auf der Treppe unmöglich zu denken. Aber auch weiter nach oben zu gehen, wäre ein tödliches Risiko gewesen. Sie setzte sich auf eine der Stufen und wusste nicht mehr weiter.

Wolf konnte nur noch staunen. Es war die Spitze eines Obelisken, welche mit einer polierten Gold- und Silberlegierung verkleidet war, die das Licht der Sonne hier in diesen engen Treppengang hereinspiegelte. Aber von den Obelisken im Karnak-Tempel hatte doch keiner solch eine funkelnde Spitze! Nur aus den Überlieferungen war bekannt, dass es einst im Altertum, in der Zeit der Pharaonen, so gewesen sein sollte. Aber das müsste bedeuten, dass er sich in der Vergangenheit befand. Weit in der Vergangenheit, so an die viertausend Jahre. Unvorstellbar, hier musste es ebenfalls ein Zeitphänomen wie zu Hause am Untersberg geben.

Er ging weiter und folgte einer Abzweigung nach rechts. Hier führte der Gang waagrecht geradeaus. Aus einiger Entfernung konnte er eine größere Öffnung in der Pylonenwand sehen. Darin stand regungslos eine Gestalt mit einer Maske. Wolf hatte seine kleine LED-Lampe bereits abgeschaltet, um Batterien zu sparen, und ging leise auf die Person zu.

Mit einem langen, hellen Gewand bekleidet, stand die Gestalt, von der er nicht wusste, ob es sich um einen Mann oder eine Frau handelte, mit gekreuzten Armen in der Öffnung, welche sich hoch oben im Erscheinungsfenster des Pylons befand.

Wolf ging weiter auf die Gestalt zu, die sich plötzlich umdrehte und ihn unvermittelt ansah.

Er erschrak zutiefst. Der Mann hatte seine Maske abgenommen und schaute Wolf an. Im diffusen Licht konnte er erkennen, dass das kein Ägypter war! Der Mann hatte eine helle Hautfarbe!

Um das Gesicht genauer sehen zu können, drückte er rasch auf den Knopf der Lampe auf seiner Stirn. Der Schein blendete den Mann, der daraufhin einen kurzen Schrei ausstieß. Wolfs LED-Lampe musste ihn so erschreckt haben, dass er sich vor ihm auf den Boden warf. Auch er selbst war etwas verstört und fragte unvermittelt die am Boden kauernde Gestalt: „Wo geht's hier wieder nach draußen?" Wolf hatte diese Worte in seiner eigenen Sprache gesagt, ohne zu wissen, ob der andere überhaupt etwas davon verstand. Anstatt einer Antwort sprang der Mann auf und hastete den Gang entlang, der immer noch durch kleine Öffnungen von der funkelnden Obeliskenspitze beleuchtet wurde. Jetzt erklang abermals der Gong und das Licht im engen Gang wurde rasch schwächer, bis es absolut dunkel wurde.

Wolf versuchte, so gut er konnte, dem Mann zu folgen, verlor ihn aber bald wegen der zu geringen Reichweite seiner LED-Lampe aus den Augen. Lediglich dessen eilige Schritte konnte er noch einige Zeit vernehmen.

Herbert meinte zu seiner Frau: „Elisabeth, ich kann mir beim besten Willen nicht vorstellen, wohin die beiden verschwunden sind." Sie begannen abwechselnd nach Wolf und Claudia zu rufen, aber es kam keine Antwort. Ratlos standen die beiden am Fuße des zweiten Pylons.

Claudia hörte auf einmal Schritte. Es klang so, als würde jemand laufen. Sie konnte nun auch schon den raschen Atem hören, der schnell näher kam. Von oben musste da jemand die Treppe herunterlaufen. Sie hatte Angst. Plötzlich hörte sie ganz in ihrer Nähe einen gellenden Schrei, der immer leiser wurde und dann abrupt aufhörte. Da musste jemand in so eine Öffnung in der Treppe gefallen sein, dachte sie und wagte sich kaum mehr zu bewegen, als sie abermals Schritte hörte. Dann konnte sie den Schein einer LED-Lampe sehen. Auch Wolf erkannte Claudia, welche noch immer regungslos auf der Stufe saß. „Claudia", rief er, „wie kommst du denn hier herein?"

Anstatt einer Antwort schrie die junge Frau nur: „Bleib sofort stehen, geh nicht weiter, da sind Löcher in der Treppe!"

Wolf richtete den Strahl seiner Lampe nach unten und sah in einen gähnenden Abgrund. Die Öffnung war über einen Meter groß und er konnte keinen Grund erblicken. Vorsichtig ging er auf der Seite an dem Loch vorbei und beugte sich zu Claudia, welche kaum fähig war, aufzustehen.

„Da kam gerade einer vor dir die Treppe heruntergelaufen und ist in diese Öffnung gestürzt. Ich hab ihn noch schreien gehört", sagte sie zu Wolf und schlug schluchzend ihre Hände vor das Gesicht.

„Komm", antwortete er und half ihr auf die Beine. „Ich gehe vor und du bleibst dicht hinter mir."

„Ja", sagte sie mit angsterfüllter Stimme, „aber sei vorsichtig, da sind noch mehrere solcher Fallen auf der Stiege."

Wolf war heilfroh, seine kleine Lampe dabeizuhaben, und schaffte es damit ohne viel Mühe, mit Claudia in den ebenen Gang an der Basis des Pylons zu gelangen. Er erzählte ihr beim Gehen von den funkelnden Obeliskenspitzen und dem Mann mit der Maske.

Claudia hatte sich mittlerweile wieder etwas gefangen und fragte: „Glaubst du wirklich, dass wir in eine andere Zeit übergewechselt sind?"

„Sieht ganz danach aus, ich möchte bloß wissen, durch welchen Mechanismus das ausgelöst wurde. Es muss mit diesen Eingängen in den Pylon zu tun haben, nehme ich an."

„Du hast Nerven!", antwortete die noch immer geschockte Claudia. „Für mich ist jetzt das Wichtigste, wie wir wieder in unsere Zeit kommen. Der Mechanismus kann mir gestohlen bleiben."

„Irgendwie geht's immer!", meinte Wolf und blieb vor dem Ausgang in die Säulenhalle stehen.

„Wenn wir jetzt hier aus dem Gang herausgehen, sind wir möglicherweise noch in der Vergangenheit. Und wenn uns da ein paar Amunpriester sehen, dann landen wir zum Schluss noch bei den Krokodilen im Nil. Denk einmal nach, was hast du gemacht, als du den Gang betreten hast?"

Claudia überlegte kurz und sagte: „Ich habe dein Sator-Amulett zwischen meine Finger genommen." Wolf fiel ein, dass er ihr vor Betreten des Karnak-Tempels nur so aus Spaß das goldene Amulett, das ja schon vor Jahrhunderten als magischer Schutz galt, umgehängt hatte. Aber daneben befand sich auch der schwarze, kleine, runde Stein, das zwölfstrahlige mesopotamische Rundsiegel, auf demselben Lederband. „Hast du dabei auch den schwarzen Stein berührt?", fragte er sie.

„Ja freilich", erwiderte Claudia verwundert, so, als würde sie Wolfs Frage nicht ganz verstehen. „Ich musste den Stein ja vom Amulett wegschieben, damit ich das goldene Sator-Quadrat zwischen den Fingern halten konnte. Aber weshalb fragst du das?"

„Weil auch ich beim anderen Eingang meinen schwarzen Stein aus der Cheops-Pyramide in den Händen hielt. Und exakt in diesem Moment muss das Zeitphänomen aufgetreten sein."

„Was redest du da von einem anderen Eingang? Meinst du etwa die steinerne Scheintür?", fragte Claudia.

„Das ist eine echte Türe, besser gesagt, das war sie, bevor man die Öffnungen mit Eisentüren verschlossen hat, und davor befanden sich dort eben drei Eingänge. In den letzten Jahren wurde der Zugang dann offenbar mit einer Steinplatte verschlossen", antwortete Wolf.

Claudia schaute nachdenklich und meinte: „Ja, und dann hat dieser Bekannte von dir bestimmt Recht gehabt, als er erzählte, dass hinter der Eisentür schon Menschen verschwunden sind. Ob die in der Vergangenheit geblieben oder in eine dieser gefährlichen Fallgruben gestürzt sind, werden wir wohl nie erfahren."

„So, nun nimm den kleinen schwarzen Stein am Lederhalsband zwischen deine Finger und halte ihn. Ich werde meinen schwarzen Stein ebenfalls in die Hände nehmen und dann gehen wir aus dem Gang hinaus in die Säulenhalle." Mit diesen Worten schaltete er seine LED-Lampe aus und holte den schwarzen Stein aus der Cheops-Pyramide hervor. Dann gingen die beiden nach draußen.

Im selben Moment hörten sie auch schon die Rufe von Herbert und Elisabeth. „Wir haben uns nur ein wenig verirrt", sagte Wolf etwas schuldbewusst und dachte vorerst nicht im Traum daran, den beiden Freunden ihr Erlebnis im Inneren des Pylons mitzuteilen. Nicht auszudenken, wenn die beiden Polizisten auch in diesen Gängen verschwunden wären. Nein, dieses Geheimnis sollte auch eines bleiben, zumindest, bis sie wieder zu Hause sein würden. Dann konnten sie über das Abenteuer in Ruhe berichten.

Wieder zurück beim Taxi meinte Herbert: „Morgen fahren wir ja hinüber auf die Westbank. Weißt du, wo der Rassul sein neues Domizil hat? Soviel ich erfahren habe, hat der Said Hamam ja alle Häuser in Qurna abreißen lassen."

„Keine Sorge", antwortete Wolf, „direkt neben dem Ramesseum besitzt er ein Café oder Restaurant, wie man eben will. Dort treffen wir ihn sicher an, und wenn nicht, dann fahren wir zu seinem neuen Wohnsitz gegenüber vom Carter Haus, in der Nähe des Polizei-Checkpoints. Und jetzt freue ich mich auf ein kühles Bier im Hotel."

KAPITEL 16

RASSULS GEHEIMGANG

Es war ein relativ kühler Morgen und der Dunst lag noch über den Ufern des Nils. Es roch wie immer schwach nach verbranntem Müll. Wolf war bereits aufgestanden und nach draußen gegangen. Er lehnte sich gedankenverloren an das Geländer an der Nilpromenade. Nur wenige Leute waren zu so früher Stunde im gepflegten Hotelpark. Vereinzelt standen Reiher am Ufer des großen Stromes, welche nach Fischen Ausschau hielten.

Nach dem Frühstück würde er sich mit Claudia und den beiden Polizisten auf die Westbank hinüberfahren lassen. Heute sollte es ja zu Rassul gehen. Er hoffte inständig, diesmal wieder zumindest einen der Rassul-Brüder zu Gesicht zu bekommen.

„Was machst du hier so zeitig am Morgen? Ich wusste gar nicht, dass du so ein Frühaufsteher bist", hörte er unverhofft die Stimme von Claudia hinter ihm. Ohne sich umzusehen, antwortete er: „Wir werden ja heute dem Rassul einen Besuch abstatten. Der Zacharias, unser Taxifahrer, hat doch gestern Abend gesagt, dass er wisse, wohin die Rassuls übersiedelt seien, nachdem fast alle Häuser von Qurna abgerissen wurden." Claudia schaute etwas ungläubig und meinte: „Wollen wir es hoffen. Du weißt ja, wie die Ägypter sind. Eine exakte Antwort, mit welcher man auch etwas anfangen kann, ist da sehr selten."

Nach dem Frühstück wartete bereits der Taxifahrer vor dem Hotel und schon eine halbe Stunde später parkte er den Wagen direkt neben dem Ramesseum. Dort befand sich ein ebenerdiges Café-Restaurant, auf welchem der Name Rassul zu sehen war. „Der Zacharias hat was drauf", meinte Wolf, „normalerweise fahren einem die ägyptischen Taxifahrer eine Ewigkeit im Kreis herum, um dann letzten Endes doch nicht das gewünschte Ziel zu finden, wenn es sich um etwas Ausgefallenes handelt. Schließlich haben ja nicht einmal die Angestellten im Hotel gewusst, wo der Clan der Rassuls zu Hause ist."

Als die Freunde das Restaurant betraten, ging Zacharias auf einige Ägypter zu, welche mit Djelabeias bekleidet an einem der Tische saßen. Nach einem kurzen Wortwechsel rief der Taxifahrer Wolf zu dem Tisch und sagte auf Englisch, dass der Mann in der Mitte Rassul sei. „Welchen Rassul suchst du?", fragte ihn der Ägypter und schaute Wolf mit seinem Akubra-Hut irgendwie argwöhnisch an. „Es gibt die Brüder Mohamed, Mahmoud und unseren Vater", ergänzte er in sehr gutem Englisch. „Wir waren voriges Jahr bei Rassul, der Ihr Bruder sein müsste, ja, die Ähnlichkeit mit Ihnen ist unverkennbar", antwortete Wolf. „Das war aber in dem gelben Haus in Old Qurna und das gibt es ja nun nicht mehr. Jetzt haben wir nicht mehr gewusst, wo wir euch finden können."

„Ja, Said Hamam hat unsere Häuser und auch die von vielen anderen Familien abreißen lassen. Das war purer Neid, da unsere Suche nach Altertümern einen Erfolg hatte, der Hamam nicht beschieden war. Durch die Demolierung der Häuser mit den schweren Baumaschinen wurden aber auch viele der darunterliegenden Gräber total zerstört."

Als Wolf von den blauen Kristallprismen erzählte, welche ihm sein Bruder geschenkt hatte, und von seinen Recherchen in der Ostwüste in der Nähe des Roten Meeres, war der Bann gebrochen. Rassul holte ein deutschsprachiges Buch hervor („Zahi Hawass – der letzte Pharao Ägyptens"), in welchem er mit seinem Vater abgebildet war, und zeigte allen auch Bilder von seinem Großvater, der 1922 im Alter von zwölf Jahren bei der Entdeckung des Tutanchamun-

Grabes durch Howard Carter mit dabei war. Das hatte auch Wolf bisher noch nicht gehört.

Sie tranken noch ein kühles Bier mit den Grabräubern und Wolf machte einige Fotos. Dann meinte Rassul, sie sollten am nächsten Tag nochmals kommen, da würde auch sein Vater hier sein. Es wäre für ihn sicherlich interessant, auch mit diesem zu sprechen.

Der kommende Tag sollte wirklich voller Überraschungen sein.

Auf der Westbank angekommen, bot ihnen Zacharias an, mit ihm unterwegs zu frühstücken.

Keiner hatte etwas dagegen, als sie in eine Gaststätte, welche ausschließlich für Ägypter zu sein schien, hineingingen. Dort kostete das Frühstück für Zacharias nur wenige Cent.

Aber als dann das Essen kam, verging jedem unserer Freunde der Appetit. Es war ein brauner Brei aus Erbsen und Linsen, in dem der Taxifahrer ein gekochtes Ei mit der Gabel zerdrückte, worauf er das Ganze mit dem Saft einer Zitrone beträufelte.

Mit Fladenbrot tunkte er es auf. Wolf kostete es als Einziger und meinte:

„Man kann es essen und der Geschmack ist auch gut!"

Die anderen beschränkten sich auf einige Stücke Falafel. Das waren kleine Gemüsebällchen, in heißem Öl herausgebacken.

Nach einer Weile fuhren sie wieder zum Restaurant des Rassul. Dort trafen sie dann auch wirklich auf den Vater der Rassul-Brüder. Er sprach ein sehr gutes Englisch und war mit einer weißen Djelabeya bekleidet.

Das Gespräch wurde schon bald zu einer interessanten Erzählung des Grabräubers. Als die Rede auf Said Hamam kam, meinte Rassul erleichtert: „Es ist wirklich gut, dass dieser Tyrann seiner Ämter enthoben wurde. Obwohl er eine Ausbildung in Archäologie hatte, ging es ihm niemals darum, diese Berufung auch auszuüben. Stattdessen wollte er immer nur selbstsüchtig seinen Ruhm ausbauen und im Rampenlicht stehen. Ich kann euch sagen, dass dieser Mann noch niemals selber etwas entdeckt hat. Es waren immer fremde Lorbeeren, mit denen er sich schmückte. Daher kam auch der große Neid auf unsere Entdeckungen. Wir sind zwar keine Archäologen, aber seit über hundert Jahren wissen wir, wie man in diesen alten Gräbern aus der Pharaonenzeit arbeiten muss. Wir kennen die Fallen, welche die damaligen Erbauer errichtet haben, und auch sonst alle Kleinigkeiten, auf welche zu achten ist. Aus diesem Grund haben wir auch sehr viele Artefakte zutage gebracht und natürlich auch verkauft, womit wir uns dann den Zorn des Hamam zuzogen.

Eine seiner letzten ‚Vergeltungsmaßnahmen' war, dass er uns aus unseren Häusern vertreiben ließ und unsere Wohnstätten dem Erdboden gleichgemacht wurden.

Dass dabei auch sehr viele Gräber den Baggern zum Opfer fielen, war ihm offensichtlich gleichgültig. Hauptsache, wir konnten da nicht mehr hinein. Sogar Wachen hat er dort bei den noch intakt gebliebenen Eingängen aufstellen lassen. Said Hamam ist jetzt zwar von der Bildfläche verschwunden, aber bis heute werden noch den ganzen Tag dort oben die verbliebenen Eingänge bewacht.

Ich habe aber nicht umsonst hier neben dem Ramesseum mein Restaurant bauen lassen. Schaut euch nur um, auf der anderen Seite des Hauses sitzen jeden Tag Polizisten in ihren weißen Uniformen und sind sozusagen meine Gäste. Sie werden von mir bevorzugt behandelt und bekommen auch alles etwas günstiger. Dafür verschaffen sie mir auch zuweilen Zutritt zu den Gräbereingängen, indem sie die Wachen, die ja nicht der Polizei angehören, etwas ablenken.

Ja, so ist das hier in Ägypten. Eine Hand wäscht die andere und von irgendetwas müssen wir ja schließlich auch leben."

Mit diesen Worten griff der alte Rassul nach seinem Bierglas und machte einen kräftigen Schluck. „Sie trinken Bier?", fragte Wolf erstaunt. „Ich dachte, hier tränke niemand Alkohol."

„Nun", antwortete der Vater des Rassul-Clans, „warum sollen wir kein Bier trinken? So strenggläubige Moslems sind wir auch wieder nicht."

Auch der etwa fünfzigjährige Sohn vom alten Rassul hatte mittlerweile eine Flasche Bier vor sich auf dem Tisch stehen und prostete Wolf zu. Es wurden noch einige Fotos gemacht und das deutschsprachige Buch mit dem Titel „Zahi Hawass – der letzte Pharao Ägyptens" in der Runde umhergereicht.

Wenn ihr möchtet, werde ich euch etwas zeigen, kommt mit", sagte Rassul, stand auf und ging in einen Raum hinter der Bar. Auch hier befand sich, genauso wie damals, als Wolf mit Silvia in dem Haus der Rassuls dessen anderen Sohn getroffen hatte, hinter einem Schrank eine Geheimtür zu einer Kammer, in der Rassul einige Altertümer in einer Metallkiste versteckt hatte.

„Seht her", sagte er, als er den Deckel hob, „das sind Grabbeigaben von Beamten der siebzehnten Dynastie."

Claudia, Herbert und Elisabeth staunten. So etwas hatten sie bisher nur in den Museen gesehen. Da waren Ringe, Armreifen und Halsbänder von unglaublicher Schönheit. Rassul gab Claudia einen Halsreif in die Hand, den diese fast ehrfürchtig hielt und bestaunte.

Der Verkauf von Antiquitäten war in Ägypten schon seit Jahren streng verboten und sogar mit hohen Gefängnisstrafen bedroht. Rassul zeigte sich davon aber wenig beeindruckt. Auf geheimen Wegen schaffte er es immer wieder, solche Sachen ins Ausland zu verkaufen, was seiner Familie auch ordentlich Geld einbrachte.

Aufgrund des Gespräches und seiner Menschenkenntnis meinte Rassul:

„Ich werde euch heute Abend nach Einbruch der Dunkelheit etwas zeigen. Wir werden in eines der Gräber hineingehen. Dort gibt es wunderbare Zeichnungen zu sehen und sogar drei Mumien liegen noch dort drinnen."

„Das ist ja direkt gruselig", meinte Elisabeth, „die Mumien sind schließlich tote Leute."

„Ihr braucht keine Angst zu haben, die tun niemandem etwas zuleide", erwiderte Rassul lächelnd. „Kommt also gegen neunzehn Uhr wieder hierher, dann gehen wir los. Und vergesst eure Lampen nicht!" Mit diesen Worten verabschiedete sich der Grabräuber und ging wieder auf die Terrasse seines Restaurants hinaus.

„Das hätte ich mir nicht träumen lassen", sagte Wolf, als sie wieder zu Zacharias ins Taxi stiegen, „dass Rassul uns alle in ein Grab mitnehmen will."

„Du bist ihm eben sympathisch, weil du so über den Said Hamam geschimpft hast", lachte Herbert.

„Ich bin schon neugierig, was uns der Rassul dort zeigen wird", meinte Claudia auf dem Rückweg ins Hotel. Sie mussten dazu fast fünfzig Kilometer fahren, obwohl sie sich ganz in der Nähe von Karnak befanden, wo das Sofitel stand, in dem sie wohnten. Denn die Nilbrücke, welche fünfzehn Kilometer stromaufwärts lag, war für Autos die einzige Möglichkeit, den Fluss zu überqueren.

Zacharias, der Taxifahrer, freute sich, dass es an diesem Tag gleich zweimal hinüber zur Westbank gehen sollte. Wegen der wenigen Touristen im Land gab es für ihn kaum etwas zu tun. Aber Wolfs Touren waren für ihn jetzt ein einträgliches Geschäft. Sein Wagen war ganz neu und er hatte erst wenig Kundschaft gehabt. Trotzdem musste er die Kreditraten pünktlich an die Bank bezahlen.

Sie erreichten das Restaurant von Rassul um neunzehn Uhr. In Ägypten war es um diese Zeit bereits stockdunkel. Der Grabräuber fuhr mit seinem Wagen vor und Zacharias folgte ihm. Schon bald verließen sie die asphaltierte Straße und Rassul stoppte hinter einer Mauer, welche von einem der abgerissenen Häuser übrig geblieben war.

„Seid jetzt leise", meinte er, „die Wachen bei den Gräbern sollten eigentlich alle weg sein, aber man weiß ja nie."

Zacharias würde bei den Autos warten.

Die weit entfernten Straßenlaternen gaben ausreichend Licht und sie gingen zu der Ruine eines Hauses. Rassul deutete auf eine kleine Öffnung am Boden: „Hier müssen wir hinein, aber fasst nichts an, denn jetzt im Finstern sind Skorpione hier in den Resten unserer Häuser unterwegs und die können mitunter gefährlicher sein als eine Schlange."

Kommentarlos zog Wolf aus seiner Brusttasche eine nur wenige Zentimeter große Lampe hervor und erwiderte: „Das ist eine UV-Leuchte, in deren Schein sieht man einen Skorpion auf einige Meter Entfernung. Sein Chitin-Panzer leuchtet unter UV-Licht hell auf."

Er richtete den fast unsichtbaren Strahl der kleinen Lampe auf die Mauer und da sah man plötzlich einen fünf Zentimeter langen Skorpion, der in grellem Gelbgrün aufleuchtete. „Das habe nicht einmal ich gewusst, dass es so etwas gibt", lächelte Rassul, „und jetzt geht da hinunter. Vorsichtig, einer nach dem anderen. Es sind nur einige Sprossen auf der Leiter."

Rassul und auch jeder der Freunde hatte eine Taschenlampe dabei.

Nachdem sie unten angekommen waren, schlug ihnen stickige, warme Luft entgegen. Es roch nach Erde. Sie gingen einen schmalen Gang unter den Überresten der Häuser entlang.

„Allah sei Dank", sagte Rassul, „dass dieser Zugang trotz der schweren Lastwagen noch intakt geblieben ist. Sonst wäre ein Besuch dieses Grabes unmöglich geworden."

Nach circa zwanzig Metern erreichten sie abermals eine Öffnung im Boden, in die ebenfalls eine Leiter hinunterführte. Der Grabräuber meinte: „Wir befinden uns nun direkt unter meinem ehemaligen Haus. Als bekannt wurde, dass Hamam alles niederreißen lassen würde, haben wir noch rasch diesen Gang angelegt, damit wir auch später noch in das Grab hineinkommen können." Rassul stieg hinunter und Herbert folgte ihm. Für Wolf wurde es etwas eng und Claudia konnte sich einen Kommentar nicht verkneifen: „Ich würde dir den guten Rat geben, beim Hotel-Buffet in Zukunft nur noch eine Speise zu nehmen, sonst kommst du bei solchen engen Gängen bald nicht mehr durch."

Etwas genervt gab er ihr zur Antwort: „Ja, ja, die Linda hat mir vor ein paar Jahren im Denderah-Tempel, als wir in die Krypta hinabgestiegen sind, fast dasselbe wie du gesagt, aber irgendwie bin ich immer noch durchgekommen."

„Ich werde euch jetzt die Mumien zeigen", sagte Rassul. Hinter einer Biegung, wo sich der Gang zu einem in den Sandstein gehauenen Raum erweiterte, lagen auf Felssockeln drei Mumien. Sie waren noch vollkommen in Bandagen eingewickelt. Ein paar dünne Bänder aus einem offenbar anderen, gemusterten Stoff waren an den Mumien angebracht.

Wolf zupfte sich rasch, bevor es jemand bemerkte, ein Stück von der Mumienbinde und von dem dunkleren Stoffband herunter und steckte es in seine Hosentasche. Das würde zu Hause in eine seiner Glasvitrinen kommen. Elisabeth und Claudia schauten mit gemischten Gefühlen auf die bandagierten menschlichen Überreste aus einer anderen Zeit, während Herbert auf eine der Mumien mit der Hand klopfte und meinte: „Hallo Vater, schlaf schön weiter." Der Schlag auf die Mumie klang irgendwie hohl. Er übersetzte seine Worte für Rassul auf Englisch. Dieser verzog keine Miene und drängte auf ein Weitergehen. Claudia wollte nun nicht als Letzte gehen und reihte sich zwischen Elisabeth und Wolf ein.

Nach wenigen Metern erreichten sie einen Gang, welcher wesentlich exakter als die bisherigen gearbeitet war. Es sah aus, als wäre hier ein Tunnel mit einer Maschine in den Fels gefräst worden. „Das hier haben wir erst vor einem Jahr entdeckt. Durch die Erschütterungen, welche die Baumaschinen verursacht haben, ist dieser neue Gang freigelegt worden."

Wolf staunte, so etwas hatte er vor Jahren schon in einem Buch gesehen, er wusste momentan aber nicht mehr, wo. Er fragte: „Wie tief sind wir hier eigentlich unter der Erde?"

„Ich schätze so zehn bis fünfzehn Meter", antwortete Rassul, „aber je weiter wir gehen, desto tiefer kommen wir unter die Oberfläche. Wir bewegen uns nämlich direkt auf den Berghang zu."

Schließlich gelangten sie zu einer in den Fels gehauenen Treppe, über welche sie nochmals etwas tiefer hinabstiegen.

„Hier, ganz in der Nähe, ist mein Sohn, der Bruder von Mohamed, damals verschwunden. Die Geschichte kennen Sie ja bereits", meinte Rassul zu Wolf.

Die Wände im Gang waren hier sehr fein bearbeitet worden und seltsame Zeichen waren auf ihnen zu sehen. Es waren keine Hieroglyphen, sondern irgendwelche Zeichen von beinahe technischem Aussehen.

Auch Rassul konnte nichts über deren Herkunft sagen.

Die Luft war abgestanden und alle atmeten schon sichtlich schwerer, als Rassul sagte: „Das Eigenartigste kommt noch. Gleich da vorne ist eine Art Tisch." Wie ein Altar stand da in dem etwas erweiterten Gang ein Steinblock, welcher wegen seiner Abmessungen eigentlich gar nicht hier hereingekommen sein konnte. Auch Herbert fiel das auf und er meinte zu Rassul gewandt: „Wer hat denn diesen Block hierhergebracht? Und vor allem, wie?"

Der alte Grabräuber hatte ebenfalls keine Ahnung und nahm das Vorhandensein des großen Steinblockes schlicht als gegeben hin. Er quittierte deshalb Herberts Frage nur mit einem Achselzucken. Er wollte den Freunden jedoch etwas Besonderes zeigen, als ihm Wolf zuvorkam. Er kramte den schwarzen Stein aus der Cheops-Pyramide hervor und legte ihn auf den Steinblock, um ihn Rassul zu zeigen. Dieser zuckte beim Anblick des Steins merklich zusammen. Wolf erklärte ihm kurz die Herkunft dieses schwarzen Steines, wobei der Grabräuber gar nicht zuzuhören schien und einen Schritt zurücktrat. Es schien, als hätte er vor irgendetwas Angst. Dann stieß er hektisch hervor: „Diese Steine werden die ‚Steine des Osiris' genannt, man sagt ihnen magische Kräfte nach. Ich selbst habe noch nie so ein Stück gesehen, aber es kursieren Gerüchte, wonach diese Steine schon im alten Reich sehr wirksam zum Schutze von Königsgräbern eingesetzt wurden.

Dabei sollen Eindringlinge einfach verschwunden sein. Wie das funktioniert haben soll, kann ich mir nicht vorstellen."

Wolf nahm den schwarzen Stein wieder an sich und hielt ihn mit beiden Händen. Claudia rief ihm noch zu, es nicht zu tun. „Denk an den Tempel von Karnak, an den zweiten Pylon!" Da war Wolf aber plötzlich verschwunden.

Wolf stand mit dem Stein in beiden Händen vor dem großen Felsblock, als er von weiter hinten im Gang ein Geräusch hörte. Es waren Schritte. Aber seine Freunde waren doch alle hinter ihm im Gang. Er drehte sich um, aber da war niemand mehr. Wohin waren die vier verschwunden? Er rief mehrmals nach Claudia. Aber er war allein in dem Gang mit dem großen Steinblock. Die anderen mussten schon zurückgegangen sein, überlegte er. Die Schritte wurden lauter. Wolf leuchtete mit seiner Lampe in Richtung der Geräusche und erschrak.

Da kam ihm Rassul entgegen. Ohne Lampe. Es war aber nicht der alte Grabräuber, nein, es war der Sohn, wie Wolf im Halbdunkel des Ganges einigermaßen erkennen konnte. Der war aber gar nicht mitgegangen und noch dazu schien er aus den Tiefen dieses geheimnisvollen Ganges zu kommen.

Das konnte nur die schlechte Luft hier unten sein. Sauerstoffmangel! Das hatte er doch bei seiner Pilotenausbildung gelernt. Zu wenig Sauerstoff konnte einem schon gefährlich werden. Man würde da Bilder sehen, die es gar nicht gab. Bis hin zur Ohnmacht konnte das führen. Er musste also, so rasch es ging, hier raus. Er wollte sich gerade wieder umdrehen, da war Rassul schon bei ihm. Wolf erschrak.

Herbert lief als Erster in den Gang hinein, in dem er Wolf vermutete. Er leuchtete alles mit seiner Lampe ab. Aber da drinnen war absolut niemand.

„Er kann sich doch nicht in Luft aufgelöst haben!", rief Elisabeth entsetzt. Claudia, welcher das Erlebnis im zweiten Pylon vom Karnak-Tempel noch in bester Erinnerung war und die zudem gesehen hatte, wie Wolf den schwarzen Stein in beide Hände nahm, konnte sich vorstellen, was geschehen war. Sie hoffte insgeheim, dass Wolf rasch dahinterkommen würde, dass er in eine andere Zeit übergewechselt war, und mithilfe seines Steines dann wieder zurückfände. Der alte Grabräuber stand etwas ratlos neben den drei Freunden. Er hatte keine Ahnung, was geschehen war.

Als Wolf das Gesicht von Rassul sah, bemerkte er, dass es nicht einer der beiden Rassul-Brüder war, welche er bereits kannte. Er sah ihnen zwar sehr ähnlich, aber das musste der dritte Bruder sein. Jener, der vor über zwei Jahren hier in der Nähe hinter einer verborgenen Tür in einem Gang verschwunden war. Die Geschichte von seinem Verschwinden hatte ihm und Silvia damals der zweite Bruder erzählt.

„Hast du Wasser?", fragte der Mann. Er sprach ebenso wie seine Brüder ein gutes Englisch. Wolf gab ihm seine Trinkflasche und Rassul leerte sie gierig aus. „Seit wann bist du hier unten?", fragte Wolf.

„Ich glaube, erst seit ein paar Stunden. Ich bin mit meinem Bruder in ein tiefes Grab unter unserem Haus gestiegen. Wir haben das erst kürzlich freigelegt. Dort habe ich mich am Ende eines Ganges an die Wand gelehnt, da muss eine verborgene Türe gewesen sein. Plötzlich hat sie nachgegeben und ich bin in einen anderen Gang hineingefallen. Da drinnen war es dann komplett finster, denn meine Lampe ist beim Fallen zu Bruch gegangen. Als ich am Boden lag und nach der Taschenlampe tasten wollte, da habe ich auf einmal eine Steinkugel in der Größe einer Orange in der Hand gehabt.

Ich dachte, dass mir dieser Stein eventuell nützlich sein könne, um mich durch Klopfen bemerkbar zu machen, und steckte ihn in die Tasche meiner Djelabeya." Mit diesen Worten nahm er den Stein und zeigte ihn Wolf. Es war fast genau so ein Stein, wie Wolf ihn besaß.

Wenn diese Steinkugel ebenso funktionierte wie die seine, dann konnte er sich gut vorstellen, was passiert war.

„Komm mit mir!", sagte Wolf zu ihm und sie gingen zu dem Steinblock zurück, wo er seinen Stein aus der Hosentasche nahm. „Jetzt machst du dasselbe wie ich. Lege deine beiden Hände auf meinen schwarzen Stein und wir gehen dann zurück zum Ausgang." Rassul schaute zwar etwas verwundert, tat aber dann wie ihm geheißen und gemeinsam den Stein haltend gingen sie in den Gang, durch den Wolf mit seinen Freunden hereingekommen war, zurück.

Plötzlich vernahmen sie Stimmen. Ja, da hörte man Herbert und Elisabeth aufgeregt miteinander reden. Wolf war erleichtert und meinte:

„Jetzt kannst du wieder loslassen, wir sind wieder in der richtigen Zeit, aber fass um Himmels willen deinen Stein hier unten nicht mehr mit beiden Händen an." Tatsächlich konnten sie schon nach wenigen Metern den Schein der Lampen von den Freunden sehen.

„Wer ist denn noch hier unten?", fragte Rassul. „Diesen Gang kennen nur meine Brüder und mein Vater."

„Warte, gleich wirst du eine Überraschung erleben", lachte Wolf. In diesem Moment waren sie auch schon bei den Freunden angelangt, und als Rassul seinen schon seit zwei Jahren tot geglaubten Sohn wiedersah, traute er seinen Augen kaum. „Ahmed, du bist es wirklich! Allah sei Dank."

Die beiden fielen sich um den Hals und Tränen standen in den Augen des alten Grabräubers. Dann aber fragte er: „Was ist hier unten eigentlich geschehen?" Der Sohn von Rassul konnte ihm nichts dazu sagen.

Dasselbe wollten Claudia und die beiden Polizisten von Wolf wissen.

„Gehen wir erst einmal nach oben", antwortete Wolf, „dann werde ich versuchen, euch das Ganze zu erklären."

Als sie an den drei Mumien auf den Steinsockeln vorbeikamen, meinte Elisabeth: „Ob das vielleicht etwas mit einem Fluch der Toten hier zu tun hat? Von solchen

Geschichten hat man doch hier in Ägypten schon oft gehört."

„Ach was, alles Ammenmärchen", winkte der alte Rassul ab. „Was glaubt ihr, wie viele solcher Mumien wir schon gefunden und ausgewickelt haben. Da ist noch nie etwas passiert. Das sind doch alles bloß nur Geschichten."

Rasch stiegen sie wieder die wackeligen Holzleitern nach oben. Die Luft wurde zusehends besser.

Als sie wieder an die Oberfläche kamen und den vertrauten Schein der fernen Straßenlaternen sahen, waren alle sichtlich erleichtert.

Zacharias wartete bei seinem Taxi auf sie. Sie fuhren zum Restaurant des Grabräubers. Überglücklich, seinen Sohn wieder lebendig zu sehen, spendierte er allen ein Glas Whisky, was bei Moslems eine absolute Seltenheit darstellte. Zudem handelte es sich dabei um einen Black Label, welchen der alte Rassul vor über einem Jahr von einem Archäologen geschenkt bekommen hatte.

Neugierig blickte Elisabeth zu Wolf und meinte: „Na sag schon, was ist da unten jetzt passiert? Hast du tatsächlich eine Erklärung dafür?"

„Zumindest eine Theorie", erwiderte Wolf. „Als wir gestern im Karnak-Tempel beim zweiten Pylon waren, da ist Claudia und mir etwas sehr Ähnliches passiert. Es dürfte sich um ein ganz seltsames Phänomen in Verbindung mit diesen schwarzen Steinen handeln.

Wenn man von Erde oder Gestein völlig umgeben ist, also wie in einer Höhle oder in einem Stollen, und so einen Stein mit beiden Händen hält, dann wird man in eine andere Zeit katapultiert, ohne dass man etwas davon bemerkt. Wenn man dasselbe später nochmals macht, kommt man wieder in die Zeit zurück, aus der man gekommen ist. Man sollte den Stein aber erst wieder am selben Ort, an dem man ihn das erste Mal genommen hat, in beide Hände nehmen."

Der alte Rassul und auch sein Sohn konnten zwar mit dieser Erklärung von Wolf nicht viel anfangen, man sah ihnen aber die Freude über den glücklichen Ausgang der Geschichte an.

„Also sollte an der alten Geschichte von den Steinen des Osiris doch etwas Wahres dran sein?", meinte der Vater der Rassul-Brüder und nahm dabei einen kräftigen Schluck aus seinem Whiskyglas, so, als wolle er das Unheimliche, das diesen Steinen anhaftete, damit hinwegspülen oder zumindest verdrängen.

Zu seinen drei Freunden gewandt sagte Wolf: „Ich werde zu Hause mit Becker darüber sprechen, wahrscheinlich hat der eine Erklärung parat."

Aus lauter Freude über den wiedergefundenen Sohn ging der alte Rassul nochmals kurz in seine geheime Kammer und kam mit einem steinernen Ring wieder zurück. Er überreichte diesen Wolf mit den Worten: „Möge der Segen Amuns dich beschützen und Allah mit dir sein. Dieser Ring gehörte einem Hohepriester vom Karnak-Tempel. Dieser Priester lebte zur Zeit der Hatschepsut, also vor fast dreitausendfünfhundert Jahren hier in Theben. Man hatte ihm nach seiner Einbalsamierung seinen Ring wieder an den Finger gesteckt. Wir haben ihn gefunden, nachdem wir seine Mumie ausgewickelt hatten. Nun sei er dein!"

Wolf nahm fast ehrfürchtig den grünlich blauen Steinring, der eine Schlange darstellte, welche sich in den Schwanz biss, entgegen und zeigte ihn den Freunden.

Claudia erschauerte beim Anblick des Ringes und meinte: „Das ist doch das Ouroboros-Zeichen, wie auf dem Felsen an der Mauer in Unije. Dort, wo du den Bergkristall mit den drei Spitzen gefunden hast. Ob das nun auch wieder ein Zufall sein kann?"

Wolf versuchte, sich den steinernen Ring an den Finger zu stecken, und siehe da, er passte ihm trotz seiner etwas dickeren Finger wie angegossen.

„Das ist aber jetzt wirklich ein Zufall", lachte er und ließ den Ring an seiner Hand.

Claudia, Herbert und Elisabeth erhielten jeder einen kleinen Skarabäus.

Diese originalen Glücks- und Segenbringer stammten ebenfalls aus der siebzehnten Dynastie und waren bestimmt recht wertvoll.

Nach ein paar Abschiedsfotos und dem Versprechen, sie wieder zu besuchen, verabschiedeten sich die vier von den Rassuls und fuhren mit Zacharias zurück ins Hotel, von wo aus sie am nächsten Tag den Heimweg antraten.

KAPITEL 17

▲

VITRIOL

Der erste Gedanke, den Wolf hatte, als er wieder zu Hause ankam, war, Becker anzurufen. Dieser war aber nicht erreichbar.
Er hinterließ ihm eine Nachricht auf seiner Mobilbox. Und schon zwei Tage später kam der Rückruf des Illuminaten. Wolf wollte persönlich mit ihm sprechen und es wurde ein Treffen im alten Gasthof vereinbart. Becker war ohnehin erst einmal dort gewesen und die Gefahr, dass ihn jemand wiedererkennen würde, bestand somit nicht.
„Ich habe schon damit gerechnet, dass Sie mich nach Ihrer Rückkehr aus Ägypten kontaktieren würden", sagte Becker in beinahe väterlichem Tonfall. „Sie möchten jetzt über die Wirkung der schwarzen Steine Bescheid wissen", fuhr er fort, als wüsste er bereits, was Wolfs brennendes Interesse war.
Dieser war schon längst nicht mehr erstaunt über diese Fähigkeit des Illuminaten, der ja immer schon im Vorhinein Wolfs Fragen zu kennen schien.
„Ja", sagte er, „das möchte ich wirklich ..."
Becker unterbrach ihn und begann: „Erinnern Sie sich, wie diese Geschichte begann? Es war doch der Sage nach Isais, welche dem Tempelritter Hubertus in den Ruinen von Ninive erschienen war und ihm den schwarzen Stein übergeben hatte. Sie beauftragte den Ritter damit, diesen Stein in einer Höhle des Mitternachtsberges im Abendland zu verbergen, von wo aus dieser dann seine Macht entfalten würde. Der Tempelritter brachte den Stein dann

zum Untersberg und versteckte ihn in dieser Höhle, welche Sie dann mit Linda gefunden hatten.

Auch Hitler ließ einen solchen schwarzen Stein aus einem Gang in der Ostwüste Ägyptens bergen und brachte ihn ebenfalls in die Höhle des Tempelritters am Untersberg.

Sie haben ebenfalls Ihren ersten schwarzen Stein tief unter der Cheops-Pyramide in der unvollendeten Felsenkammer gefunden und Jahre später mit Linda und dem Fischer Raghab den zweiten schwarzen Stein aus dem freigelegten Gang in der Wüste südlich von Safaga. Auch dieser Stein war bis dahin tief im Berg verborgen gewesen.

Sie und Linda sind schon vor Jahren dem Geheimnis um diese Steine sehr nahegekommen, als Ihnen nämlich aufgefallen war, dass sowohl der Untersberg als auch die Cheops-Pyramide aus Kalkstein bestehen und die schwarzen Steine darin eingeschlossen waren.

Und genau das ist es, was diesen Steinen die Fähigkeit gibt, die Zeit zu verändern.

Es gibt sogar schriftliche Hinweise auf die Wirkung dieser Steine.

Es war vor fast fünftausend Jahren, als die als ‚Tabula Smaragdina' – die Smaragdtafel – benannte Schrift zum ersten Male auftauchte. Das war in der Gegend des heutigen Irak, im Zweistromland. Dort wurde damals schon die Wirkungsweise dieser Steine beschrieben. Durch die zahlreichen Abschriften und Übersetzungen im Laufe der Zeit wurde der Sinn dieser Schrift verschleiert und immer neue Interpretationen des Textes machten schließlich das Erkennen der ursprünglichen Bedeutung unmöglich.

Aber bereits vor vielen Jahrhunderten haben auch die Alchemisten der Rosenkreuzer den sogenannten ‚Stein der Weisen' beschrieben. Zuerst nur mit einem einzigen Wort, welches aber nur aus den Anfangsbuchstaben von sieben Wörtern bestand. Dieses Wort aber blieb über die Jahrhunderte hinweg erhalten und kann daher auch heute noch zu einer Erklärung dieses Phänomens dienen.

Später kamen dann von vielen Seiten neue kryptische Auslegungen dazu, was zur Folge hatte, dass eine Unzahl von Forschern immer wieder versucht hatte, diesen Stein der Weisen herzustellen. Die meisten wollten damit Gold machen, denn es wurde ihm nachgesagt, dass alles, was man damit berührte, zu Gold werden würde. Später bezog man diese Aussagen, welche zum Großteil schon im Mittelalter gemacht wurden, auf ein Gleichnis für einen geistigen Entwicklungsprozess, was auch eine gewisse Richtigkeit hatte.

Die Wahrheit liegt aber mittendrinnen. Diese Steine sind tatsächlich zu einer Wechselwirkung zwischen Mensch und Zeit fähig.

Auf der Abbildung, welche der Tabula Smaragdina beigefügt ist, steht in einem Kreis:

„Visita Interiora Terra Rectificando
Invenies Lapidem Occultum"

Das bedeutet: ‚Besuche das Innere der Erde und du wirst den Stein der Weisen finden.'

Durch Zufall haben Sie und Claudia diesen Mechanismus bei Ihrer letzten Reise nach Ägypten im Tempel von Karnak am zweiten Pylon herausgefunden."

„Ja, aber Claudia hatte doch nur das zwölfstrahlige, mesopotamische Siegel. Den schwarzen Stein habe ich doch gehabt", unterbrach ihn Wolf.

„Das macht nichts", fuhr der Illuminat fort, „dieses schwarze Rundsiegel stammt doch ebenfalls, so wie der Stein des Tempelritters, aus Mesopotamien, nämlich aus Ninive, wo Isais einst erschienen ist. Sie sehen also, hier läuft alles wieder zusammen – in der Wiege der Zivilisation, im Zweistromland."

Wolf wusste nicht so recht, was er mit dieser Aussage von Becker anfangen sollte. Bevor er jedoch eine neue Frage formulieren konnte, kam Monika, die junge Wirtin, in die Turmstube, wo Wolf und Becker ganz allein an einem Tisch saßen, und fragte, ob noch etwas zu trinken gewünscht würde. Der Zufall wollte es aber, dass Monika sich noch an den ersten Besuch des Illuminaten vor über zwei Jahren erinnern konnte, und sie sagte zu ihm: „Heute haben wir ein herrliches Bergwetter, da wäre eine Fahrt mit der Seilbahn auf den Untersberg wirklich lohnend. Sie würden eine traumhafte Aussicht von dort oben haben."

Becker quittierte die Anregung der Wirtin mit einem freundlichen Nicken und wandte sich wieder Wolf zu.

„Ich möchte Ihnen auch sagen, dass durch die rasante Entwicklung der weltweiten Kommunikation eine wesentlich raschere Verbreitung des Untersberg-Mysteriums vonstattengeht. Dazu kommt dann noch, wie ich Ihnen bereits voriges Jahr schon gesagt habe, die Wirksamkeit des morphogenetischen Feldes, welches sich ebenfalls sehr schnell aufgebaut hat. Glauben Sie mir, die Zukunft hat schon begonnen und die Umwälzung ist bereits in vollem Gange. Und noch etwas – wäre eine Reise in den Irak für Sie und Claudia denkbar?"

Was um Himmels willen sollte das nun wieder, dachte Wolf. In den Irak? Dorthin, von wo man täglich Horrormeldungen hören konnte? Weshalb sollte er mit Claudia dorthin fliegen?

Auch diesmal wieder schien Becker die Gedanken seines Gegenübers im Voraus zu wissen und meinte gelassen: „Sie müssten dort nichts befürchten. Die Reise würde ja nicht nach Bagdad ins Zentrum der Unruhen gehen. Nein, in den Nordirak, sozusagen ins wilde Kurdistan, welches heutzutage absolut nicht mehr wild ist. Sie würden staunen, wie modern und westlich es dort in den Städten aussieht. Und falls Sie dann auch noch die Ruinen der Stadt Ninive besuchen würden, könnte ich mir vorstellen, dass Sie dort – so, wie es fast überall geschah – etwas finden werden. Mehr möchte ich Ihnen dazu aber vorerst nicht sagen. Denken Sie einmal darüber nach.

Und noch etwas, der ehemalige Leiter des BVT, Dr. Pollux, er ist ein Freund Ihres Bekannten Gernot, der könnte Ihnen beim Vorbereiten der Reise recht hilfreich sein."

„Ist in Ordnung", nickte Wolf nur noch mechanisch, „ich werde auch mit Claudia darüber reden, aber versprechen kann ich nichts."
Wolf bezahlte und sie verabschiedeten sich.
Bei der Rückfahrt dachte er über diese Idee von Becker nach. Was sollte dort in den alten Ruinen von Ninive schon Besonderes herumliegen? Oder meinte Becker, dass Isais persönlich zwischen den alten Steinen erscheinen würde? Das schwarze Rundsiegel, welches Wolf immer um seinen Hals trug, stammte nach den Angaben des Archäologen, von dem er es vor vielen Jahren erhalten hatte, ja ebenfalls von dort. Auch den schwarzen Stein sollte Ritter Hubertus der Sage nach im Morgengrauen von Isais dort in den Ruinen von Ninive erhalten haben.

Aber eine Reise in den Irak wäre doch ein wenig außergewöhnlich, wenn auch Wolfs andere Abenteuer auch nicht gerade als normal zu betrachten waren. Aber was um Himmels willen hatte der ehemalige Leiter des BVT, Dr. Pollux, mit dem Irak zu tun? Welche Informationen oder Hilfestellungen könnte er von diesem erwarten? Nun, durch seine Erfahrung als Ex-Geheimdienstchef könnte er bestimmt einige nützliche Hinweise von ihm erhalten. Ja, Wolf würde Gernot anrufen, vielleicht war er in der Lage, den Kontakt mit Dr. Pollux herzustellen. Er würde aber vorerst abwarten, was die junge Claudia dazu zu sagen hatte. Schließlich sollte sie ja, so wie Becker sagte, auch mit dabei sein.

Als Erstes sah er sich aber die Reisemöglichkeiten im Internet an. Es war ja nicht so, dass man mit beliebigen Fluglinien einfach in den Irak fliegen konnte. Die dort ansässige Airline „Dokan Air" bot jedoch Flüge in den Nordirak an und das sogar von München aus. Auch die Preise waren durchaus moderat. Die Stadt Erbil wurde angeflogen. Von da aus wären es keine hundert Kilometer auf der Schnellstraße bis nach Mossul. Die riesige Ruinenstadt Ninive lag direkt am gegenüberliegenden Ufer des Tigris. Mit einem Tagesausflug würde sich daher eine Besichtigung von Ninive sicherlich realisieren lassen.

KAPITEL 18

▲

DIE FLUGSCHEIBEN DES GENERALS

Völlig überraschend meldete sich Obersturmbannführer Weber auf Wolfs speziellem Verbindungshandy. Der General wünsche ihn zu sprechen. Treffpunkt war kommenden Freitag um neunzehn Uhr am alten Steinbruch. Worum es ginge, hatte er den Obersturmbannführer noch gefragt, doch Weber konnte oder wollte ihm das nicht sagen, sondern hatte nur gemeint: „Der General wird Ihnen das persönlich mitteilen."

Das Wetter war an diesem Tage zwar nicht gerade einladend, aber zumindest war es trocken und Wolf gelangte schon nach einer halben Stunde Gehzeit zum vereinbarten Platz. Kammler wartete bereits auf ihn und nach einer kurzen Begrüßung begann der General:

„Sie haben im Vorjahr erzählt, dass Sie diese große Halle, in die unsere Leute nicht hineingehen konnten, betreten haben. Sie sagten etwas von neun scheibenförmigen Objekten, welche sich dort drinnen befanden."

Mit diesen Worten zog der General einige Fotos aus seiner Tasche und gab sie Wolf in die Hand. „Sehen Sie, haben diese Objekte in der kuppelförmigen Halle ebenso ausgesehen?"

Wolf betrachtete die Flugscheiben auf den Bildern. Zweifelsfrei handelte es sich dabei um reichsdeutsche Scheiben, wie er sie schon auf vielen Fotos in Büchern und im Internet gesehen hatte.

„Nein", antwortete Wolf, „diese Objekte sahen eher wie riesige Diskusscheiben aus, oben und unten gleichermaßen gewölbt und glänzend wie aus Edelstahl. Ihr Durchmesser betrug etwa fünfzehn bis zwanzig Meter und die Gesamthöhe so an die fünf Meter."

Der General stutzte: „Dann waren es mit Sicherheit keine Reichsflugscheiben."

Er nahm die Fotos wieder an sich und meinte zu Wolf: „Kommen Sie, ich werde Ihnen etwas zeigen."

Er ging mit Wolf über einen schmalen Pfad durch den Bergwald zu einem der neuen Forstwege hinauf. Diesem folgten die beiden dann ein Stück. An einer Kehre blieb der General stehen und reichte Wolf sein umgehängtes Fernglas. „Sehen Sie genau zu der nächsten Felswand hinüber. Schauen Sie direkt auf die Mitte der Wand."

Wolf stellte den Feldstecher ein und wartete. Was sollte dort Besonderes zu sehen sein? Er wollte das Fernglas schon wieder absetzen, da sah er für einen ganz kurzen Augenblick eine reichsdeutsche Flugscheibe, welche genauso aussah wie auf dem Foto vom General, direkt vor der Felswand auftauchen. Gebannt blickte er auf diese Scheibe, die jedoch nach einigen Sekunden wieder verschwand.

„Was war das?", frage er Kammler erstaunt. Bislang hatte er noch nie so eine Flugscheibe gesehen und war auch von deren Existenz nicht so ganz überzeugt gewesen.

„Das sind Flugscheiben aus einer unserer Basen. Die Scheiben kommen aus einer anderen Zeit und werden beim Übertritt für einige Sekunden für das menschliche Auge sichtbar. Für das Radar jedoch bleiben sie verborgen. Bei Dunkelheit in der Nacht können sie eigentlich von jedermann in der Nähe des Berges gesehen werden. Sie strahlen ein weiß-gelbes Licht aus. Aber man kann dieses Licht ebenfalls nur für die Dauer des Zeitübertrittes sehen. Ich wollte Ihnen das zeigen, damit Sie einen realen Vergleich haben."

Wolf erinnerte sich. Schon oft hatten ihm Leute recht glaubwürdig erzählt, dass sie nachts Lichter ganz in der Nähe der Felswände des Untersberges gesehen hätten. Manche der Personen meinten, dass es sich vielleicht um nächtliche Bergwanderer mit Stirnlampen gehandelt haben könnte, deren Lichtschein dann plötzlich zwischen den Legföhren am Berg nicht mehr zu sehen war.

Ein Architekt, der Wolf auch von einem solchen Erlebnis berichtete, hatte auf seiner Terrasse ein kleines Teleskop aufgebaut, durch welches er solche Lichterscheinungen beobachtete. Auch er hatte anfangs die Theorie, dass es sich einfach um nächtliche Tourengeher handeln müsse. Bis er eines Tages sein Fernrohr bis zum nächsten Morgen draußen stehen ließ. Als er dann bei Tageslicht durchblickte, sah er, dass das Teleskop auf eine große Felswand gerichtet war. Es war aber absolut unmöglich, dass sich dort letzte Nacht in der senkrechten Wand Leute befunden haben konnten.

Auf Wolfs damalige Anfrage beim Tower des Salzburger Flughafens erntete er als Pilot nur eine spöttische Bemerkung: „Ach ja, die UFOs, die landen immer abends bei uns und die grünen Männchen kaufen dann im Duty-Free-Shop Mozartkugeln ein."

„Woher kommen diese Scheiben?", fragte er den General.

„Wie ich Ihnen bereits nach Ihrem Besuch in unserer Atlantis-Basis gesagt habe, verfügen wir über viele solcher Stationen, welche sich ausschließlich in der Vergangenheit befinden, wo sie vor dem Zugriff unserer Feinde verborgen sind.

Diese Flugscheiben, welche hier am Untersberg zu sehen sind, kommen direkt aus dem irakischen Grenzgebiet zum Iran, aus Kurdistan, dort, wo von uns bereits noch während des Krieges ein Stützpunkt errichtet wurde."

Wie elektrisiert fuhr Wolf hoch. Irak? Den Irak hatte der Illuminat doch vor Kurzem erwähnt. Zwar in einem ganz anderen Zusammenhang, aber immerhin. Jetzt schien die Sache für Wolf immer interessanter zu werden.

Der General sprach weiter: „Der Führer hatte schon immer einen tiefgründigen Bezug zum Zweistromland, dem heutigen Irak. Wissenschaftlichen Nachforschungen zufolge sollen dort sogar die Wurzeln der indogermanischen Rasse liegen. Auch die Beziehungen, welche die Babylonier vor Jahrtausenden zu den Semiten hatten, färbten naturgemäß auf das Reich ab. Sie haben sicherlich schon von der babylonischen Gefangenschaft des Volkes Israel gehört."

„Ja freilich", antwortete Wolf.

KAPITEL 19

▲

DAS SONDERKOMMANDO

Da fiel Wolf noch etwas dazu ein. Vor zwei Jahren hatte ihm ein Freund aus Dortmund eine seltsame Geschichte erzählt. Der Mann war damals als junger Soldat eines Sonderkommandos auf einem Schiff im Golf von Akaba unterwegs gewesen ...

Es war an einem Frühlingstag in der Mitte der 1980er-Jahre auf einem Meer nahe der Sinai-Halbinsel.

Eine unglaubliche Stille lag über der Küste, als sich im Osten ein Silberstreif am Horizont abzuzeichnen begann. Leise plätscherten kleine Wellen ans Ufer, doch alles weitere Leben schien noch in tiefem Schlaf zu liegen.

Etwa dreihundert Meter von der Küste entfernt lag friedlich ein Fischkutter, der jedoch keiner war und dessen Besatzung sich bemühte, jedes unnötige Geräusch zu unterlassen. Obwohl dieser Küstenabschnitt menschenleer und unbewohnt zu sein schien, wollte man dennoch tunlichst alles vermeiden, was die Aufmerksamkeit auf sich ziehen könnte.

Es war eine militärische Geheimoperation, in welche das kleine Schiff samt seinem Spezialkommando involviert war. Der leitende Offizier war erleichtert, dass die abgesetzten Kampftaucher das vereinbarte Signal gesendet hatten. Offenbar lief alles nach Plan. Sie hatten ungestört das Ufer erreicht und waren auf keine Hindernisse gestoßen.

Er schritt die Posten an Deck ab. So leise wie möglich flüsterten die Beobachter, der in Bereitschaft befindliche

MG-Schütze und die zwei Scharfschützen mit den Nachtsichtgeräten ihm zu, dass sie am Ufer nichts Verdächtiges wahrgenommen hätten. Dennoch ließ der Offizier jetzt die gesamte Mannschaft des Schiffes wecken. Drei Minuten später waren alle auf ihren Posten. Auch beide Bordkanonen und insgesamt vier Maschinengewehre waren nun besetzt. Die Kampftaucher sollten zwar nach Erledigung ihres Auftrages an dieser nahöstlichen Küste wieder zu ihrem weiter draußen wartenden U-Boot zurückkehren. Jedoch hatte die Einheit dieses Schiffes darauf zu achten, dass keine feindlichen Truppen auftauchen und die Taucher an der Durchführung ihrer Mission hindern würden. Notfalls hatte man von diesem Schiff aus ein Gefecht zu beginnen, um den Feind aufzuhalten.

Der Morgen graute langsam und der orange Feuerball der Sonne hatte sich noch nicht über der felsigen Küste erhoben, wenngleich sich bereits die Silhouette der dahinterliegenden Berge deutlich vom immer heller werdenden Himmel abzuzeichnen begann.

Plötzlich wurde der Kommandant hellhörig. „Infanteristen! Und zwar jede Menge!", zischte eine der Wachen. Sofort stand er am Nachtsichtgerät. „Tatsächlich", murmelte er. Lautlos bewegte sich bereits eine Hundertschaft einheimischer Militärs über den schmalen Sandstrand der vor ihnen liegenden Bucht. „Exakt in der Richtung des Zielobjekts unserer Kampftaucher! Wir müssen den Feind aufhalten!", bemerkte er leise, doch fest entschlossen.

Er gab den Seinen leise die nötigen Zeichen und Anweisungen. Jeder Mann wusste, was zu tun war. Der rechts platzierte Scharfschütze hatte schon längst die Situation erkannt. Mit aufgesetztem Schalldämpfer fiel sein erster Schuss und zeitgleich stürzte am gegenüberliegenden Ufer der vorderste Soldat zu Boden. Die Hundertschaft geriet abrupt ins Stocken. Der Scharfschütze konnte durch sein Nachtsichtgerät unschwer erkennen, wer in der Menge der Soldaten am Ufer das Kommando hatte. Das Gestikulieren jenes feindlichen Offiziers wurde diesem zum Verhängnis, lautlos ereilte ihn die zweite Kugel des Scharfschützen. Nun kam Unruhe in den Trupp der Soldaten am Strand. Während der erste Scharfschütze beobachtete, welche Personen nun Initiativen zeigten, die sie als stellvertretende Befehlshaber jener Einheit verrieten, hatte der zweite Scharfschütze zwei MG-Träger ausgemacht. Binnen einer halben Minute waren die beiden Soldaten ausgeschaltet und lagen tot am Boden. Da in der gleichen Minute die Kugeln des ersten Scharfschützen drei weitere Opfer unter den Feinden gefordert hatten, brach unter diesen jetzt Chaos aus. Ihrer Führung beraubt und nicht wissend, woher der Angriff erfolgte, liefen sie teilweise wild durcheinander. Manche flüchteten sich in Richtung der schützenden Uferfelsen, andere schienen sogar zum Rückzug geneigt zu sein.

Immerhin, es war gelungen, sie aufzuhalten. Einige Minuten lang verhielten sich die Männer auf dem Schiff vollkommen passiv, auch die Scharfschützen unterließen jede weitere Handlung.

Durch das immer heller werdende Tageslicht wurde das Schiff jedoch rasch gesichtet und als offenbar einzige Quelle des Angriffs identifiziert. Die Soldaten am Ufer eröffneten jetzt das Gewehrfeuer auf den Kutter und der Kommandant erteilte daraufhin ebenfalls den Feuerbefehl. Zwei Bordkanonen und vier Maschinengewehre schossen aus allen Rohren. In der Infanterie-Einheit gab es große Verluste und jene von den Soldaten, die keine Deckung zwischen den Felsen jenseits des Strandes finden konnten, versuchten den Rückzug.

„Gott sei Dank haben sie keine Raketenwerfer oder Artillerie verfügbar", sagte der Kommandant. Ihr Schiff war hinter der tarnenden Fischkutterfassade nur leicht gepanzert. Diese Stahlplatten mochten die meisten Gewehrkugeln abhalten, doch stärkere Geschosse würden schon problematisch werden.

Wenn die Kampftaucher ihre Mission erfüllt hätten, könnte die Besatzung sich von diesem Schiff absetzen und sich ebenfalls von dem U-Boot aufnehmen lassen. Doch noch war es nicht soweit. Der Kommandant erteilte den Befehl, weiter aufs Meer hinauszufahren, was auch geschah. Vom Strand her schienen keine Schüsse mehr zu fallen. Die Feinde, die noch dort ausharrten, waren entweder verletzt oder hielten sich, soweit als möglich, in Deckung. Plötzlich erschien jetzt auf der Anhöhe, von der die feindliche Einheit herabgekommen war, eine zweite Hundertschaft. Sofort befahl der Kommandant den Beschuss des Hügels mit den Bordkanonen.

Wie lange mochte sich dieses Scharmützel noch hinziehen? Auf ein längeres Gefecht waren sie nicht eingestellt und der Kommandant ließ, als sich die feindlichen Soldaten wieder hinter den Hügel zurückzogen, das Feuer einstellen. Ihr Munitionsvorrat war schließlich begrenzt. Mittlerweile zeigte sich die Sonne im Osten in ihrer vollen Größe und dieser herrliche Sonnenaufgang wäre unter anderen Umständen bestimmt als besonders romantisch empfunden worden, doch in dieser Situation hatte keiner der Soldaten ein Auge dafür. Glücklicherweise war niemand von den eigenen Männern verletzt worden. Während das Schiff immer mehr Abstand zum Ufer gewann, wechselte man in dieser Kampfpause die heiß geschossenen Rohre der Maschinengewehre.

Doch dann geschah das, was der Kommandant insgeheim schon befürchtet hatte. Der Mann am Radar meldete die Annäherung von einem Dutzend Kampfflugzeuge, welche aus nordwestlicher Richtung immer näher kamen. Die ersten zwei Maschinen mussten innerhalb von drei Minuten nahe genug für einen Angriff auf das Schiff sein. Eine Entscheidung des Kommandanten war gefragt und der hatte keine Zeit mehr für längere Überlegungen. Es war nicht möglich, das Schiff innerhalb dieser kurzen Zeitspanne zu räumen und mit den Rettungsbooten außerhalb der Gefahrenzone zu gelangen. Auch das Schiff in Position zu bringen und mit Bordkanonen und Maschinengewehren gegen die zu erwartenden MIG-Jäger zu kämpfen, war ebenfalls illusorisch.

Da riss ihn ein lauter Ton wie von einer Posaune aus seinen Überlegungen. Alle Männer blickten zum Himmel und trauten ihren Augen nicht, als sie zwei scheibenförmige Objekte über sich schweben sahen. „Flugscheiben! Es gibt sie doch!", rief einer der Männer. „Die Legenden sind wahr!" Andere riefen: „Fliegende Untertassen! UFOs!"
Der Posaunenton war verklungen, und während eine der beiden Flugscheiben über dem Schiff lautlos in der Luft stehen blieb, flog die andere ein Stück in Richtung der zu erwartenden Kampfflieger. Das Radar meldete nun ein halbes Dutzend weiterer Kampfflugzeuge, die sich aus westlicher Richtung dem Schiff näherten. Sollten die Männer des Geheimkommandos nun Zeugen einer Luftschlacht zwischen Flugscheiben und Düsenjägern werden, eines Aufeinandertreffens technologischer Zukunft und technologischer Vergangenheit?

Inzwischen hatte das Licht des anbrechenden Tages die Nacht vollständig vertrieben und man sah tatsächlich zwei MIG-Jäger am nordwestlichen Horizont auftauchen, die ihren entschlossenen Angriff trotz der aus dem Nichts aufgetauchten Flugscheiben fortsetzten und nun einige Raketen abschossen. Doch kurz vor der vordersten Flugscheibe explodierten diese wie auch die nachfolgenden Raketen wie vor einer unsichtbaren Mauer. Dann leuchteten zwei Feuerbälle auf, wo man gerade noch die Kampfflugzeuge gesehen hatte.

„Habt ihr gesehen, ob die Scheibe geschossen hat?", rief einer der Männer. Alle verneinen. Da nahte schon die nächste Gruppe der Angreifer, vier MIG-Flugzeuge. Wie von einer unsichtbaren Faust zerschlagen, verwandelten sich auch diese in Feuerbälle. Die beobachtende Schiffsbesatzung stellte fest, dass die Kampfflugzeuge offensichtlich vollständig „pulverisiert" wurden, denn sie sahen keine Trümmer ins Meer stürzen. Doch für eine Diskussion dieser Beobachtung blieb keine Zeit, denn schon zeigte sich die nächste Welle der

Angreifer. Zwei MIG drehten ab, zwei setzten jedoch den Angriff fort, um das Schicksal ihrer Vorgänger zu erleiden.

Währenddessen zeigte das Radar, dass die Kampfflugzeuge aus westlicher Richtung auf Abstand blieben und sich die letzten vier MIG-Jäger wieder in nordwestliche Richtung zurückzogen. Die bisher passiv gebliebene Flugscheibe flog nun aus dem Stand völlig geräuschlos zu jener Anhöhe, hinter welcher sich die feindlichen Infanteristen befinden mussten. „Sie muss unverletzbar sein – so tief, wie sie fliegt!", staunte einer der Männer. Die Scheibe drehte einen ellipsenförmigen Bogen und kehrte dann wieder zu ihrer Position über dem beschützten Schiff zurück. Dann sprach plötzlich eine laute Stimme – offenbar einer der Bordinsassen – wie aus einem unsichtbaren Lautsprecher über ihnen in ihrer Muttersprache:

„Eure Feinde begannen bei unserem Erscheinen jenseits der Anhöhe davonzurennen wie die Hasen! Ob sie uns für Götter, Außerirdische oder Teufel halten, wissen wir nicht, doch es spielt auch keine Rolle. Wichtiger ist, dass wir euch die angreifenden Flugzeuge vom Leib halten konnten. Das war ganz schön eng für euch, die hätten euch arg in die Mangel genommen! In wenigen Minuten werdet ihr das Signal erhalten, dass ihr euch zum U-Boot absetzen könnt. Ihr solltet also mit der Räumung des Schiffes beginnen. Um die Vernichtung des Kutters kümmern wir uns, sobald ihr von Bord gegangen seid und ausreichend Abstand gewonnen habt."

Wenn ich nur wüsste, ob die Kampftaucher bei ihrer Mission an Land erfolgreich waren, dachte der Leiter dieses geheimen Sonderkommandos. Und als ob die Stimme aus der Flugscheibe über ihm seine Gedanken lesen könnte, fuhr sie laut fort:

„Alles ist gut gegangen, ihr werdet gleich sehen, dass auch eure Taucher ihren Teil dieser Mission erfüllt haben! Seht euch um und blickt nach Südosten!"

Die Soldaten gehorchten. Erst schien es, als wäre alles unverändert, doch dann begann eine Bergspitze glühend zu leuchten, worauf eine gigantische Explosion folgte.

„Euer Auftrag ist erfüllt!", verkündete die Stimme aus der Scheibe. „Nun setzt euch ab und lasst euch von dem U-Boot aufnehmen! Und grüßt die Heimat!"

Die Teilnehmer dieser militärischen Geheimmission trauten ihren Augen nicht. Flugscheiben, nun ja, die galten noch in den 1940er-Jahren als eine der geheimen Wunderwaffen des Führers und noch im ersten legendären Handbuch der Bundeswehr sollen sie 1955 als deutsches Standard-Waffensystem beschrieben worden sein, doch niemand von ihnen hatte sowohl ein solches Handbuch im Original als auch ein solches Flugobjekt mit eigenen Augen gesehen. „UFOs" aller Art galten allgemein als Hirngespinst, zumindest jedoch als unbegreifbare Technologie außerirdischer Mächte. Aber Außerirdische, die Deutsch sprachen? Seltsam – und wenn da nicht die ihnen wohlbekannten Balkenkreuze als Hoheitszeichen zu erkennen gewesen wären …

„Immerhin haben sie sich nicht mit ‚Sieg Heil' verabschiedet", hatte ihr Kommandant die mittlerweile lebhafte Diskussion lachend beendet, bevor er sie alle auf das Schärfste an ihre Geheimhaltungspflicht erinnerte. „Ich reiß euch persönlich den Arsch auf, wenn auch nur ein Wort über diesen heutigen Vorfall öffentlich wird!", mahnte er drohend.

KAPITEL 20

▲

IM KREML MITTE DER ACHTZIGERJAHRE

Tausende Kilometer nördlich des Roten Meeres saß bald darauf eine Person, die sich bisher für einen der mächtigsten Männer der Welt gehalten hatte, außer Atem, völlig verschwitzt und zerknirscht grübelnd allein an ihrem Schreibtisch. Es war erst wenige Minuten her, dass dieser Staatschef in mehreren Tobsuchtsanfällen seine Generäle auf das Übelste beschimpft und ihnen den Kopf gewaschen hatte. Dass diese Leute es wagten, ihm solche Meldungen vorzulegen! Unter Stalin wären alle diese Generäle mindestens ins nördlichste Arbeitslager gekommen, wenn er sie nicht mit eigener Hand auf der Stelle erschossen hätte, doch heutzutage musste man leider einen anderen Kurs fahren. Er war es leid. Die verschiedenen Pläne zur Erlangung der absoluten Weltherrschaft waren seit Jahrzehnten perfekt durchdacht und immer wieder optimiert und den Notwendigkeiten angepasst worden. Vieles schien zu funktionieren und dann spuckte einem immer wieder „das große Tabu" in die Suppe und das ziemlich gewaltig und mit schöner Regelmäßigkeit. Da wollte man im Weltall eine Waffe installieren, mit der man die gesamte Welt hätte in Schach halten können – gut, ein gewaltiger Energiefresser, doch die sechzehn geplanten Kernkraftwerke hätten diese Energie schon geliefert. Und kaum war der erste Reaktor fertiggestellt, ging die Energie den umgekehrten Weg und kam aus dem All in einer derartig gigantischen Menge, dass der Reaktor zerschmolz wie ein Stück Butter unter der Wirkung eines Flammenwerfers. Den einfachen Bauern der Region und der dumm gehaltenen Weltöffentlichkeit konnte man diesen leider nicht vertuschbaren Vorfall wenigstens noch als Reaktorunfall verkaufen, doch das Durchkreuzen der eigenen Pläne nahm kein Ende. Sicher, die immer wieder störenden „UFOs", die keineswegs den Regierungen unbekannte, sondern sehr wohl bekannte Flugobjekte waren, konnte man noch durch Desinformationskampagnen und Mundtotmachen der Zeugen aus dem öffentlichen Bewusstsein fegen oder zur Not auch irgendwelchen grünen Männchen vom Mars in die Schuhe schieben. Und an die sogenannten „Geister-U-Boote", die nicht nur in der Ostsee, sondern auch in der schwedischen sowie internationalen Presse auftauchten, glaubte ja außer ein paar paranoiden Verschwörungstheoretikern auch niemand.

Und jetzt diese Meldung! Da arbeitet man an der Vervollkommnung seiner eigenen Kriegsführung im Weltall und eines der dafür notwendigen Kommunikationszentren im Nahen Osten löst sich innerhalb von Sekunden in Rauch und Asche auf, welches „Sprengmittel" da auch immer zum Einsatz gekommen sein mochte. Er ärgerte sich, dass ihm sofort der Gedanke an den legendären, doch offiziell nicht existenten „Stoff K" ins Bewusstsein kam. Diese verdammten Gespenster der Vergangenheit – man wurde sie einfach nicht los! Dann noch diese Luftschlacht mit den Flugscheiben, die zum Verlust von acht Kampfflugzeugen geführt hatte. Ein Gefecht, in dem sich die heimlichen westlichen Verbündeten vornehm zurückgehalten hatten und auf Abstand geblieben waren. Er griff zum Telefon, um mit dem dafür in letzter Konsequenz verantwortlichen Präsidenten persönlich ein Hühnchen zu rupfen. „Oder soll ich lieber gleich den roten Knopf ...", schoss es ihm durch den Kopf, doch er besann sich. Na, wenigstens brauchte er nicht die Infanteristen jenes nahöstlichen Landes zu fürchten, die Zeugen des Erscheinens und Eingreifens der Flugscheiben geworden waren. Diese Araber nahm doch ohnehin niemand in der Welt ernst, und wenn man ihnen wieder einen Waffendeal anbot, den sie nicht ablehnen konnten, dann war für sie die Welt ohnehin wieder in Ordnung. Wenigstens vorübergehend.

Allmählich legte sich sein Zorn. Seine hohe Intelligenz und seine teuflische Kreativität gewannen die Oberhand. Da gab es doch diese Langzeitpläne, die man nach dem Tod jenes von ihm persönlich äußerst geschätzten Diktators Josef Stalin in den Fünfzigerjahren nach dem Studium der Schriften dieses Chinesen Sun Tsu, „Die Kunst der Kriegsführung", entwickelt und ausgearbeitet hatte. Und seine heimlichen Verbündeten aus dem Westen hatten Ende der Sechzigerjahre noch einige weitere geniale Ideen formuliert. Genau hier fand er die Lösung. Ein Kurswechsel in der vordergründigen Politik musste her! Dieser spezielle Zeitpunkt war nun gekommen. Die Weltöffentlichkeit würde natürlich darauf hereinfallen. Und vielleicht ließe sich damit sogar „das große Tabu" täuschen, wenn sie die Geiseln aus der Umklammerung frei und an der langen Leine laufen ließen, dachte dieser Staatchef und seine Fantasien beflügelten ihn. „Man wird mich als Friedensfürst und Reformer verehren! Ich bin genial!", lachte er laut, da er sich allein in seinem Büro wähnte. Doch er ahnte nicht die unsichtbare Präsenz des „großen Tabus", welches auch seine stillen Gedanken lesen konnte.

KAPITEL 21

▲

UNBEKANNTE FLUGOBJEKTE ÜBER DEM IRAK

Auch im Golfkrieg wurden angeblich immer wieder Flugscheiben gesichtet, welche auch für den Abschuss einiger amerikanischer Kampfflugzeuge verantwortlich gemacht wurden. Im Internet gab es mittlerweile eine Unzahl von solchen Berichten. Wie weit diese Meldungen den Tatsachen entsprachen oder nur Fantasien von Verschwörungstheoretikern waren, konnte Wolf nicht sagen, aber immerhin passte es zu den Aussagen Kammlers. Deshalb fragte Wolf den General:

„Weshalb tauchen gerade in letzter Zeit vermehrt diese Scheiben hier am Untersberg auf? Hat das eine besondere Bewandtnis oder ist das auf die genauere Beobachtung der Leute zurückzuführen?"

Der General nahm den Feldstecher wieder an sich und meinte: „Sie wissen ja, diese Umwälzung ist bereits in vollem Gange. Sie hat zwar noch nicht unmittelbar die Gegend hier um den Untersberg erreicht, aber die Auswirkungen kommen immer näher heran. Und genau für dieses Ereignis wollen wir dann gerüstet sein. Die reichsdeutschen Flugscheiben mit der neuen Technologie werden dann eine große Hilfe darstellen."

Erstaunt blickte Wolf den General an.

„Von der Gegenseite wird bereits mit Riesenaufwand an der Zerstörung der Infrastrukturen und der wahren Werte gearbeitet, deshalb müssen wir gewappnet sein, wenn die zum Endschlag ausholen werden. Und das wird bestimmt nicht mehr lange dauern."

„Was meinen Sie damit?", fragte Wolf, der mittlerweile etwas verwirrt von Kammlers Aussagen schien.

„Sie können es bereits selbst sehen. Die sogenannten Wetterkapriolen, das sind doch nur die Generalproben für die unermesslichen Katastrophen, welche in naher Zukunft hervorgerufen werden sollen. Die Staatenzusammenbrüche im gesamten Mittelmeerraum, die Kriegsvorbereitungen, die überall im Gange sind – das alles deutet darauf hin, dass es in absehbarer Zeit zu dieser Umwälzung kommen könnte."

„Und wie wollen Sie diesen Kräften begegnen? Was können Sie dem denn entgegensetzen?", fragte Wolf.

„Glauben Sie mir, auch unsere Technologien sind in den letzten siebzig Jahren in den Basen weiterentwickelt worden. Wir sind in der Lage, wenn es erforderlich sein wird, dem Treiben dieser selbst ernannten Weltenlenker ein Ende zu setzen."

Wolf überlegte. Konnte es möglich sein, dass diese Jahrhundertwetterereignisse tatsächlich künstlich hervorgerufen wurden? Und wenn ja, wer hätte daran ein Interesse? Wer konnte daraus einen Nutzen ziehen? Er würde in dieser Hinsicht recherchieren. Und sicher würde ihm Becker dabei behilflich sein.

„Nun, meine Frage nach den neun scheibenförmigen Objekten in der großen Halle im Berg haben Sie mir ja bereits beantwortet. Die stammen offenbar nicht von einer unserer Basen. Dann gibt es eigentlich nur eine Möglichkeit", meinte der General, „dann stammen sie von außerhalb!"

„Oder aus der Zukunft", ergänzte Wolf, „das wäre doch auch eine Möglichkeit, oder?"

„Nun, das will ich nicht unbedingt ausschließen, aber etwas utopisch klingt das für mich schon", antwortete Kammler mit einem leichten Lächeln.

Auch Wolf begann nun etwas zu lächeln. „Zumindest genauso utopisch, General, wie Sie und Ihre Station im Untersberg vor einigen Jahren für mich und Linda waren.

Ich kann mich noch gut daran erinnern, die Lehrerin hat mich damals beinahe für verrückt erklärt, als ich ihr zum ersten Mal von den Besuchen bei Ihnen erzählt habe."

Kammler nickte bloß stumm.

„Ich habe mich in den letzten Jahren mit so vielen schier unglaublichen Dingen beschäftigt, welche ich erst einmal verdauen musste. Und Besuch aus der Zukunft habe ich ebenfalls schon gehabt, deshalb ist für mich das Wort ‚utopisch' schon seit längerer Zeit aus meinem Sprachgebrauch gestrichen", sagte Wolf, wobei er an seine Zusammenkünfte und Zeitreisen mit dem Illuminaten Becker denken musste, welcher ja in Wirklichkeit einer von den anderen war.

„Sie haben Recht", erwiderte der General, „zu gerne würde auch ich einmal in Kontakt mit solchen Leuten kommen."

„Ich bin sicher", meinte Wolf, „wenn die Umwälzung kommt, werden diese bestimmt auch mit Ihnen Verbindung aufnehmen."

Daraufhin machten sie sich auf den Rückweg. Wolf ging über die Forststraße direkt zu seinem Wagen hinunter, während der General wieder den Weg zu den alten Steinbrüchen nahm.

Da fiel ihm ein, dass er ja Kammler wegen der „Inneren Erde" fragen wollte. Aber durch das Erlebnis mit den Flugscheiben, welche er ja heute das erste Mal gesehen hatte, war ihm sein Anliegen bezüglich dieser Theorie gänzlich entfallen. Er würde den General beim nächsten Kontakt darauf ansprechen.

Nachdem er zu Hause angekommen war, rief Wolf bei Claudia an.

„Die silbernen Scheiben in der Kuppelhalle scheinen den General ja immens zu beschäftigen. Wer weiß, weshalb er selbst dort nicht hineingehen kann."

„Nur wer reinen Herzens ist, kann in die Halle der Erkenntnis kommen und den heiligen Gral finden", sinnierte die junge Frau.

„Du hast wohl zu viel Indiana-Jones-Filme angesehen oder bist du heute auf dem Philosophen-Trip? Abgesehen davon habe ich bestimmt kein reines Herz, obwohl mir Wolfgang, mein Flugarzt, jedes Jahr bei der Untersuchung ein Belastungs-EKG macht und mir ein gutes Herz schriftlich bestätigt."

Wolf musste dabei lachen und ergänzte:

„Außerdem beschäftigen wir uns doch gar nicht mit der Suche nach dem Gral. Alles, was ich bisher gefunden habe, waren doch nur ein paar Steine, Tonscherben und alter Tand."

„Du vergisst die beiden Goldstücke", unterbrach ihn Claudia. Sie meinte damit das goldene Stück, welches Wolf einst im Beisein der Lehrerin Linda auf der ersten Terrasse des Hatschepsut-Tempels gefunden hatte. Er hatte dieses Teil später auf eine kleine Goldplatte schweißen lassen, welche er dann Claudia zum Geschenk gemacht hatte. Sie trug es seitdem täglich um ihren Hals. Und dann war da noch so ein fünfzehn Gramm schweres Goldplättchen, welches er am Rande des Hathor-Tempels in Denderah gefunden hatte. Auf diesem war sogar fragmentarisch eine Königskartusche zu erkennen. Dieses Stück erhielt seine Tochter Sabine, die ja vor vielen Jahren am Untersberg für zwei Minuten verschwunden war, sozusagen als Erinnerung daran, dass sie maßgeblich an Wolfs Suche nach dem Mysterium des Untersberges beteiligt war.

„Ja, du hast Recht", sagte er deshalb zu Claudia, „und vergiss nicht, bald ist der dreiundzwanzigste Juni, das Datum, an welchem wir nochmals in diese Halle zur goldenen Kugel gehen sollen."

KAPITEL 22

▲

DIE FIGUR VOM OBERSALZBERG

Becker wollte Wolf offensichtlich dazu bewegen, eine Reise in den Irak zu machen. Freilich würde das nur in den Wintermonaten möglich sein. Denn bis zum Herbst herrschten dort im Zweistromland Temperaturen von bis zu fünfzig Grad und das war auch für Wolf einfach zu viel.

Warum nahm ihn Becker nicht einfach mit, so, wie er es beim Besuch des Erzbischofs in Salzburg getan hatte?

Er rief abermals auf dem Handy des Illuminaten an. Diesmal erreichte er ihn sofort. Telefonisch wollte Becker aber über diese Dinge nicht reden. Er meinte, man solle das BVT nicht unnötig reizen und in Aufruhr versetzen, obwohl es für Wolf keine Gefahr darstellen würde. Grimmig, der Chef des BVT, habe im Augenblick ohnehin andere Sorgen, sagte er, aber in Salzburg gab es laut Becker seit Kurzem einen neuen Leiter dieses Amtes und dieser wollte natürlich auch Erfolge vorweisen. Das sollte er auch, aber am Mysterium des Untersberges würde auch er sich die Zähne ausbeißen.

So vereinbarten sie kurzerhand ein Treffen bei der Kapelle im Untersbergwald, wo sie sich ungestört unterhalten konnten. Wolf würde in einer halben Stunde dort sein. Wie immer wartete Becker bereits neben der Straße auf ihn. Auch war natürlich wieder weit und breit kein Fahrzeug zu sehen, aber so etwas war Wolf vom Illuminaten schon gewöhnt.

Es war ein warmer Nachmittag und die beiden gingen ein Stück hinter die Kapelle zum Fuße der alten Römer-Steinbrüche, von wo ein kleines Bächlein durch ein Schotterbett in Richtung Straße lief.

„Schauen Sie", begann der Illuminat, „wenn ich Sie mit in den Irak nehmen würde, was eine Leichtigkeit wäre, dann könnten Sie dort nichts tun. Sie wären sozusagen nur mein Schatten. Ich weiß nicht, ob Sie das jetzt verstehen können. Aber es ist unumgänglich, dass Sie selbst aus eigener Initiative dorthin fahren, um gewisse Dinge zu erleben und möglicherweise Erfahrungen zu sammeln. Zusammen mit mir wäre das eine geplante Sache, bei welcher nichts zufällig geschehen würde. Da aber beinahe ihr halbes Leben aus Zufällen besteht, wäre das nicht sinnvoll."

Wolf widersprach dem Illuminaten nicht. Es hätte sowieso keinen Sinn gehabt.

Becker fuhr fort: „Sie müssen noch gewisse Dinge erhalten, und diese werden Ihnen auch ihrerseits wieder Informationen vermitteln, was auf anderen Wegen gar nicht möglich wäre. Und ich bin sicher, dass so etwas dort in Kurdistan an den Ufern des Tigris geschehen würde."

„Sie meinen so ähnliche Erfahrungen wie mit den schwarzen Steinen und meinen anderen Funden?", fragte Wolf.

„Ja", antwortete Becker, „aber Sie haben viele Dinge in Bezug auf den Untersberg, die in Ihren Glasvitrinen dahindämmern, welchen Sie bislang kaum Beachtung geschenkt haben."

Wolf wunderte sich und erwiderte:

„Sie denken dabei an die Gürtelschnalle des Keltenkriegers oder an den Ring des Komturs der Herren vom Schwarzen Stein und auch an die verschiedenen Kristalle?", fragend schaute Wolf zu Becker, der sich inzwischen neben ihm auf einen Felsblock hinter der kleinen Kapelle gesetzt hatte.

„Sie haben da noch etwas Wichtiges", gab Becker zur Antwort, „etwas, das Sie nach dem Tod Ihres Großvaters bereits vor vielen Jahren erhalten haben."

Was um Himmels willen sollte das sein, dachte Wolf, aber der Illuminat sprach schon wieder weiter. „Es handelt sich um eine Bronzefigur, welche vom Obersalzberg stammt, und zwar aus dem Berghof, dem Domizil von Hitler."

Jetzt dämmerte es Wolf. Freilich, sein Opa, der direkt an der Grenze in Deutschland wohnte, hatte ihm diese Figur vererbt. Sie stellte eine anmutige, stehende, nackte Frau mit einer Muschel in der Hand dar und war etwa zwanzig Zentimeter hoch. Als kleiner Junge im Alter von sechs Jahren war er mit seinem Großvater am Grenzfluss zu Österreich entlanggegangen und sie hatten auf den Schotterbänken einen Stein ausgesucht, auf dem Wolfs Opa die Statue der Frau befestigten wollte. Die Wahl fiel auf einen runden, roten Marmorstein. Seit nunmehr über dreißig Jahren stand diese Figur jetzt in einer Glasvitrine in Wolfs Wohnung.

Wolf nickte. „Ja, Sie haben Recht", sagte er nachdenklich. „Und Sie meinen, dass mir diese kleine Statue in Bezug auf meine Suche am Obersalzberg weiterhelfen kann. Ich denke dabei an das Geheimnis des steinernen Ypsilons und des unterirdischen Gewölbes sowie an Hitlers Interessen am Untersberg."

„Nehmen Sie die Figur einmal aus Ihrem Glaskasten heraus und halten Sie diese mit beiden Händen, so wie den schwarzen Stein damals im Tempel von Karnak. Vielleicht erhalten Sie dann auf irgendeine Art Informationen, die Sie weiterbringen."

„Das werde ich", versprach Wolf. Er bedankte sich noch beim Illuminaten und machte sich auf den Heimweg.

Unterwegs dachte er noch über diese kleine Bronzefigur nach. Sein Großvater, der auch die ungarische Sprache beherrschte, kam in den ersten Nachkriegsjahren in Kontakt mit einem Alteisenhändler, welcher aus Ungarn stammte. Dieser Mann hatte, da er kein Deutscher war, von der amerikanischen Besatzungsbehörde am Obersalzberg die Genehmigung erhalten, in den gesprengten Domizilen der Nazigrößen nach Altmetall zu suchen und dieses zu behalten. Eines Tages fand Szabo, so hieß der Ungar, in den Trümmern des Berghofes von Hitler eine Bronzestatue. Ein schweres Betonteil hatte ihren rechten Fuß oberhalb des Knöchels ganz leicht geknickt, was aber auf den ersten Blick gar nicht zu sehen war und der Anmut dieser Figur keinen Abbruch tat.

Dieser Szabo hatte jedoch seine Frau und seine Kinder in Ungarn, von wo aus diese nicht nach Deutschland oder Österreich ausreisen konnten. Zwischen Ungarn und Österreich gab es damals den Eisernen Vorhang und eine Flucht in den Westen war zu dieser Zeit so gut wie unmöglich. Szabo hatte daraufhin den Beschluss gefasst, selbst wieder nach Ungarn zurückzukehren, was aber ebenso nicht möglich schien. Über diesen Umstand, welcher ihn sehr bedrückte, sprach er oft mit Wolfs Großvater.

Der hatte eine Idee, wie er dem Mann helfen könnte.

„Ich kenne da einen Lokführer in der Nähe von Wien, der schuldet mir noch einen Gefallen. Ich habe ihm in den letzten Kriegstagen in einem Wagen der deutschen Wehrmacht zur Flucht aus der Tschechoslowakei verholfen. Vielleicht kann uns der Mann jetzt auch behilflich sein."

„Wie soll das vonstattengehen?", fragte Szabo.

„Der Lokführer fährt mit seiner Dampflok die Strecke an der ungarischen Grenze entlang und die führt durchs sogenannte Niemandsland. Dort ist auch kein Grenzzaun. Ich könnte ihn ersuchen, an dieser Stelle besonders langsam zu fahren, und Sie müssten dann vom fahrenden Zug springen und wären somit in Ungarn."

Szabo schaute zwar etwas skeptisch, sah es aber dann sehr wohl als einzige Möglichkeit an, wieder zurück zu den seinen zu gelangen.

„Ich werde natürlich hier alles aufgeben müssen, was ich habe. Ein bisschen Geld wird mir schon übrig bleiben, aber Ihnen gebe ich zum Dank diese Bronzefigur, welche in den Ruinen des Hitlerhauses verschüttet war. Ich habe bisher noch niemandem davon erzählt. Wer weiß, vielleicht wäre sie mir dann weggenommen worden."

Mit diesen Worten überreichte er Wolfs Großvater die in einem Tuch eingewickelte Statue und fügte hinzu: „Hier haben Sie sozusagen ein Andenken an Hitler. Ich weiß zwar nicht, wie Sie dazu stehen, aber ich nehme an, dass diese Figur in einigen Jahren sicher einen beträchtlichen Wert darstellen könnte."

Freilich hatte Wolfs Großvater keine besondere Sympathie für den ehemaligen Führer des Deutschen Reiches. Wegen ihm und dem verlorenen Krieg musste er ja schließlich mit seiner Frau und den Kindern sein kleines Häuschen in Bratislava verlassen, um nicht von den Tschechen totgeschlagen zu werden. Zu groß war der Volkszorn auf die deutsche Minderheit, zu der sie gehörten. Viele seiner Freunde fielen dem grausamen Wüten des tschechischen Pöbels zum Opfer. Natürlich wurden die Täter nie bestraft. Auch für sein Haus bekam der Großvater später keine Entschädigung. Die Schuldigen waren doch, so wie auch heute noch, nur die Angehörigen des deutschen Volkes.

Dem Großvater kam es nicht auf eine Gegenleistung des Ungarn an. Er wollte ihm einfach nur helfen, freute sich aber natürlich trotzdem über dieses seltene Geschenk.
Der Lokführer war nach einigen Briefen bereit, dem Wunsch von Wolfs Großvater nachzukommen. Es dauerte dann noch einige Monate, bis Szabo alles, was er sich hier in Deutschland geschaffen hatte, verkaufen konnte, und mit einer doch ganz netten Summe Bargeldes machte er sich auf den Weg nach Wien, wo er sich mit dem Lokführer traf. Dieser erklärte ihm, wie alles ablaufen würde, und so geschah es dann auch. Szabo wurde in einen Dienstwaggon am Ende des Zuges, in dem sich niemand außer ihm befand, gesetzt. Er war aufgeregt und beugte sich öfters aus dem Fenster, um ja die Stelle nicht zu verpassen, an der er abspringen sollte. Der beißende Rauch der Dampflokomotive und kleine, heiße Rußpartikel fuhren ihm ins Gesicht. Dann war es soweit. Der Zug verringerte auf

einmal seine Geschwindigkeit und fuhr schließlich ganz langsam. Szabo stand bereits draußen. Er hatte seinen Rucksack umgeschnallt und sprang vom Trittbrett. Ohne hinzufallen gelang ihm der Absprung vom fahrenden Zug. Jetzt waren es nur noch wenige Meter bis nach Ungarn. Der Lokführer schaute ihm nach, als er über die Wiesen lief, und die Lokomotive nahm wieder Fahrt auf.

Nach vier Wochen erhielt Wolfs Großvater einen Brief aus Ungarn, in dem sich Szabo bei ihm nochmals bedankte. Er war wieder glücklich bei seiner Familie.

Der Großvater wickelte die Bronzefigur aus dem Haus von Hitler aus ihrem Tuch und betrachtete sie. Er würde einen passenden Stein als Sockel dafür suchen.

Als Wolf zu Hause angekommen war, ging er als Erstes zur Glasvitrine, in welcher das besagte Erbstück von seinem Großvater stand, und nahm die Bronzefigur fast ehrfürchtig heraus. Er hielt sie mit beiden Händen, so, wie es Becker ihm gesagt hatte, und wartete auf neue Eindrücke. Vielleicht war er zu aufgeregt, aber es kamen nur wirre Bilder, von denen er glaubte, dass sie in seiner Fantasie entstanden seien. Er würde es zu einem späteren Zeitpunkt in Ruhe noch einmal versuchen.

KAPITEL 23

▲

IM SCHOSS VON MUTTER ERDE

Beim Aufräumen seines Kellers entdeckte Wolf einen alten Spirituskocher, der mit Würfeln von Trockenspiritus beheizt wurde. Es war ein recht kleines Teil, welches etwas zehn mal zehn Zentimeter maß. Er musste eine Weile nachdenken, woher das Ding stammen könnte, und hielt den Kocher mit beiden Händen. Plötzlich sah er vor seinem geistigen Auge eine Höhle, hoch oben auf einem Berg, und darin befand sich ein kleiner Junge von etwa sieben Jahren. Der Bub bereitete sich in der Höhle auf diesem Kocher Kaffee zu. Der Junge war er selbst, wie er unschwer erkennen konnte. Jetzt fiel ihm die ganze Geschichte wieder ein.

Im Alter von fünf Jahren hatten seine Eltern mit ihm eine Bergwanderung gemacht. Der Weg führte durch einen Wald an einer alten Ruine eines Wehrturmes vorbei und ganz in deren Nähe sah Wolf das erste Mal in seinem Leben den Eingang zu einer Höhle. Er dachte, dass dort vielleicht Schätze verborgen wären, und wollte schon hineinlaufen, aber sein Vater verbot es ihm. Das Interesse für das Geheimnisvolle war aber in Wolf geweckt worden. Lange Zeit trug er sich mit dem Gedanken, wieder zu dieser Höhle aufzusteigen, aber erst nach zwei Jahren, als er bereits zur Schule ging, konnte er diesen Plan verwirklichen. Er wollte ganz allein in diese Höhle gehen. Angst hatte er keine.

Eine kleine Batterie-Taschenlampe, ein paar Christbaumkerzen aus Mutters Schrank und Streichhölzer aus der Küchenlade packte er in eine altmodische Handtasche, welche ihm seine Tante einmal geschenkt hatte. Dann fand er noch zufällig in Vaters Werkzeugkiste diesen Trockenspirituskocher mit einigen Würfeln Brennstoff. Auch dieser wanderte in die doch geräumige Damenhandtasche. Eine kleine Wasserflasche und etwas gemahlener Kaffee sowie ein paar Zuckerwürfel fanden auch noch Platz in der Tasche.

Mit dieser Ausrüstung machte sich der kleine Wolf eines schönen Tages auf den Weg.

Zuerst musste er zu Fuß in die Stadt gehen, um in den dahinter steil ansteigenden Bergwald zu gelangen. Nach über einer Stunde Gehzeit erreichte er den Bergkamm mit der Ruine des Wehrturmes. Er war stolz auf sich, es ganz allein bis hierher geschafft zu haben. Das viele Jahrhunderte alte, hohe Gemäuer mit seinen Fensteröffnungen ließ in seiner Fantasie die alten Raubritter, die angeblich einst hier gehaust hatten, wieder auferstehen. Vielleicht hatten diese damals ihre Schätze wirklich in der Höhle versteckt, die gleich daneben zu sehen war.

Nachdem er sich die Überreste des alten Wehrturmes ausgiebig angesehen hatte, ging Wolf zurück zum Eingang der Höhle. Er stieg über größere Felsstücke hinunter und schon bald war es so dunkel, dass er die Batterielampe aus der Tasche holen musste. Nur noch spärlich schien das Tageslicht, welches zwischen den Fichten des Waldes hindurchkam, in die Höhle hinein. Im hinteren Bereich wurde es dann enger. Wolf musste sich durch eine sehr schmale Felskluft zwängen, hinter der sich die Höhle wieder erweiterte. Hoch oben an der Decke sah er eine kleine Öffnung, durch welche ebenfalls wieder etwas Licht hereinfiel. Jetzt konnte er auf der rechten Seite tief in einen Spalt hinunterblicken, der ihm dann doch ein wenig Furcht einflößte. Würde er da hinunterrutschen, gäbe es keine Möglichkeit mehr, wieder hinaufzukommen. Und außerdem wusste ja niemand, wohin er gegangen war.

Er hatte seiner Mutter zwar gesagt, dass er heute auf den Berg zum Höhlenforschen gehen würde, diese hatte das aber nur mit einem müden Lächeln als kindliche Fantasie abgetan.

Er kehrte wieder um und gelangte durch die Kluft zurück in den ersten Teil der Höhle. Wolf hatte Durst und wollte gerade die Wasserflasche aus der Tasche nehmen, als es fürchterlich zu donnern begann. Die Felsen um ihn herum schienen zu erzittern. Draußen musste ein schweres Gewitter aufgezogen sein. Schon bald erhellten zuckende Blitze das Innere der Höhle und tauchten deren Wände für Sekundenbruchteile in ein schauriges Licht. Wolf wusste von seinem Großvater, dass es bei einem Gewitter im Bergwald sehr gefährlich sein konnte, und beschloss daher, in der Höhle abzuwarten, bis es vorüber war. Mittlerweile hatte es draußen auch heftig zu regnen begonnen und an ein Nachhausegehen war im Moment sowieso nicht zu denken.

Wolf zündete eine der Christbaumkerzen an und begann, den kleinen Kocher aufzuklappen. Ein passender Stein für eine ebene Unterlage war rasch gefunden.

Den Aluminiumbecher, der auch in der Schachtel war, füllte er mit Wasser und zündete den Brennwürfel an. Schon nach kurzer Zeit kochte es und Dampf stieg aus dem Becher auf. Wolf schüttete den mitgebrachten Kaffee hinein. Da er keinen Löffel zum Umrühren von zu Hause mitgenommen hatte, holte er sich dafür ein kleines Aststück, welches der Wind in den Höhleneingang geweht hatte.

Dann kamen noch zwei Zuckerwürfel in die Brühe.

Es war zwar kein besonderer Genuss, da ihm der gemahlene Kaffee zwischen den Zähnen kleben blieb, aber es war für ihn der erste Kaffee seines Lebens, den er selbst zubereitet hatte – und das noch dazu in einer Höhle, hoch oben am Berg. Er zündete noch eine Kerze an. In diesem warmen, flackernden Licht sah es jetzt sehr heimelig aus, während von draußen immer noch der grollende Donner des abziehenden Gewitters zu hören war. Wolf hatte überhaupt keine Angst, ja, er fühlte sich sogar geborgen, tief im Bauch von Mutter Erde. Als wenn er beschützt wäre, so kam es ihm vor.

Nachdem er ausgetrunken hatte, spülte er sich mit dem in der Flasche verbliebenen Wasser den Mund aus, um so die Reste des Kaffees aus den Zähnen zu bekommen.

Die Weihnachtskerzen waren nun beinahe abgebrannt und der Kocher war wieder ausgekühlt und konnte zusammengeklappt werden. Wolf packte alles wieder in seine Tasche und ging zum Eingang zurück. Tatsächlich hatte es mittlerweile zu regnen aufgehört und er konnte sich auf den Heimweg machen. Der Waldboden war vom Regen noch nass und im Steilstück musste er sehr vorsichtig sein, um nicht auszurutschen. Nach einer guten Stunde erreichte er wieder die elterliche Wohnung, wo ihn seine Mutter schon erwartete. Als er auf ihre Frage, wo er denn so lange gewesen sei, die Wahrheit sagte, nämlich dass er sich in einer Höhle am Berg bei der Ruine einen Kaffee gemacht hätte, lachte die Mutter nur und nahm ihn nicht ernst.

Dieses Erlebnis sollte aber den damals jungen Wolf für sein weiteres Leben prägen.

Er ließ den alten Spirituskocher wieder sinken und legte ihn zurück in die Schachtel, aus der er ihn genommen hatte.
Jetzt verstand er, was Becker damit gemeint hatte, dass er gewisse Dinge nur mit beiden Händen angreifen müsse, um deren Botschaft zu erfassen. Vielleicht stammte der Ausdruck „etwas begreifen" von daher. Ähnliches hatte er ja bereits auch bei den Rosenkreuzern gehört. Er würde es nun auch mit seinen anderen Artefakten versuchen. Vielleicht stieß er dabei auf interessante Informationen.

KAPITEL 24

▲

DIE RÖMISCHE SIEDLUNG

Als er danach zur Glasvitrine ging, um die Bronzefigur von Hitlers Berghof herauszunehmen, wanderte sein Blick nach rechts, wo er seine römischen Fundstücke aufbewahrte. Diese Sachen hatte er im Alter von fünfzehn Jahren im heutigen Kroatien entdeckt. Da waren Mosaiksteine in verschiedenen Farben und Tonscherben sowie blaue, durchbohrte Glasperlen, welche er zusammen mit seinem Freund am Gestade einer einsamen Halbinsel weitab von den Zeltplätzen aufgelesen hatte. Er dachte zurück an die Zeit der Campingurlaube, welche die beiden Freunde mit ihren Eltern dort verbracht hatten.

Schon damals widerfuhr ihm so ein seltsames Erlebnis, als er in den Ruinen einer Römersiedlung eine ausgegrabene Tonscherbe mit beiden Händen hielt. Er schloss dabei für kurze Zeit seine Augen und sah in Gedanken die aufgewühlte See vor sich und ein römisches Schiff, welches auf ein Riff zwischen den vorgelagerten Inseln von Medulin auflief. Das Schiff war voll beladen mit Amphoren und sank binnen kürzester Zeit.

Wolf glaubte, einen Tagtraum gehabt zu haben, und erzählte sogleich seinem Freund davon. Dieser meinte, sie könnten ja mit dem Faltboot von Wolfs Vater hinaus zu diesem Riff paddeln und mit ihren Taucherbrillen am Grund des dort recht seichten Meeres nachsehen, ob da noch Überreste aus der Römerzeit wären.

So geschah es dann auch am nächsten Tag. Die beiden fuhren zu den nur bei Ebbe herausragenden Felsen und verankerten dort das kleine Boot. Das Meer war an dieser Stelle nur maximal drei Meter tief und hatte zwischen den Felsriffen einen sandigen Boden. Sie schnorchelten kaum eine halbe Stunde lang herum, da sah Wolf den Kopf einer Amphore ein kleines Stückchen aus dem Sand herausragen. Das Ausgraben gestaltete sich etwas langwierig, da immer wieder Luft geholt werden musste, um dann jedes Mal nur einige Handvoll Sand wegzuschaufeln. Auch sein Freund hatte schon bald einen Amphorenkopf aus dem hellen Sand herausgebuddelt. Die beiden holten sich im Eifer ihrer Suche einen anständigen Sonnenbrand, denn sie blieben an diesem Tag bis zum Abend draußen am Riff, wobei sich die Ausbeute sehen lassen konnte. An die zehn Stück Amphorenköpfe mit zwei Griffen und auch einige Oberteile von zerbrochen Tonkrügen samt Henkel hatten sie vom Meeresgrund heraufgeholt.

In den Jahren danach gesellten sich dann noch fast vollständig erhaltene, schön bemalte Schüsseln und verzierte, tönerne Köpfe von Öllichtern dazu, welche sie ebenfalls im Meer direkt vor den Ruinen der versunkenen römischen Siedlung fanden. Dies alles füllte schon damals, in Wolfs Jugend, ein ganzes Regal in der elterlichen Wohnung. Die römischen Funde in Kroatien bildeten sozusagen den Grundstein zu Wolfs Leidenschaft für antike Sachen.

Er musste sich von seinen Gedanken an diese Zeit losreißen. Er wollte doch die Bronzefigur herausnehmen. Diese stand seit Jahren still und einsam auf ihrem roten Steinsockel neben den römischen Fundstücken.

Was würde geschehen, wenn er diese Statue mit beiden Händen halten würde? Sollte er da auch die Augen schließen und abwarten?

Er trug das Erbstück vom Großvater hinunter ins Esszimmer. Wolf wollte abwarten und erst am Abend den Versuch starten.

Als die Sonne untergegangen war, setzte er sich an den großen Tisch und nahm die Statue in beide Hände. Wolf schloss seine Augen und wartete ab. Zuerst zogen nur Bilder der letzten Stunden vor seinem geistigen Auge vorüber, bis sich ganz plötzlich eine dunkle Wand von der Seite her ins Bild schob. Dann folgte ein heller Blitz, der jedoch nicht verblasste. Danach wurde das Bild deutlicher und er sah wie aus großer Höhe den Kehlstein mit Hitlers Adlerhorst und auch den gesamten Obersalzberg. Dieser Blitz schien ganz oben, dort, wo Wolf einst das riesige steinerne Ypsilon gesehen hatte, seinen Ausgangspunkt zu haben und reichte über das Tal hinüber bis zu den Felswänden des Untersberges im Bereich der Mittagsscharte. Es leuchteten rote Punkte auf der Linie des Blitzes auf. Offenbar handelte es sich dabei um die Orte auf der Y-Linie, ausgehend vom Fuße des steinernen Ypsilons, durch das unterirdische Gewölbe N2, weiter durch den Berghof und über die Kirche von Ettenberg bis hinauf zur Mittagsscharte am Untersberg. Dann aber geschah etwas Seltsames. Vom roten Punkt, der den Berghof markieren musste, gingen zwei blau leuchtende Strahlen jeweils nach links und nach rechts, deren Endpunkte sich irgendwo in den Wäldern des Obersalzberges befinden mussten. Diese Endpunkte leuchteten gelb auf. Einer der gelben Punkte könnte eventuell den unterirdischen Kuppelraum „N3" markieren, dachte Wolf, denn der würde sich ungefähr in dieser Gegend befinden. Was der gegenüberliegende gelbe Punkt zu bedeuten hatte, wusste er nicht. Wolf versuchte, so gut es ging, sich die Stelle dieses Punktes einzuprägen. Sollte das eben Geschaute nicht nur eine Einbildung sein, dann könnte er dort vielleicht etwas entdecken. Rasch schaltete er seinen PC ein und markierte auf Google Earth die Stelle, an welcher dieser ominöse zweite gelbe Punkt erschienen war. Bei der gegenüberliegenden Markierung musste es sich zweifelsfrei um N3 handeln, das konnte er auf dem Satellitenbild unschwer erkennen. Wolf druckte sich dieses Bild aus. Dann rief er Apollo in Dortmund an. Apollo, der ja fast sein halbes Leben damit verbracht hatte, am Obersalzberg etwas zu suchen, konnte ihm jetzt vielleicht weiterhelfen.

„Weißt du", sagte Apollo zu ihm, „so, wie du mir die Lage dieses Ortes beschreibst, könnte es sich um die Stelle handeln, an welcher der grüne Kasten versteckt ist, nach dem ich schon so viele Jahre suche."

„Was für ein grüner Kasten?", fragte Wolf. „Etwa so ein Blechkasten, wie ich ihn schon vor Jahren hoch oben in den Felsen am Kehlstein entdeckt habe? Im Inneren war da so eine seltsame Apparatur, wie ein Seismograf, und einige blaue, dreikantige Kristallprismen." Kaum hatte Wolf diese Worte ausgesprochen, da fiel es ihm wie Schuppen von den Augen. Dreikantige, blaue Kristallprismen! Solche hatte er doch einst mit Linda aus den Laboratorien unter der Villa Winter auf der Insel Fuerteventura geholt und später dem General übergeben.

General Kammler hatte ihm doch erzählt, dass in den weißen Kuppelbauten auf San Borondon ebenfalls dreikantige Kristallprismen in blauer Farbe von den U-Boot-Besatzungen gefunden wurden.

Und Wolf selbst hatte doch im Vorjahr in Luxor auch solche Kristalle vom Grabräuber Rassul erhalten.

Diese mussten etwas mit der Veränderung der Zeit zu tun haben. Oder dienten sie sogar zur Errichtung eines Zeitportales?

Wenn Apollo Recht hatte und dort unweit des ehemaligen Berghofs tatsächlich so ein grüner Kasten versteckt sein sollte, dann musste Hitler sehr wohl über die Möglichkeit der Manipulation der Zeit Bescheid gewusst haben.

„Falls du an dieser Stelle so einen Kasten findest, mach ihn unter keinen Umständen auf, verstehst du?", sagte Apollo hastig am Telefon.

„Warum eigentlich?", fragte Wolf.

„Das erkläre ich dir persönlich, wenn ich zum Berg hinunterkomme, aber versprich mir, dass du ihn nicht öffnen wirst, wenn er tatsächlich dort sein sollte." Apollo fuhr fort: „Weißt du, dort oben am Berg liegt noch etwas, das mir gehört." Wolf verstand nicht recht. Was sollte da schon dem Apollo gehören? Der war ja erst viele Jahre nach Kriegsende geboren worden. Was meinte er damit? Deshalb fragte er noch einmal nach: „Wie soll denn das sein?", worauf Apollo antwortete: „Die haben mich damals vergessen und nicht mitgenommen."

Wolf verstand diese kryptische Andeutung von Apollo nicht. Er unterließ es aber, ihn nochmals zu fragen.

Was konnte da für ihn schon so wichtig sein, dass Apollo selbst dabei sein wollte, wenn er das Ding wirklich finden sollte.

Jedenfalls würde er sich bei nächster Gelegenheit mit dieser markierten Stelle am Obersalzberg beschäftigen. Herbert, der sich recht gut dort am Obersalzberg auskannte, wäre sicher bereit, ihn zu begleiten.

KAPITEL 25

▲

DER GRÜNE KASTEN

Herbert und Wolf machten sich am ersten dienstfreien Tag des Polizisten auf den Weg zum Obersalzberg. Sie waren bestens ausgerüstet. Ja, Herbert hatte sogar sein Notebook mit dabei, damit sie auf dem großen Bildschirm in Echtzeit ihre Position metergenau kontrollieren konnten. Von Wolf hatte er zuvor die ungefähren Koordinaten des zweiten gelben Punktes per E-Mail zugesandt bekommen, welche er dann ins Google Earth Programm transferierte.

Dieser Punkt schien jedoch in einem Waldstück unterhalb des Interconti-Hotels zu liegen. Früher stand auf dessen Platz das Landhaus des Reichsmarschalls Göring.

Sie ließen Wolfs Wagen in der Nähe des alten Kohlebunkers, der unmittelbar neben der Straße aufragte, stehen und gingen von dort aus quer durch das Gehölz nach unten. Manchmal konnten sie wegen des dichten Laubes im Wald ihre genaue Position auf dem GPS nicht sehen, zumindest wussten sie aber, dass sie sich bereits dem Ziel bis auf einige hundert Meter genähert haben mussten. In dieser Gegend hatte noch nie jemand von Wolfs Bekannten nachgesehen und es schien, als wäre hier auch nichts Besonderes zu finden. Er wollte schon die Suche aufgeben, als Herbert ein ganz kleiner Hügel im Wald auffiel, der irgendwie nicht hierherpasste.

„Schau dir das einmal an", meinte er zu Wolf, „das sieht doch aus, als wäre es künstlich aufgeschüttet worden und das aber vor recht langer Zeit, denn hier ist alles verwachsen und selbst die Steine haben eine Moosschicht, wie sie nur nach Jahrzehnten entstehen kann."

In diesem Moment war auch wieder ein Empfang des GPS-Signals möglich geworden und die beiden sahen, dass sie sich in unmittelbarer Nähe des gelben Punktes befinden mussten.

„Was denkst du, sollen wir jetzt machen?", fragte Wolf den ebenfalls ratlosen Polizisten.

„Ich würde da auf einen mehrstündigen Arbeitseinsatz mit Pickel und Schaufel tippen", grinste dieser Wolf an.

„Irgendwie logisch, aber dann sollten wir auf die tatkräftige Hilfe unseres Architekten, den Peter, nicht verzichten und auch Werner, dein Kollege, könnte uns dabei behilflich sein. Was meinst du, zu viert sind wir da wesentlich schneller?"

„Du hast Recht", antwortete Herbert, „wir fragen die beiden und bei nächster Gelegenheit kommen wir wieder hier herauf. Aber jetzt sollten wir die Stelle nochmals mit dem GPS markieren. Vielleicht können wir dann mit den Schaufeln von der unteren Straße besser hierhergehen."

Dann machten sich die beiden auf den Rückweg.

Wieder zu Hause, sah sich Wolf am PC nochmals die Stelle genauer an. Freilich hatte es dort 1940 ganz anders ausgesehen. Wer weiß, ob es an dieser Stelle überhaupt Bäume gegeben hatte. Er musste an die Ruinen des Berghofes denken. Auch die waren heute in einem dichten Wald versteckt. Früher lag das alles auf einer Bergwiese mit freiem Blick auf den Untersberg.

Das würde aber seiner Suche keinen Abbruch tun. Wenn dort irgendetwas versteckt sein sollte, dann würden sie es auch finden. Da fiel ihm ein, dass der grüne Kasten, welchen er vor Jahren hoch oben in den Felsen des Kehlsteines gefunden hatte, doch aus massivem Stahlblech gefertigt war. Und das würde selbst unter einer dicken Erdschicht mit einem seiner Metallsuchgeräte leicht aufzuspüren sein. Er beschloss daher, bevor er noch zu Peter und Werner etwas sagen würde, allein mit dem Metalldetektor hinaufzugehen und den kleinen Hügel zu untersuchen. Der Wetterbericht für den nächsten

Tag war gut und er wollte schon am frühen Vormittag oben sein.

Da Herbert und auch Claudia ohnehin arbeiten mussten und auch Linda wegen der Umbauarbeiten an ihrem Haus nicht erreichbar war, sagte er niemandem Bescheid und fuhr allein auf den nahe gelegenen Obersalzberg. Der Zufall wollte es, dass er bei einer Baustellen-Ampel warten musste. Es wurden Bäume gefällt und daher war die Straße für fünfzehn Minuten in beiden Richtungen gesperrt. Wolf stellte den Motor seines Wagens ab und wartete, während er bei geöffneten Fenstern die frische Bergluft genoss. Es dauerte nicht lange, da kam ein Forstarbeiter die Straße herunter und Wolf erkannte Manfred, der ihm schon mehrmals am Obersalzberg etwas gezeigt hatte, z. B. den Bibliotheksstollen, in welchem er später die Edelstahlbehälter mit den eigenartigen technischen Zeichnungen und auch das Uranoxid gefunden hatte. Auch den Zugang zu N3, dem kuppelförmigen, unterirdischen Raum unterhalb der Kehlsteinstraße, hatte ihm Manfred vor zwei Jahren gezeigt. Dort hatte Wolf dann den schwarzen Turmalin-Kristall und die schwarze Kristallkugel herausgeholt. Die letzte Information, welche er von Manfred erhalten hatte, führte ihn dann mit Linda zu dem unterirdischen Laboratorium direkt neben dem Larosbach, wo sie das Xerum 525 entdeckten.

„Was machst du denn so früh hier am Berg?", fragte Manfred zum Wagenfenster herein.

Wolf wusste zuerst nicht so recht, ob er dem Forstarbeiter die Sache mit dem grünen Kasten erzählen sollte. Wenn dieser nämlich fragen würde, woher er die Information über die Lage des Versteckes hätte, dann könnte er ihm doch nicht sagen, dass er eine Bronzefigur mit beiden Händen gehalten und dann mit geschlossenen Augen sozusagen einen Lageplan gesehen hätte. Der bodenständige Manfred hätte an Wolfs Verstand gezweifelt. Deshalb sagte er ihm nur, dass er einen kleinen Hügel im Wald entdeckt hätte und dort nachsehen wolle.

„Ich habe jetzt frei, da könnte ich dir helfen, Werkzeug zum Graben habe ich auf meinem Unimog. Komm, lass deinen Wagen hier in der Ausweiche stehen und fahr mit mir. Dann können wir durch den Wald ganz nahe zu der Stelle hinfahren."

Wolf stellte seinen Wagen ab und zog sich Gummistiefel an. Dann nahm er sein Metallsuchgerät und stieg zu Manfred in den Unimog. Im Kriechgang bewegte sich das Forstfahrzeug einen alten, verwachsenen Weg durch den Wald entlang.

Es war wirklich wesentlich kürzer, so, wie der Forstarbeiter gesagt hatte. Schon nach wenigen Minuten erreichten sie eine Stelle, von welcher aus sie den Hügel bereits sehen konnten. Manfred nahm zwei Schaufeln mit und Wolf trug seinen Metalldetektor. Kaum war das Gerät eingeschaltet, hörte man schon über den eingebauten Lautsprecher den sonoren Piepston, welcher ein Metall unter dem Waldboden anzeigte. „Wir haben Glück", meinte Manfred, „da dürfte es sich tatsächlich um ein verstecktes Objekt handeln. Denn Wasserschächte, deren Deckel ja ebenfalls aus Metall bestehen, gibt es meines Wissen hier auf dieser Seite des Berges keine."

„Komm, gib mir eine Schaufel", sagte Wolf, „jetzt will ich es genau wissen!"

„Wonach suchst du eigentlich?", fragte Manfred.

„Ich weiß es selbst nicht, aber ich habe da so ein Gefühl, dass hier unter diesem kleinen Hügel etwas sein könnte."

Mittlerweile hatte er schon die ersten paar Schaufeln Walderde zur Seite geschaufelt und auch der Forstarbeiter begann mitzuhelfen.

In nicht einmal dreißig Zentimetern Tiefe stießen sie auf etwas Hartes, das zudem einen dumpfen Klang beim Auftreffen der Schaufelspitzen erzeugte. Innerhalb weniger Minuten war ein Metalldeckel in der Größe von ein mal ein Meter freigelegt. Sogar die Farbe war daran noch zu erkennen. Es war ein dunkles Graugrün. Wolf bückte sich und wollte diesen an einem Griff hochziehen, als ihn Manfred zurückhielt. „Pass auf", sagte er, „es könnte sich um eine Sprengfalle handeln. So etwas haben wir hier am Obersalzberg schon einige Male erlebt. Zwar waren die eingebauten Handgranaten nicht mehr funktionsfähig und es ist auch noch nie etwas passiert, aber man kann ja trotzdem nie wissen.

Erschrocken ließ Wolf den Griff wieder los.

„Aber irgendwie sollten wir diesen Deckel doch öffnen können", meinte er.

„Ich habe eine Idee", antwortete Manfred, „an meinem Unimog ist doch eine Seilwinde angebracht. Wenn ich das Fahrzeug so hinstelle, dass es in Richtung dieses Deckels schaut, dann legen wir das Stahlseil über diesen Ast und hängen es am Deckel ein. Wenn ich dann die Winde betätige, dann öffnen wir ihn sozusagen aus der Ferne, und selbst wenn da eine Sprengladung explodieren sollte, kann uns in dieser Entfernung kaum mehr etwas passieren." Als die Seilwinde des Unimogs den Deckel anhob, geschah gar nichts. Sie warteten noch ein paar Minuten und gingen dann wieder zu der besagten Stelle.

„Da ist ja noch ein zweiter Deckel darunter", meinte der Forstarbeiter. Wolf dachte nun schon, dass es sich sehr ähnlich wie am Kehlstein verhalten würde.

Auch diesen Deckel öffneten sie wieder mit der Seilwinde und abermals passierte nichts.

Dafür war das Erstaunen in Manfreds Gesicht nicht zu übersehen. „Ja, was ist denn das?", fragte der Forstarbeiter mit einem Kopfschütteln in seinem urigen bayrischen Dialekt.

Wolf aber erinnerte sich an dieses seltsame Gerät am Kehlstein, welches genau so ausgesehen hatte. Auf einer Scheibe waren neun dreikantige, fingergroße, blaue Kristallprismen angebracht und daneben befand sich eine Art Aufzeichnungsgerät mit einer Papierwalze, so ähnlich wie bei einem Seismografen. Auch hier konnte man auf der Papierrolle einen Aufdruck der Jahreszahl 1957 sehen. Die Dinger müssten also noch zwölf Jahre nach Kriegsende funktioniert haben.

Aber welche Funktion hatten die blauen Kristalle wirklich?

Er würde Apollo anrufen und ihm davon berichten. Dieser bekäme dann wahrscheinlich einen Tobsuchtsanfall, weil Wolf den Kasten schon geöffnet hatte, aber was soll's, dachte er.

Er würde das seltsame Gerät als Erster Claudia zeigen.

Die junge Frau hatte schon einmal den Wunsch geäußert, sich diesen Kasten am Kehlstein anzusehen, aber es wäre nach Wolfs Einschätzung einfach zu gefährlich gewesen, mit ihr dort oben im felsigen Gelände herumzuklettern. Diesen grünen Kasten hier unten im Wald konnte er ihr aber ohne Gefahr zeigen und sie würde sich bestimmt darüber freuen.

KAPITEL 26

▲

WO SICH DIE PYRAMIDE ÜBER DAS KREUZ ERHEBT

Wolf war erstaunt über Beckers Anleitung zum „Begreifen" mancher Dinge. Er wollte mit ihm darüber sprechen und bat ihn telefonisch um ein neuerliches Treffen. Dies sollte in Oberndorf an der Salzach stattfinden. In jener Grenzstadt, in die er vor Jahren schon mit Linda eine Zeitreise gemacht hatte. Mit ihr war er damals auf dem Fluss mit einem Salzschiff zur Uraufführung des Liedes „Stille Nacht, heilige Nacht" am Weihnachtsabend 1818 gekommen. Hier, direkt an der Länderbrücke zwischen Deutschland und Österreich, gab es ein chinesisches Restaurant, welches einen kleinen Gastgarten unmittelbar am Fluss besaß. Es war wolkenloser Himmel und recht warm. Becker wartete am Ende der Brücke. Wolf parkte seinen Wagen vor dem Restaurant und sie nahmen im Gastgarten Platz. Die Kastanienbäume an der Uferpromenade boten ausreichend Schatten. Die beiden bestellten sich jeder eine Apfelschorle. Becker begann: „Sie haben doch bei den Rosenkreuzern sicher schon davon gehört, dass jeder Gegenstand die Schwingungen seiner Umgebung aufnimmt und auch speichert. Je fester und kristalliner diese Gegenstände sind, desto besser ist deren Speicherwirkung. Durch die Bronzefigur vom Berghof könnten Ihnen sicherlich einige Informationen übermittelt werden. Gehen Sie diesen nach und Sie werden Erstaunliches dabei herausfinden."

Der Fluss Salzach zog ruhig unter den beiden dahin und durch die Nähe des Wassers war eine angenehme Kühle zu spüren, als Becker plötzlich meinte: „Wir sind hier übrigens an einem sehr geschichtsträchtigen Ort mit einer starken Kraft." Wolf dachte natürlich sofort an die Uraufführung des Liedes „Stille Nacht" und sagte: „Ja, ich weiß." Doch der Illuminat, der ja immer schon im Voraus wusste, was Wolf dachte, erwiderte bloß: „Nein, hier ist noch etwas anderes. Kommen Sie, ich werde es Ihnen zeigen." Er führte Wolf auf die Straße hinaus, von wo man, von der Länderbrücke kommend, direkt auf die Pfarrkirche von Oberndorf sehen konnte. „Sie müssen in die Mitte der Straße gehen, immer weiter auf die etwa zweihundert Meter entfernte Kirche zu, deren Eingangsportal genau in Verlängerung der Straßenmitte lag."

Es war um diese Zeit kaum Verkehr und so konnten sie gefahrlos auf der Fahrbahn gehen. „Und jetzt blicken Sie nach oben."

Genau über ihnen, am Giebel der Kirche, war ein großes Kreuz zu sehen und dahinter ragte das graue Schieferdach des Kirchenschiffes wie eine Pyramide empor. Je näher sie zur Kirche kamen, desto höher erhob sich das Kreuz über das dahinter liegende, pyramidenförmige Dach, bis schließlich das Kreuz genau über der Spitze der Pyramide zu sehen war.

Das konnte man nur von einem Punkt aus sehen, und zwar genau am unbeschrankten Bahnübergang, welcher sich knappe einhundert Meter vor der Kirche befand.

„Dieser Punkt hier hat für Sie übrigens eine symbolträchtige Bedeutung", meinte Becker zu Wolf gewandt. „Hier entschied sich vor vielen Jahren Ihr Schicksal."

Wolf wurde auf einmal klar, was Becker damit meinte. Ja, er erinnerte sich. Vor über fünfundzwanzig Jahren wäre ihm dieser Bahnübergang beinahe zum Verhängnis geworden. Er hatte mit seinem Wagen aus Unachtsamkeit direkt einen fahrenden Zug der Lokalbahn gerammt, wobei von der Lokomotive die Scheinwerfer und der Kühler seines Wagens herausgerissen wurden. Ihm war gottlob nichts passiert.

Der Lokführer, welcher den ohnehin im Ortsgebiet langsam fahrenden Zug nach einer Notbremsung verließ und zu Wolf gelaufen kam, meinte damals nur: „Sie haben ein Riesenglück gehabt, vor zwei Jahren ist hier genau dasselbe geschehen, aber damals hat meine Lok den Wagen zwanzig Zentimeter weiter hinten, am Reifen, erwischt und ihn daher mitgeschleift. Zwischen der Lokomotive und dem Mast für die Oberleitung wurde das Fahrzeug dann regelrecht zerquetscht. Der Fahrer hatte keine Überlebenschance. Sie haben wirklich Glück gehabt, feiern Sie Geburtstag!"

Das Seltsame an dieser Sache war, dass ihm der alte Schaffner der Untersberg-Seilbahn, bei welchem Wolf damals Astrologie-Unterricht nahm, schon einen Monat vorher gesagt hatte, dass er zu diesem Zeitpunkt in Lebensgefahr kommen würde. Der alte Astrologe wollte Wolf damit zeigen, wie man Prognosen mithilfe eines Horoskops erstellen konnte, und hatte dabei einige Tage vorausgesagt, an denen ihm etwas zustoßen und er in große Gefahr kommen würde.

Wolf nahm sich diese Prognose so sehr zu Herzen, dass er an den besagten Tagen nicht einmal mehr die Kellerstiege in seinem Haus hinunterging und sogar das Autofahren unterließ. Der letzte dieser Tage, an dem das Ereignis geschehen sollte, war ein Montag und da musste Wolf mit seinem Wagen ja frühmorgens in seine Firma fahren. Immer noch an die Aussage des Astrologen denkend, war er diesmal übervorsichtig und hielt bei dem unbeschrankten Bahnübergang der Lokalbahn vorschriftsmäßig an. Er sah nach links, dann nach rechts und blickte dabei einige Sekunden lang einem Auto nach, in dem er einen Bekannten vermutete.

Er hatte das Autoradio eingeschaltet und hörte daher nicht das Pfeifen des Zuges, welcher sich rasch von der linken Seite näherte. Wolf gab gerade wieder Gas und wollte die Geleise überqueren, als er die Lokomotive vor sich sah. Er reagierte zwar noch blitzschnell, konnte aber den Zusammenstoß nicht mehr verhindern. Sein Wagen wurde zur Seite geschleudert und der Zug kam nach fünfzig Meter zum Stehen.

Wolf sah dem Illuminaten ins Gesicht. „Sie meinen …"

„Ja", antwortete dieser, „der Bruchteil einer Sekunde war damals entscheidend. Wären Sie um eine Spur früher losgefahren, dann gäbe es Sie heute nicht mehr."

Wolf nickte stumm.

„Übrigens geschah das genau an dieser Stelle, an der man sehen kann, wie sich die Pyramide über das Kreuz erhebt."

„Wieso die Pyramide über das Kreuz?", fragte Wolf und schaute dabei nach oben auf den Giebel der Kirche. Es ist doch umgekehrt, das Kreuz steht doch darüber, sehen Sie selbst."

„Ja, aber nur, wenn man, so wie wir jetzt, von der Brücke her kommt. Sie sind doch damals mit Ihrem Wagen von der anderen Seite her gekommen."

„Und was hat das zu bedeuten?", wollte Wolf wissen.

„Das pyramidenförmige Dach im Hintergrund und der Giebel mit dem Kreuz wurden nicht zufällig so erbaut, das Ganze stammt zudem noch aus der Kaiserzeit. Aber der Hintergrund des Ganzen wird sich Ihnen schon in naher Zukunft erschließen. Mehr kann ich Ihnen vorerst nicht dazu sagen."

Wolf überlegte noch, was der Illuminat ihm damit zeigen wollte, aber Becker fuhr fort:

„Die Pyramide! Dieses Symbol gab es schon seit Jahrhunderten in Europa. Überlegen Sie einmal."

Ja, die Pyramide als Symbol kam seit Jahrhunderten bei den Illuminaten und Freimaurern vor und gerade in Herrscherhäusern waren jene stark vertreten gewesen. Möglich, dass das irgendwie als Zeichen gebaut wurde.

Wozu das aber hätte dienen sollen, darüber konnte er nur spekulieren.

KAPITEL 27

▲

HITLERS FORELLENTEICH

Das Wetter wurde über Nacht wieder schlechter und es gab fast eine ganze Woche Regen. Daher war an eine Besichtigung des grünen Kastens mit Claudia nicht zu denken. Als es endlich wieder Sonnenschein gab und der Waldboden wieder einigermaßen trocken zu sein schien, machte er sich mit der jungen Frau auf den Weg zum Obersalzberg. Mit Kamera, Geigerzähler und Werkzeug ausgerüstet fuhren sie los. Auf seinem GPS war der Ort, zu dem sie gelangen wollten, ja bereits abgespeichert und so gingen die beiden von der unteren Straße querfeldein durch den Wald zur besagten Stelle hinauf. Was Wolf aber dann sah, war kaum zu glauben. Dort, wo vor zwei Wochen noch der kleine Hügel war, wo er mit Manfred, dem Forstarbeiter, den Deckel des grünen Kastens freigelegt hatte, konnte man nur noch eine mit frischer Erde zugeschüttete Grube sehen.

„Irgendjemand hat diesen Kasten ausgegraben und abtransportiert", sagte Wolf ärgerlich zu Claudia, welcher natürlich die Enttäuschung ins Gesicht geschrieben stand. „Und ich habe nicht einmal Fotos davon gemacht, weil ich geglaubt habe, dass wir ohnehin am nächsten Tag schon wieder hier sein würden", schimpfte Wolf.

„Wie kann es sein, dass so ein großes Ding wie dieser grüne Kasten so einfach aus diesem Wald hier abtransportiert werden konnte? Und vor allem, von wem?" Fragend schaute er Claudia an.

„Ich kann dir auch keine Antwort geben", meinte sie, „aber es ist schade, dass ich mir das nicht ansehen konnte.

Komm, fahren wir hinunter ins Tal, da könnten wir den Friedl in der Almbachklamm besuchen und in seinem Gasthaus zu Mittag essen."

Das taten die beiden dann auch. Um elf Uhr war es auch nicht zu früh für ein Mittagsmahl.

Als sie die Zirbenstube betraten, trafen sie dort auf zwei nette Bekannte aus der Münchner Gegend, die eine Nacht im Gasthof verbracht hatten: Thomas, von Beruf Bautechniker, und seine Frau Rosemarie, welche Kinderärztin war. Thomas hatte am Vortag mit Rosemarie eine Bergwanderung zu den Steilabbrüchen auf der deutschen Seite des Untersberges unternommen, wo sie einige interessante Stellen fotografieren konnten. Sie unterhielten sich über die geologische Formation des Berges, wobei der Bautechniker einige bemerkenswerte Thesen zu deren Entstehung hatte. Auch über das Sator-Quadrat wurde ausführlich gesprochen. Thomas hatte bereits mit Astro- und Quanten- Physikern über die von Wolf aufgespürten Zeitphänomene gesprochen. Sie waren der Ansicht, dass dies sicherlich im Bereich des Möglichen liegen würde. Zu guter Letzt setzte sich auch noch der Wirt Friedl an den Tisch und erzählte den beiden Gästen die Geschichte von der Suche nach einer verschwundenen Frau am Untersberg, bei welcher in den späten Fünfzigerjahren Friedls Vater beinahe abgestürzt wäre.

Nach über drei Stunden angeregten Gespräches verabschiedeten sich die beiden. Thomas und Rosemarie versprachen, im Sommer wiederzukommen. Dann würde auch ihre siebzehnjährige Tochter Julia mit dabei sein.

Am darauffolgenden Tag war ebenfalls wieder herrliches Bergwetter und Claudia wollte nochmals mit Wolf auf den Obersalzberg hinauffahren.

Weil sie mit Thomas und Rosemarie am Vortag unter anderem auch über den Teich mit den darin befindlichen Goldbarren gesprochen hatten, meinte Claudia:

„Mit Linda, der Lehrerin, warst du doch schon oben am Teich. Du hast mir ja die Fotos gezeigt. Ich möchte auch gerne dort hinauf. Nicht wegen des Goldes, nein, es ist, so wie es auf den Bildern aussieht, ein recht schönes Plätzchen. Machst du mir die Freude?"

Jetzt wäre eine gute Zeit dafür, dachte Wolf. Der Waldboden war trocken und rutschig war es auch nicht. Er meinte zu ihr: „Ja, dann gehen wir heute hinauf, es wird dir gefallen."

Das Wetter blieb, so wie es prognostiziert war, schön und am Vormittag fuhr Wolf mit Claudia auf den Obersalzberg hinauf. Sie ließen den Wagen an einer Ausweiche stehen und schon nach den ersten einhundert Metern sagte er zu ihr: „Schau dir das einmal an, hier sieht es aus, als wenn ein Sturzbach durch den Wald geschossen wäre." Es musste schon längere Zeit her sein, dass an dieser Stelle viel Wasser über den Waldboden geflossen sein musste, denn alles war trocken, aber man konnte die Spuren deutlich sehen.

Als sie schließlich bei Hitlers Forellenteich angekommen waren, sahen sie, was geschehen war. „Da hat jemand versucht, einen Teil des Wassers aus dem Teich abzulassen, und dafür hat er diesen Graben gemacht. Derjenige hat einiges an Energie dafür aufgewendet. Da wollte jemand nach dem vermeintlichen Gold suchen. Da siehst du einmal mehr, was die Gier aus den Menschen macht."

Claudia legte ihren Anorak auf einen Baumstumpf und setzte sich hin. Sie beobachtete die Forellen im Wasser, welche dort schon seit Hitlers Zeiten lebten.

„Es ist tatsächlich ein ruhiger, romantischer Ort. Hierher kommen auch kaum Leute."

Wolf war mittlerweile auf der linken Seite des Teiches entlanggegangen bis zu der Stelle, an welcher sich früher das Futterhäuschen für die Fische befunden hatte. Nur einige morsche, verrottete Bretter zeugten noch davon.

Plötzlich hob er etwas vom Boden auf und hielt es in die Luft. „Schau mal, was ich da gefunden habe!"

Es war eine Granate, welche Wolf in der Hand hielt. Sie war schon ziemlich verrostet.

„Wirf das Ding sofort wieder weg", rief Claudia, welcher man die Angst im Gesicht ansehen konnte, „so etwas kann auch heute noch gefährlich sein!"

Wolf holte mit seinem Arm aus und die Granate flog in hohem Bogen in den Teich, wo sie nach wenigen Sekunden im tiefen Schlamm am Grunde des Weihers verschwand.

„So wird es mit den Goldbarren auch gewesen sein. Zudem ist das Gold ja wesentlich schwerer als Eisen und daher würden diese Barren sehr tief in den Schlamm eingesunken sein. Aber wie du gerade gesehen hast, lockt es noch immer Leute an, die ganz besessen darauf sind, es zu finden."

Claudia nickte nur stumm und schaute gedankenverloren den flinken Forellen im kristallklaren Wasser zu.

„Was ist das für eine dicke Rohrleitung, die da nach unten durch den Wald führt?", fragte sie.

„Der Teich hier wurde lange bevor Hitler auf den Obersalzberg kam von Prof. Carl Linde als kleiner Stausee errichtet. Sein damaliges Haus lag nur wenige hundert Meter weiter unten. Das Wasser des Teiches gelangte über diese Rohre direkt in den Keller seines Hauses. Dort befand sich eine kleine Turbine zur Stromerzeugung."

„Gab es zu dieser Zeit noch keinen elektrischen Strom hier am Obersalzberg?", fragte Claudia nach.

„Doch, schon, aber nicht in der Menge, die der Professor für seine Versuche benötigte, außerdem gab es zu dieser Zeit noch häufig Stromausfälle hier am Berg."

„Für welche Versuche?", wollte sie noch wissen.

Prof. Carl Linde war sozusagen der Erfinder des Kühlschrankes", erklärte ihr Wolf nur kurz, da er sie mit technischen Details nicht belasten wollte.

„Und für seine Arbeiten brauchte er sehr viel Strom."

„Komm, gehen wir hinauf zu N2", sagte Wolf zu Claudia, „das ist nicht sehr weit von hier. Wir müssen bloß die alte Jagdstraße von Hitler entlanggehen. Dann kommen wir direkt zu dem geheimnisvollen, unterirdischen Gewölbe."

Sie mussten nur durch den Wald nach oben gehen, wobei er Claudia den überwachsenen Weg zeigte, auf dem vor über siebzig Jahren das Halbkettenfahrzeug mit den Goldbarren zum Teich gefahren war.

„Dass man solche Spuren nach so langer Zeit noch sehen kann?", staunte die junge Frau.

„Du darfst nicht vergessen, dass damals auch recht oft der Wagen des Försters heruntergefahren ist, um Fische für den Führer zu holen oder Futter für die Forellen zu bringen." Die asphaltierte, kleine, alte Straße war rasch erreicht. Sie mussten ungefähr zehn Minuten weitergehen, da deutete Wolf auf den rechten Waldrand. „Da müssen wir raufgehen, hier ist N2."

„Was? Hier liegen doch nur Äste und Gehölz, wo soll da ein Eingang sein?", fragte die junge Frau.

„Warte es ab", erwiderte Wolf und ging zielsicher über die am Boden liegenden Äste weiter, bis sie dann den Eingang sehen konnten.

Sie stiegen den halb verfallenen Abgang in das Gewölbe, welches nur knapp unter der Erde lag, hinunter.

Claudia erging es fast genauso wie vor Jahren Linda, als sie zum ersten Mal dieses an eine Gruft oder einen Ritualraum erinnernde Gemäuer betrat. Die aus roten Backsteinen gefertigten Säulen, welche am Boden schon gefährlich dünn gewesen waren, wurden offenbar von irgendjemandem im letzten Jahr mittels Beton ausgebessert.

Claudia hielt es nicht lange in dem Gewölbe aus und bat Wolf, wieder hinaufzugehen. Wieder draußen im Wald fragte er sie:

„Was hast du gespürt, als du zwischen den vier Säulen in der Mitte gestanden bist?"

„Es war so, als würde jemand versuchen, mich aus meinem Körper hinauszuziehen, ein ganz unangenehmes Gefühl einfach."

„Ja, so war es damals auch bei Linda, die hat noch Stunden danach ein flaues Gefühl im Bauch gehabt", antwortete Wolf, „ihr Frauen seid einfach sehr empfindsam, was solche Dinge anbelangt.

Hier an dieser Stelle, über dem Gewölbe, soll sich einst ein sehr schönes, großes, hölzernes Bienenhaus befunden haben. Ich meine, das war aber nur zur Tarnung."

Wieder draußen auf der Jagdstraße spazierten sie noch die schmale, asphaltierte Straße zum Klingeck hinauf.

Claudia wunderte sich über den guten Zustand dieses Weges. Nicht nur der Belag, sondern auch die Randsteine aus Granit waren noch in Ordnung. „Jetzt weißt du, was mit deutscher Wertarbeit gemeint ist", lachte Wolf.

Als die beiden das Klingeck-Rondell erreicht hatten, meinte er: „Von hier oben sind Anfang Mai 1945 noch die letzten Funksprüche des Dritten Reichs von einem Marinefunkwagen aus gesendet worden, vermutlich nach Fuerteventura oder gar nach Südamerika. Es soll hier angeblich eine Funkanomalie geben, die solche Überreichweiten ermöglicht."

Sie setzten sich auf die Bank, welche sich dort befindet, und genossen noch eine Weile die Stille und die schöne Aussicht.

KAPITEL 28

▲

DIE VORSEHUNG

Was Becker ihm vor Wochen im Gastgarten an der Salzach gesagt hatte, ließ Wolf keine Ruhe. Zu unverständlich waren für ihn die Worte des Illuminaten gewesen. Was sollte ein pyramidenförmiges Kirchendach und ein Kreuz über einer Fassade für spezielle Bedeutung haben? Vielleicht hatten ja die Freimaurer oder Illuminaten vor über einhundert Jahren solche kryptischen Symbole in ihren Bauten versteckt. Das konnte er sich durchaus vorstellen, aber dass so etwas auch für ihn selbst eine Bedeutung haben sollte, konnte er sich beim besten Willen nicht vorstellen. Das war doch alles nur Zufall, dachte Wolf, und er würde Becker beim nächsten Treffen darauf ansprechen.

Es passte einfach nicht in sein Denkschema, immer und überall mystische Symbole zu sehen, wenngleich es sie vielleicht wirklich geben sollte.

Das Treffen mit Becker kam rascher zustande, als er dachte – eine Kurznachricht auf seinem Mobiltelefon mit der Angabe eines Treffpunktes. Am kommenden Samstag um sechzehn Uhr, wieder am Ufer des Grenzflusses. Obwohl der Wetterbericht für dieses Datum alles andere als gut war, schien erstaunlicherweise den ganzen Tag die Sonne.

Es war so, als ob der Illuminat wieder einmal Wolfs Gedanken, ein Treffen zu arrangieren, erraten hätte. Er wollte mit ihm über die Macht der Vorsehung sprechen.

Die beiden setzten sich auf einen Holzstamm, nur wenige Meter neben dem Fluss.

Das leise Plätschern der Wellen und zuweilen das Kreischen der über dem Wasser kreisenden Möwen verlieh der Situation ein schon fast romantisches Flair. Becker war wie immer schwarz gekleidet und sah deshalb irgendwie mystisch aus. Er begann:

„Ihre Frage sollte nicht lauten, ob dies alles Zufälle seien, welche in den letzten Jahren mehr oder weniger ihr gesamtes Leben bestimmten. Nein, sie sollten sich eher darüber Gedanken machen, weshalb diese sogenannten ‚Zufälle' ausgerechnet Ihnen ‚zufallen'."

Wolf schaute den Illuminaten etwas irritiert an, als dieser schon weitersprach.

„Am besten erkläre ich Ihnen das Wirken dieser Kraft mit einem Zitat von Goethe. Er war ein Genie und hatte die Zusammenhänge allen Seins sehr rasch erfasst und zum Teil auch allegorisch in seinen Werken niedergeschrieben."

Becker zog ein kleines Blatt Papier aus der Tasche seiner Jacke und gab es Wolf. Darauf stand:

In dem Augenblick, in dem man sich endgültig einer Aufgabe verschreibt, bewegt sich die Vorsehung auch.
Alle möglichen Dinge, die sonst nie geschehen wären, geschehen, um einem zu helfen. Ein ganzer Strom von Ereignissen wird in Gang gesetzt durch die Entscheidung und er sorgt zu den eigenen Gunsten für zahlreiche unvorhergesehene Zufälle, Begegnungen und materielle Hilfen, die sich kein Mensch vorher je so erträumt haben könnte.
Was immer Du kannst, beginne es.
Kühnheit trägt Genius, Macht und Magie.

Johann Wolfgang von Goethe

Wolf hielt den Zettel fest in der Hand, so, als wäre er etwas sehr Wertvolles. Er studierte das Papier und las die Zeilen mehrere Male. Jetzt begann er zu verstehen.

Immer wenn er etwas begonnen hatte, dann war er voll Begeisterung mit Leib und Seele dabei gewesen. Ob es das

Studium der Astrologie war, das Goldschmieden oder seine Suche in Ägypten, seine Pilotenausbildung und schließlich die Beschäftigung mit dem Mysterium des Untersberges. Und immer kamen ihm dann die vermeintlichen Zufälle zu Hilfe. Informationen und auch materielle Mittel, er erhielt alles zur richtigen Zeit.
Und nun stand das, was alles erklärte, mit wenigen Sätzen auf diesem Blatt Papier.
Wolf fehlten die Worte. Becker schaute ihn an und sagte: „Verstehen Sie jetzt? Nichts ist dem Zufall überlassen und Ihr ausdauerndes Streben wurde und wird unterstützt von der universellen Kraft, welche alles erhält."
Da gibt es noch ein Zitat von Goethe, das dem nahekommt:

... Wer immer strebend sich bemüht
Den können wir erlösen
Und hat an ihm die Liebe gar
Von oben teilgenommen
Begegnet ihm die selige Schar
Mit herzlichem Willkommen

Becker sprach diese Worte von Goethe mit einem ehrfurchtsvollen Ton und blickte Wolf dabei ernst an.

Das klang sehr nach den Rosenkreuzer-Lehren, welche ihm schon vor vielen Jahren vermittelt wurden. Der damalige Logenmeister, der Apotheker Roland, hatte ihm schon vor langer Zeit etwas Ähnliches zu erklären versucht. Damals hatte er wohl dessen Worte vernommen, aber nicht das, was damit gemeint war. In der Rückschau wurde ihm nun auch verständlich, weshalb alles so kommen musste.
Er hatte früher auch schon mit Linda, der Lehrerin, über diese gehäuften sogenannten Zufälle gesprochen und Linda hatte ihm auch schon recht interessante Ansätze aufgezeigt, aber so direkt und so einfach war es ihm noch von niemandem dargestellt worden.

Da fiel ihm noch etwas ein, auch Hitler hatte ja oft von der „Vorsehung" gesprochen, welche ihn angeblich leitete und beschützte. Bestimmt war aber Hitler kein Verehrer von Goethe gewesen, von dem hatte er das also nicht.

Becker fuhr fort:

„Ja, diese Kräfte der Vorsehung, ausgelöst durch einen unbändigen Wunsch, eine Begeisterung, ein Charisma, dienen nicht nur dem guten Zweck. Nein, ebenso kann und wird dieses Prinzip auch von der Gegenseite ausgenutzt, aber das wissen Sie ohnehin."

Wolf nickte.

„Sie haben die Auswirkungen dieser Macht schon am eigenen Leib erfahren und sie eben als Zufälle abgetan, aber Sie können sich auch in Zukunft auf Hilfe bei Ihren Vorhaben verlassen."

Irgendwie hatte Wolf nun ein bisschen Angst vor dem, was er noch alles zu erwarten hätte. Becker hatte ja eigentlich immer Recht gehabt. Wahrscheinlich auch diesmal.

Und wenn diese dunklen Kräfte, die ja bereits massiv am Werk waren, sich ebenso der Macht der Vorsehung bedienen würden, dann ...

Wolf wollte diesen Gedanken erst gar nicht zu Ende führen, da fiel ihm auch ein Zitat von Goethe ein:

Ich bin ein Teil von jener Kraft
Die stets das Böse will
Und stets das Gute schafft ...

KAPITEL 29

▲

DER FRIEDRICHSTEIG AM UNTERSBERG

Da der Untersberg in den letzten Jahren stark an Popularität gewonnen hatte, gab es bald auch viele verschiedene Gruppierungen, welche sich um diesen geheimnisvollen Berg sammelten. Es waren nicht nur Bergsteiger, Höhlenforscher und Wanderer, für welche dieses Massiv interessant war. Nein, Alpenschamanen mit Trommeln und Räucherwerk brachten ihm Gebete dar und andere wieder tankten Kraft auf an seinen Flanken. Für viele war er einfach nur ein mystischer Ruhepol. Ja, es schien so, als würde der Berg die Leute geradezu magisch anziehen.

Einer von Wolfs Bekannten, er hieß Norbert, hatte eine besondere Ausdauer beim Forschen nach den Zeitphänomenen, von denen doch so oft berichtet wurde. Es war im Spätherbst, als Norbert mit einem Freund über den Reitsteig einige hundert Meter auf den Untersberg hinaufging. Das wenige Laub auf den Bäumen mit seinen Orange- und Brauntönen ließ den Untersberg in einem zauberhaften Flair erscheinen.

Der Reitsteig war ein recht einfach zu begehender Weg, über welchen man in circa drei Stunden den Gipfel auf der österreichischen Seite des Berges erreichen konnte.

Die beiden fanden auch rasch den Einstieg in den alten, kaum sichtbaren Friedrichsteig, welcher ohne große Höhenunterschiede in Richtung des Brunntales führte. Auf diesem ziemlich unbekannten Steig waren kaum Bergwanderer unterwegs und man musste schon genau hinsehen, um den mit dichtem Laub bedeckten Pfad nicht zu verlieren.

Irgendwo an diesem Steig waren damals am fünfzehnten August 1987 angeblich die drei Deutschen verschwunden, die sich dann nach über zwei Monaten von einem Frachtschiff am Roten Meer meldeten. Norbert und sein Freund wollten das Portal, diese Höhlung finden, in der die Deutschen damals Rast gemacht hatten.

Da es in der letzten Nacht aber recht kalt geworden war und hier am Berg die Temperaturen unter den Gefrierpunkt gesunken waren, blieb es an manchen Stellen des laubbedeckten Waldbodens eisig. Als Norbert mit einem großen Schritt einen Graben überqueren wollte, passierte es. Er rutschte aus und fiel ein kleines Stück den Abhang hinunter. Es waren zwar nicht mehr als eineinhalb Meter, er stürzte aber so unglücklich auf einen herausstehenden Felsen, dass er sich dabei eine Rippe brach, was er anfangs aber noch gar nicht wusste. Sein Freund war sofort zu Stelle und half ihm wieder auf die Beine. Das Atmen fiel Norbert schwer und er konnte sich in den ersten Minuten vor Schmerz kaum bewegen. Dann aber ging es wieder einigermaßen und sie kehrten um.

In der Folge geschah dann aber etwas recht Merkwürdiges. Nachdem sie etwa zehn Minuten gegangen waren, befanden sie sich fast einhundert Meter über dem Höhlenportal, nach welchen sie Ausschau hielten. Aufgrund von Norberts Verletzung wollten sie aber trotzdem auf dem kürzesten Weg wieder zurück zum Reitsteig und gingen in die Richtung, von der sie glaubten, dass es die richtige sei.

Als die beiden aber nach einer Dreiviertelstunde noch immer nicht den Reitsteig erreicht hatten und plötzlich in den Abgrund einer steilen Schlucht blickten, wurde ihnen bewusst, dass die sich verirrt haben mussten. Norbert konnte sich das überhaupt nicht vorstellen. Wenn man diesen Teil des Berges vom Tal aus betrachtete, schien es unmöglich, dass man sich hier verirren konnte. Aber dennoch war es so. Sie stiegen wieder hoch, um zum vertrauten Steig zurückzukehren, aber sie fanden ihn nicht. Erst als sie wieder nach unten gingen, kamen sie exakt zu der Stelle, an der sie in den Friedrichsteig eingestiegen waren. Nur eben von der anderen Seite her. Zudem wurde es nun auch schon dämmerig. Die beiden waren fast eineinhalb Stunden umhergeirrt, ohne zu wissen, wo sie sich eigentlich befanden. Für Norbert war diese Sache mehr als mysteriös.

Am nächsten Tag konnte er kaum vom Bett aufstehen, so sehr schmerzte ihm sein Brustkorb auf der rechten Seite. Er fuhr ins Krankenhaus, wo ein Röntgenbild gemacht wurde. Eine Rippe war gebrochen. Man gab ihm ein starkes Schmerzmittel und den Rat, dass er sich schonen und unnötige Bewegungen vermeiden solle.

Da die Schmerzen in den folgenden Tagen nachließen, seine Neugier ihm aber keine Ruhe ließ und es zudem jederzeit zu schneien beginnen konnte, stieg er einige Zeit nach seinem Unfall wieder auf den Untersberg. Diesmal wollte er dieses Höhlenportal, welches er ja schon von Weitem gesehen hatte, genauer erkunden und auch Bilder davon machen.

Ganz allein machte sich Norbert auf den Weg und binnen kürzester Zeit fand er diese Höhlung, von welcher er auch gleich mehrere Aufnahmen machte.

Ein Zeitverlust trat aber dieses Mal nicht auf und Norbert kam auch nach kurzer Wegstrecke und exakt zwölf Minuten wieder zum Reitsteig zurück.

Ein sehr interessantes Phänomen fiel ihm dabei auf. Circa fünfzig Meter über ihm war der Wald vollkommen in Nebel gehüllt und auch ein Stück weiter unten war alles von dichtem Nebel umgeben. Nur dort, wo er gerade ging, war alles klar.

Er konnte sich absolut nicht vorstellen, dass er sich damals hier mit seinem Freund so massiv verirrt hatte.

Norbert hatte dieses Erlebnis kurz danach Wolf erzählt und ihm auch die Fotos von dem Höhlenportal per E-Mail zukommen lassen. Wolf wusste bereits aus verschiedenen Polizeiberichten, dass sich gerade in dieser Gegend schon zahlreiche Leute verirrt hatten. Bei den meisten davon ging die Sache aber nicht so glimpflich aus wie bei Norbert und seinem Freund.

Es fiel ihm auch ein, dass der General vor einem Jahr zu ihm und Linda vom „Mantel des Vergessens" gesprochen hatte, durch welchen mitunter Wanderer davon abgehalten wurden, in die Nähe von Einrichtungen der SS-Leute zu gelangen. Das waren laut Kammler niederfrequente, elektromagnetische Impulse, welche direkt auf die Gehirne der Menschen einwirken würden. Dadurch, so sagte der General damals, würden diese Personen die Orientierung verlieren. Seit Linda das damals gehört hatte, wollte sie nicht mehr mit Wolf in den Wäldern des Untersberges fernab der Wege umherstreifen.

Er würde Norbert, der ja öfters mal bei ihm in der Firma vorbeikam, fragen, ob damals irgendwelche unerklärlichen Verwirrtheitszustände bei ihm oder seinem Freund aufgetreten waren.

KAPITEL 30

▲

DER UNTERIRDISCHE TEMPEL IM IRAK

Da es in den Sommermonaten einfach zu heiß für eine Reise in den Irak war, hatte sich Wolf entschlossen, den Flug im Spätherbst durchzuführen.

Zwar waren die Reisewarnungen alles andere als Vertrauen einflößend, aber sie würden ja schließlich im Norden des Landes bleiben und auch dort ohnehin nur die Ruinenstadt von Ninive besuchen. Die irakische Fluglinie Dokan Air hatte oft sehr günstige Angebote, die meisten aber im Sommer, wenn an einen Flug ins Kurdistan wegen der dort herrschenden Temperaturen von beinahe fünfzig Grad nicht zu denken war. Zumindest ließ sich Wolf Unterlagen und Landkarten über diese Gegend zuschicken.

Überraschenderweise waren die Hotels, vornehmlich Fünf-Sterne-Häuser, sehr preisgünstig. Auch die Taxifahrten schienen zu sehr moderaten Konditionen möglich zu sein. Während Wolf sich auf so eine Reise vorzubereiten begann, erhielt er überraschend eine Nachricht von einem Münchner Historiker, welcher auf unergründlichen Wegen von Wolfs Absicht, den Irak zu besuchen, erfahren hatte.

Auch von seiner Suche um den Untersberg hatte dieser Herr bereits gehört. Ronfeld war sein Name, Professor Dr. Ronfeld.

Deshalb wollte er sich mit Wolf treffen. Wieder einmal war es der alte Gasthof am Fuße des Untersberges, wo sich die beiden ganz allein in der Turmstube trafen.

Professor Ronfeld, ein Mann ungefähr im selben Alter wie Wolf, wurde von Monika, der Wirtin, zur Türe hereingeleitet.

Nach einer kurzen Begrüßung begann der Professor: „Ich habe von Ihrem Vorhaben erfahren und ich glaube, dass ich Ihnen dazu wertvolle Hinweise geben kann. Aber zuvor möchte ich mich kurz vorstellen. Ich arbeite seit vielen Jahren in der archäologischen Forschung und mein Spezialgebiet ist der Nahe Osten mit der arabischen Halbinsel. Wie Sie wahrscheinlich wissen, sind im Zweistromland, der Wiege unserer Kultur, die archäologischen Forschungen mittlerweile zum Stillstand gekommen. Anfang des vorigen Jahrhunderts wurden noch große Anstrengungen unternommen, uralte Artefakte ans Tageslicht zu bringen und Museen zu errichten, aber spätestens seit dem Irak-Krieg wird dort höchstens noch geplündert. Aufgrund der massiven Terroranschläge wagen es nun keine Grabungsteams mehr, in diesem Land ihren Forschungen nachzugehen.

Ich war einer der Letzten, die dort noch mit modernem Gerät unterwegs waren. Mit Bodenradar und Magnetfeldsensoren konnten wir einige gänzlich neue Erkenntnisse erlangen, welche wir aber aufgrund der fehlenden Möglichkeiten nicht durch Grabungen verifizieren konnten.

Ich möchte es kurz machen und Sie nicht mit langweiligen Beschreibungen von Ruinenanlagen ermüden.

Wir waren also in den Ruinen von Ninive, von Babylon und noch einigen kleineren Stätten.

Obwohl wir von staatlicher Stelle bewaffnete Beschützer dabeihatten, gab es zuletzt einen Angriff auf uns, der sogar einen der Bewacher das Leben kostete. Das passierte ganz in der Nähe von Mossul. Wir beschlossen daher, wieder in das von der kurdischen Regierung kontrollierte Gebiet zurückzufahren, und blieben dann noch zwei Wochen in der großen Stadt Erbil.

Dort, so sagte man uns, wären Anschläge so gut wie nicht zu befürchten.

Sehr viele Christen aus der Stadt Mossul hatten sich auch hierher geflüchtet. Wir wollten die uns noch verbleibende Zeit zum Besuch einiger uralter christlicher Klöster benutzen. Dort wurde angeblich ein aramäischer Dialekt gesprochen, wie er zu Zeiten Jesu gebräuchlich war.

Mit unserer kleinen Gruppe charterten wir einen Bus und ließen uns an den Rand der Hügelkette bringen, hinter welcher der wunderschöne Dukan See lag. Der Hoteldirektor hatte für uns einen älteren Padre namens Gabriel ausfindig gemacht, der uns zu einigen eher unbekannten alten Klöstern bringen sollte. Schon nach einer Stunde Fahrtzeit auf einer recht gut asphaltierten Straße bog der Bus nach links auf weniger guten Wegen in die bergige Landschaft ein. Spätestens da wurde mir bewusst, weshalb Karl May in seinen Romanen vom „Wilden Kurdistan" geschrieben hat. Die Gegend hier war von einer naturbelassenen Schönheit und strahlte eine urtümliche Wildheit aus, wie man sie in Europa nirgends finden konnte. Die Straßen, welche man kaum mehr als solche bezeichnen konnte, waren zum Teil halb in den Fels der rötlich schimmernden Berge gehauen. Daneben schäumte ein Wildbach, welchem bereits an manchen Stellen der Weg zum Opfer gefallen war. Nach einer weiteren Stunde abenteuerlicher Fahrt erreichten wir dann ein kleines Kloster.

Es war eigentlich nur ein kleiner, weiß getünchter Kuppelbau und einige niedrige Hütten, welche zum Kloster zu gehören schienen.

Unser Padre, welcher sogar Deutsch sprach, bedeutete uns, etwas zu warten, und stieg aus. Nach einer Weile kam er mit einem alten Mönch wieder. Dieser begrüßte uns herzlich in seiner Sprache. Wir sollten mitkommen, er würde uns das Kloster zeigen, übersetzte Gabriel. Man konnte sofort sehen, dass hierher so gut wie nie Touristen gekommen waren. Wovon diese Mönche hier lebten, war mir ein Rätsel, doch Padre Gabriel erklärte, dass die Leute hier aus der Umgebung die Mönche regelmäßig mit Lebensmitteln versorgen würden. Trinkwasser hatten sie aus einer unterirdischen Zisterne, in welcher sich das Regenwasser sammelte und sich auch über Monate hinweg frisch hielt. Ich ging auf den Platz über dem Wasserspeicher, um mir diese ausgeklügelte Konstruktion, welche verhinderte, dass Schmutz ins Trinkwasser geriet, näher anzusehen. Ich blickte dabei in die schmalen Schlitze, durch welche das Wasser bei Regen in der Tiefe verschwand. Da bemerkte ich, dass ein Spalt viel größer war als die anderen. Ich kniete mich auf den Boden und sah hinunter. Weil in diesem Augenblick zufälligerweise die Sonne genau in Verlängerung dieser Spalte stand, konnte ich tief unten im Felsen etwas sehen. Es schien der Eingang zu einem unterirdischen Tempel zu sein.

Dem alten Mönch dürfte mein neugieriger Blick nicht entgangen sein und er wechselte einige Worte mit Padre Gabriel, worauf dieser zu mir kam und meinte: ‚Der Mönch, er ist der Vorsteher dieses kleinen Klosters hier, hat Ihnen zugesehen, wie sie in diesen Spalt hinuntergeschaut haben. Das ist aber nur ganz selten möglich. Denn erstens muss dazu die Sonne scheinen und auch das Datum und die Uhrzeit müssen exakt stimmen. Nur für einige Momente im Jahr kann der Eingang zum Tempel von hier oben aus gesehen werden.

Dieser unterirdische Felsentempel wird in diesen Minuten von der Sonne erleuchtet. Die drei Mönche hier sind sozusagen die Wächter dieses Einganges, der wohl schon Jahrtausende alt sein mag. Ich habe das bisher immer als eine fromme Legende abgetan, aber der Alte meinte, dass Sie der Auserwählte wären, dem er den Zugang zum Tempel zeigen dürfe. Denn noch nie in den letzten Jahrhunderten hat jemand diesen Eingang erblickt. Sie waren eben zur richtigen Zeit am richtigen Ort. Er wird uns den Tempeleingang zeigen.'

Tatsächlich führte uns der Mönch wortlos ins Innere des recht einfachen Kirchenraumes. Man konnte sehen, dass diese Eremiten hier am Berg in großer Armut lebten. Aber sie waren Hüter eines Geheimnisses. Eines Geheimnisses, welches sie möglicherweise über Jahrtausende hinweg bewahrten.

Der Mönch öffnete einen Bretterverschlag und eine Öffnung in der Felswand kam zum Vorschein. Er nahm eine Öllampe und ging vor. Glücklicherweise hatte ich eine kleine, aber starke LED-Lampe dabei, welche uns ebenfalls ausreichend Licht in dem finsteren Gang gab. Nachdem wir den Grund dieser Wendelstiege erreicht hatten, tat sich vor uns eine große, behauene Höhle auf, auf deren linker Seite sich zwei mächtige in den Fels gehauene Säulen befanden. Dazwischen ging es in einen hallenartigen Raum, der nur noch ganz spärlich von den Sonnenstrahlen aus dem Spalt bei der Zisterne beleuchtet wurde.

Ich versuchte, mit meiner Lampe in das Innere des Tempels, denn für so etwas hielt ich ihn, zu leuchten, doch diese reichte bei Weitem nicht aus. Zudem hielt mich der Alte zurück und Gabriel übersetzte, dass hier niemand hineingehen dürfe, denn es seien in den letzten Jahrhunderten schon einige Mönche darin verschwunden, welche es trotzdem gewagt hatten.

Vor dem Säuleneingang waren hölzerne Tische aufgestellt, auf denen einige seltsame Artefakte lagen. Eine alte, englische Taschenuhr, vermutlich aus der Zeit des Ersten Weltkrieges, in erstaunlich guter Kondition. Eine deutsche Feldflasche, ähnlich denen des deutschen Afrikakorps. Eine strategische Landkarte des Nordiraks, vermutlich türkischer Herkunft, und ein amerikanisches Überlebensmesser von der Navy, vermutlich aus Irak-Krieg.

Gabriel meinte, dass die Mönche diese Dinge hier in der näheren Umgebung des Klosters gefunden hätten, was darauf hinweisen könnte, dass hier zu allen Zeiten Leute auf der Suche waren.

Aber auf der Suche wonach?

Mein Plan war rasch gefasst. Im Hotel in Erbil lagen in unserer Ausrüstung einige starke Lampen. Wenn wir diese hier dabeihaben würden, könnten wir uns in dem unterirdischen Tempel genauer umsehen. Der alte Mönch würde sicher nichts dagegen haben. Ich erklärte Pater Gabriel mein Vorhaben und er war einverstanden, uns in zwei Tagen nochmals hierherzubegleiten. Wir würden dann nur zu viert fahren und dazu ein Taxi benutzen. Erich, mein bester Mitarbeiter, und ebenfalls lang gedienter Archäologe würde mich begleiten.

Ich benutzte den dazwischen liegenden Tag zum Aufladen der starken Akkulampen. Diesmal sollte nichts dem Zufall überlassen bleiben.

Früh am Morgen fuhren wir los, ein leichter Dunst lag noch über den Hügeln außerhalb von Erbil. Wir erreichten das Kloster diesmal rascher als mit dem doch etwas langsameren Bus.

Wie ich gehofft hatte, war der alte Klostervorsteher bereit, uns nochmals über die geheime Wendeltreppe zum Eingang des unterirdischen Tempels zu führen. Unten angekommen, war es diesmal absolut finster. Man konnte zwar den kleinen Spalt hoch oben an der Decke ausnehmen, aber da diesmal kein Sonnenstrahl herunterleuchtete, dienten uns unsere Taschenlampen und das Öllicht des Wächters als Orientierung.

Als ich dann zwischen den beiden mächtigen Säulen stand, wo Erich und ich unsere großen Lampen einschalteten, wurde ich mir erst über die gewaltigen Ausmaße dieses Tempels bewusst. In diesem Raum hätten ohne Weiteres mehrere Einfamilienhäuser Platz gehabt. Wir betraten nun das Innere des Tempels. Padre Gabriel, welcher mit dem alten Mönch am Portal stehen geblieben war, rief uns noch die übersetzte Warnung das Alten nach, welche uns davor bewahren sollte, zu tief in dieses Bauwerk hineinzugehen. Die Seitenwände und auch die Decke waren völlig anders gestaltet, als wir es von Tempeln der Antike gewöhnt waren.

Auch die seltsamen Schriftzeichen, welche zwischen geometrischen Mustern auftauchten, waren keiner bekannten Kulturepoche zuzuordnen.

Überall lag beinahe zentimeterdicker Staub auf den ebenen Flächen im Tempel. Wer das hier wohl errichtet haben mag, dachte ich, und vor allem zu welchem Zweck? Götterstatuen, so wie sie in den meisten Heiligtümern zu finden waren, fehlten hier. Eine weitere Frage tat sich auf. Weshalb sagte der Klostervorsteher, dass die hier wohnenden Mönche die ‚Wächter' dieses Tempels sein sollten. Was sollte hier verborgen bleiben und um welches Geheimnis könnte es sich dabei handeln?

Als wir weiter ins Innere vorgedrungen waren, gelangten wir an ein Portal, welches mitten im Raume stand. Etwa drei Meter breit und auch ebenso hoch. Erich wollte schon hindurchgehen, als ich ihn zurückhielt.

Ich wollte als Erster da hindurchgehen und er sollte auf jeden Fall davor warten. Ich tat nur einen großen Schritt und stand plötzlich in einem anderen Raum, in welchem meine Lampe aber nicht mehr funktionierte.

Zuerst glaubte ich, dass ich versehentlich den Schalter betätigt hätte, aber dem war nicht so. Es gab in dem Raum, in dem ich mich nun befand, aber eine diffuse Lichtquelle, dann sah ich Leute auf mich zukommen und erschrak. Sie sahen etwas anders aus als wir und trugen auch eine andere Art von Kleidung. Sie hielten lanzenartige Stangen in ihren Händen, welche oben aber keine Spitze hatten, sondern ein nach unten zeigendes Dreieck.

Irgendwie bekam ich es mit der Angst zu tun, ich drehte mich um und machte einige große Schritte in die Richtung, aus der ich gekommen war.

Innerhalb einer Sekunde stand ich wieder neben Erich, der mich verwundert ansah. Auch meine große Stablampe tat nun wieder ihren Dienst.

‚Das sollten Sie nicht tun!', hörte ich Pater Gabriel rufen. Er musste meinen Gang durch das Portal wohl von weit hinten mitverfolgt haben.

‚Der Wächter hat gesagt, dass von dort, hinter dem Tor, noch nie jemand wieder zurückgekehrt sein soll.'

Auf meine Frage, was sich denn da befände, konnte er mir auch keine Auskunft geben.

Für mich war es aber auf alle Fälle die Krönung meiner Forschungen im Irak. Auch wenn ich keine Gelegenheit mehr dazu gehabt habe, dieses Geheimnis zu ergründen.

Mein Rat an Sie ist daher, dass Sie sich nicht verleiten lassen sollten, nach Ninive zu fahren. Glauben Sie mir, es ist dort wirklich sehr gefährlich. Und wenn Sie dennoch in den Irak wollen, so bleiben Sie in Erbil. Ich gebe Ihnen hier die Unterlagen über das Hotel, in dem wir waren.

Lassen Sie sich vom Hoteldirektor mit Pater Gabriel zusammenführen. Dieser wird Sie dann bestimmt zu dem alten Kloster bringen. Und beherzigen Sie den Rat des alten Wächters." Bei diesen Worten huschte ein Lächeln über das Antlitz von Professor Ronfeld.

Wolf ahnte bereits, dass es sich bei der Entdeckung des Professors eigentlich nur um das im Irak verborgene Dimensionstor handeln könne.

Er würde dem Archäologen berichten, wenn er etwas herausfinden würde.

KAPITEL 31

▲

DIE UNTERSBERGKIRCHEN

Der alte Pfarrer der kleinen Gemeinde am Fuße des Untersberges, welcher Wolf schon des Öfteren bei astrologischen Fragen gute Ratschläge erteilt hatte, erzählte zuweilen von zwölf „Untersbergkirchen", zu welchen man durch gewisse Eingänge am Berg gelangen konnte. Es sollte sich dabei um die Kirchen von St. Bartholomä am Ende des Königsees, Maria Kirchental, St. Paul und St. Zeno in Bad Reichenhall, die Kirche von Großgmain, die Kirche von Feldkirchen, die Wallfahrtskirche von Maria Eck, in deren unmittelbarer Nähe der Seher Alois Irlmaier aufgewachsen war, die Kirchen von Maxglan in Salzburg und Seekirchen am Wallersee, die Pfarrkirche von St. Gilgen am Wolfgangsee im Salzkammergut, den Dom zu Salzburg und die am weitesten entfernte Untersbergkirche in St. Michael handeln.

Doch wusste auch der Pfarrer nicht, wo sich diese Eingänge befinden sollten.

Wolf hatte schon zu viele seltsame Dinge am und um den Untersberg erlebt und wollte daher diese Erzählungen nicht unbedingt als Sage abtun. Wo aber sollte er nach einem solchen Eingang suchen? In der Lazarus-Geschichte, einer der ältesten Überlieferungen vom Untersberg, gingen diese Wege zu den zwölf Kirchen von einem großen Gotteshaus im Inneren des Berges aus. Dort sollten sich der Sage nach zwölf eiserne Türen befinden, durch welche man dann in die betreffenden Kirchen gelangte. Diesen Eingang zu finden hielt Wolf aber schlichtweg für unmöglich. Sogar dieser Lazarus war ja nur durch die Hilfe eines Mönches in den Berg gelangt, wo er diese Eisentore dann sah und später auch beschrieben hatte.

Als er Claudia davon erzählte, meinte diese: „Vielleicht könnten wir ja den umgekehrten Weg gehen? Fahren wir doch zu einer dieser zwölf Untersbergkirchen und sehen uns dort im Inneren um. Es wäre doch möglich, dass wir auf diese Art dann zum Untersberg gelangen."

Wolf fiel noch ein, dass der alte Pfarrer einmal gesagt hatte, er solle die Silberplatte, welche er am Untersberg gefunden hatte, als Spiegel verwenden. Wenn er durch diesen Spiegel die Umgebung betrachte, könne er verborgene Eingänge entdecken. Er meinte zu Claudia:

„Ich werde die Silberplatte auf der Rückseite ein wenig aufpolieren. In der Firma habe ich eine große Filzscheibe, damit wird sie glänzen wie neu."

Sie nickte. „Ich würde vorschlagen, dass wir mit der alten Kirche in den Bergen beginnen. Dort sind untertags kaum Leute und du wolltest ohnehin dort das große alte Wandgemälde mit den ‚sieben Todsünden' fotografieren.

Wir nehmen deine starken LED-Lampen mit und haben damit genügend Licht, um im düsteren Kirchenschiff saubere, scharfe Bilder zu bekommen, und danach machen wir uns auf die Suche nach diesem ominösen Eingang."

„Ja, du hast Recht", antwortete Wolf, „mit fünfzehntausend Lumen Leuchtkraft müsste das sicher funktionieren, da kann nicht einmal das Blitzgerät mithalten. Aber eine Sorge habe ich dabei. Was ist, wenn wir diesen Eingang in der Kirche finden und tatsächlich von dort in den Untersberg gelangen? Wie kommen wir dann wieder zu unserem Auto zurück?"

„Darüber mach dir erst mal keine Gedanken", lachte die junge Frau, „dann fahren wir eben mit meinem Wagen und holen dein Auto hier ab."

„Morgen ist Freitag, da können wir gleich nach Mittag losfahren", freute sich Wolf und auch Claudia musste schmunzeln.

Es war wieder einmal Kaiserwetter, als sie über den Tauernpass in den Lungau fuhren. Auf den malerischen Bergspitzen war noch vereinzelt Schnee zu sehen. Es war wenig Verkehr auf der Bergstraße und rasch erreichten sie auf der anderen Seite des Gebirges den mittelalterlichen Ort Mauterndorf, wo man schon von Weitem die Burg über dem Dorf sehen konnte. Es waren nur noch wenige Kilometer, dann erreichten sie die Kirche. Direkt neben der alten Kirche parkte Wolf seinen Wagen. Am Eingangsportal des Gotteshauses waren römische Gedenksteine eingemauert, was davon zeugte, dass hier einst vor zweitausend Jahren ein wichtiger Ort auf der Alpenüberquerungs-Route gewesen sein musste.

Im Inneren der Kirche war es erwartungsgemäß ziemlich düster und Wolf ging zielstrebig zur gegenüberliegenden Wand, wo sich das Fresko der „Sieben Todsünden" befand. Es war so groß, dass man es auch mit dem Weitwinkelobjektiv und einem starken Blitzgerät nicht in seiner Gesamtheit fotografieren konnte. Deshalb kam Claudia mit den beiden starken Lampen, um das Bild gut auszuleuchten. Wolf nahm die Einstellungen an seiner Kamera vor.

„Leuchte mit der linken Lampe genau auf die Frau, welche vom Teufel entzweigesägt wird und mit der rechten auf den Satan, der einer Frau die Eingeweide aus ihrem Leib reißt", rief er ihr zu.

Claudia war dieses Bild schon bei ihrem ersten Besuch in dieser Kirche nicht ganz geheuer gewesen und sie sagte: „Bitte mach schnell, mich bedrückt allein der Anblick! Wie kann so ein abscheuliches Gemälde in einem Gotteshaus sein."

„Schau, das Bild ist kurz vor der Zeit dieses Bischofs, welcher die Bettelkinder im Lande verbrennen ließ, entstanden. In der Kirche von Mauterndorf hat mir Herbert sogar ein Altarbild gezeigt, auf dem einem gefesselten Mann bei lebendigem Leib die Haut abgezogen wird. Da könnte einem übel werden. Mit solchen Abbildungen wollte man den Menschen damals Angst und damit auch Respekt vor der Kirche einflößen. Menschen, die Angst haben, sind leichter zu beeinflussen. Dem Klerus ging es doch einzig und allein um die Macht und da war, wie man sieht, jedes Mittel recht. Da waren solche Bilder nur zu gut geeignet, zumal sie ja jeder Einzelne sehen musste, wenn er das Gotteshaus betrat."

„Ja, das haben wir schon mit Herbert und Elisabeth und auch mit Peter ausführlich diskutiert", sagte Claudia und Wolf machte seine Aufnahmen aus verschiedenen Perspektiven.

„Weil du gerade Herbert und Elisabeth erwähnst – da fällt mir ein, dass mir die beiden vor einiger Zeit ein Bild des ‚Isais-Blitzes' zugesandt haben. Herbert meinte, dass er es zufällig an der Decke dieser Kirche entdeckt hätte", erwiderte Wolf und blickte dabei nach oben, als suche er bereits nach diesem Zeichen.

„Da müssen wir systematisch vorgehen", riet Claudia und begann, die linke Seite der Decke abzusuchen. Wolf wechselte mittlerweile das Objektiv und ersetzte das Weitwinkel- mit einem Teleobjektiv.

Er wollte eine Art Templer- oder Malteserkreuz an der gewölbten Decke fotografieren und sah dabei durch das Teleobjektiv ein nur fünf Zentimeter großes Zeichen des Isais-Blitzes.

„Schau", rief er Claudia zu, „da ist es!" Die junge Frau war ebenso erstaunt wie Wolf, so etwas hier in dieser Kirche zu sehen. „Vielleicht ist das ein versteckter Hinweis auf eine Verbindung zum Untersberg?", fragte sie. „Mag sein", meinte Wolf, dann lass uns jetzt nachsehen, ob wir in dieser Kirche einen Eingang finden. Ich trage zuerst noch die Fotoausrüstung und die Lampen in den Wagen hinaus."

Claudia ging inzwischen in der alten Kirche herum und schaute sich die Kostbarkeiten an, welche es da zu bestaunen gab, als die junge Frau plötzlich instinktiv hinter einen Altar in einer Seitenkapelle verschwand.

Wolf, der in der Zwischenzeit auch wieder in die Kirche zurückgekommen war, konnte sie nirgends finden und rief nach ihr.

„Ich bin hier, hinter diesem Seitenaltar", hörte er Claudia, „komm auch her, das ist echt interessant! Ich habe so ein Gefühl, dass hier irgendetwas versteckt ist."

Mit wenigen Schritten war er ihr hinter den Altar gefolgt und sah die junge Frau vor einem Beichtstuhl stehen, der offensichtlich hier abgestellt worden war.

„Möchtest du beichten und deine Sünden loswerden, damit du einmal nicht in der Hölle von den Teufeln so traktiert wirst wie auf dem Bild?

Ich setz mich in den Beichtstuhl und du überleg dir schon einmal, was du in den letzten Jahren alles ausgefressen hast. Ob ich dir dann allerdings die Absolution erteilen kann, das weiß ich noch nicht."

„Erstens hab ich keine Sünden begangen und zweitens würde ich nie bei dir beichten gehen, denn als Pfarrer könnte ich mir dich ja gar nicht vorstellen."

Wolf schüttelte den Kopf. „Ob du gesündigt hast oder nicht, das weiß ich nicht, aber in Bezug auf den Pfarrer, da irrst du dich, liebe Claudia. Ich war noch keine siebzehn Jahre alt, da wollte ich Missionar werden, am liebsten am Amazonas."

Claudia lachte: „Aha, ich verstehe, weil dort die Frauen der Eingeborenen nackt oder oben ohne rumlaufen. Wahrscheinlich hast du den Begriff ‚Missionarsstellung' falsch verstanden."

Wolf schüttelte energisch den Kopf und sagte: „Wirklich, das ist kein Scherz von mir. Ein guter Bekannter, ein Vikar, wollte mich schon auf meinen Wunsch hin im Priesterseminar anmelden."

„Und warum bist du dann kein Missionar geworden?", fragte sie spöttisch.

„Weil mir so ein weibliches Wesen in die Quere gekommen ist und ich es mir daraufhin anders überlegt habe."

„Der Zölibat wäre halt nichts für dich gewesen, gib es zu!", ergänzte sie.

„Ja, heute sehe ich das auch so. Die Erzbischöfe bei uns, die haben Mätressen gehabt, und der Wolf Dietrich von

Raitenau, der einige Jahrzehnte vor dem Hexenverbrenner Max Gandolf im Amt war, hatte mit seiner Lebensgefährtin Salome Alt fünfzehn Kinder. Ja, Claudia, so ein Leben führten die damals. Sie predigten Wasser und tranken Wein und hatten so nebenbei sogar noch den Vornamen Wolf."

„Ist doch heute auch nicht viel anders", antwortete Claudia und schmunzelte dabei, „aber mit dem Beichten wird's trotzdem nichts. Schauen wir uns lieber diesen Beichtstuhl einmal genauer an."

Wolf stieg an der linken Seite des recht alten Kastens hinein, sie an der rechten. Sie konnten aber keine Auffälligkeiten entdecken, auch in der Mitte war nichts Besonderes zu sehen.

Ratlos standen die zwei vor dem alten, hölzernen Beichtstuhl und Claudia meinte: „Das war dann wohl nichts, ich werde mich eben getäuscht haben."

Die beiden wollten schon wieder hinausgehen, da sah Wolf, dass der Korpus des Beichtstuhles mit kleinen Holzkeilen an die Wand gedrückt war.

„Warte noch", sagte er zu Claudia, welche bereits aus der Seitenkapelle hinausgegangen war. „Ich drücke den Beichtstuhl nach hinten und du ziehst die Keile heraus, dann kann ich den ganzen Kasten vielleicht wegschieben."

Nachdem sie die Keile entfernt hatte, stemmte sich Wolf gegen den Beichtstuhl und schob ihn einen Meter zur Seite.

Claudia starrte wie gebannt auf eine uralte, schwarze Eisentür, welche mit einer ebenso alten Kette gesichert war. Die Tür war nicht hoch. Gerade so, dass ein Mensch gebückt hindurchgehen konnte.

„Also gibt es hier etwas, was verborgen werden musste", sagte Wolf und nahm prüfend die Kette in seine Hand.

„Ob die so ohne Weiteres zu öffnen sein wird?", fragte Claudia.

„Mit einer Bolzenschere wird das schon möglich sein. Aber die muss ich erst aus meiner Firma holen", antwortete er und schob den Kasten wieder an seine ursprüngliche Position.

„Leg du die Keile wieder darunter, ich hebe ihn etwas an und dann fahren wir zurück."

„Soll das heißen, dass wir schon bald wieder hierherkommen werden?", fragend schaute sie Wolf an.

„Natürlich", antwortete er, „ich glaube, wir sind hier auf eine heiße Spur gestoßen. Ich würde vorschlagen, dass wir zu Beginn der nächsten Woche mit dem Bolzenschneider und unseren Lampen nochmals nach zu dieser Kirche kommen."

Claudia und Wolf rätselten auf der einstündigen Heimfahrt über den Zweck dieser uralten Eisentür.

KAPITEL 32

DAS KLOSTER IM UNTERSBERG

Am folgenden Montag waren die beiden abermals zu der alten Kirche in den Bergen unterwegs. Der fast einen Meter lange Bolzenschneider lag im Kofferraum. Ebenso die LED-Lampen. Diesmal verging die Fahrt in den Lungau über den Tauernpass wie im Flug. Wolf witzelte, als Claudia die Zeit so kurz vorkam. „Das ist natürlich ein Zeitphänomen", sagte er lachend zu ihr.

Bei der Kirche angekommen, wollte er das große Werkzeug nicht so offen vom Wagen in die Kirche tragen und wickelte es in einen Anorak. Vorsichtig betraten sie das alte Gotteshaus. Es war so wie am Freitag menschenleer. Rasch gingen die beiden in die Seitenkapelle und erst hinter dem Altar packte Wolf den Bolzenschneider aus. Das alte Eisen der geschmiedeten Kette stammte aus einer Zeit, in der es noch keinen Stahl gab. Bei einer heutigen Kette hätte Wolf mit diesem Werkzeug wahrscheinlich keinen Erfolg gehabt, aber dieses weiche Eisen hier durchtrennte er mit einer Leichtigkeit, als wäre es Butter.

Vorsichtig zog er die beiden Teile der schweren Kette aus den Ringen an der Tür. Dann versuchte Wolf, die Eisentür zu öffnen. Aber sie rührte sich keinen Millimeter. Auch nicht, als die zarte Claudia mit ihrem Fliegengewicht half, an dem Tor zu zerren. Erst als er den langen Bolzenschneider als Hebel benützte, ließ sich die auf der Innenseite schon angerostete Türe etwas öffnen. Ein jahrhundertealter Modergeruch entströmte der Öffnung. Sie führte geradewegs in die dicke Mauer der Kirche. An der Wand konnten die beiden ein in den Stein gehauenes Templerkreuz mit einem kleinen Isais-Blitz sehen.

„Das Templerkreuz an der Kirchendecke mit dem Isais-Zeichen war doch auch direkt vor dem Eingang zur Seitenkapelle. Ob das etwas damit zu tun hat?", fragte Claudia, während Wolf versuchte, sich durch den engen Spalt bei der Eisentür hineinzuzwängen. „Komm, lass mich da hineingehen, ich bin doch um einiges zarter gebaut als du", sagte sie zu ihm. Wolf gab resignierend auf, reichte ihr eine der beiden starken LED-Lampen und ließ der jungen Frau den Vortritt.

„Aber pass auf ...", mehr konnte er nicht sagen, da war Claudia auch schon samt der hell leuchtenden Stablampe hinter der Eisentür verschwunden.

Ihm schwante Schlimmes. Jetzt bot er alle seine Kraft auf und es gelang ihm, die Tür um zehn Zentimeter weiter zu öffnen. Das reichte aber, dass auch er sich mit einiger Mühe durch diesen Spalt zwängen konnte. Doch kaum war Wolf in dem niedrigen Gang hinter der Eisentür, da wurde es plötzlich wieder hell und er stand neben Claudia in einer großen Kirche. Links und rechts neben ihnen sahen sie je sechs Eisentüren, ungefähr in derselben Größe wie in der alten Kirche. Es war aber nicht der Salzburger Dom, in dem sie sich befanden, wie er zuerst annahm. Nein, das musste eine ihnen unbekannte Kirche sein. „Ist das die Kirche, von welcher Lazarus damals berichtet hatte?", fragte die junge Frau. „Schon möglich", antwortete Wolf, „dann ist das also wahr mit den Untersbergkirchen. Die Eisentüren sind offenbar in Wirklichkeit Dimensionstore!"

„Ich wäre neugierig, in welcher Zeit wir uns hier befinden", sagte Claudia und blickte sich etwas um. „Wir müssten einfach jemanden fragen, dort drüben stehen doch einige Leute", Wolf deutete mit der Hand zu einem der vielen Seitenaltäre, vor welchem eine Gruppe Mönche stand.

„Schon wieder Kapuzenträger", lachte Claudia, „du hast mir ja erzählt, dass dir mit Linda auch des Öfteren Mönche begegnet sind."

„Ja, das stimmt, und nicht nur mit der Lehrerin", antwortete er, „die scheinen hier im Untersberg ihr Hauptquartier zu haben und geistern von da aus durch die Zeiten." Er ging auf die andere Seite des riesigen Kirchenschiffes, direkt auf die Gruppe der Mönche zu.

„Gott zum Gruß, Padres", begann Wolf, worauf sich die sieben Mönche zu ihm umdrehten und ihn erstaunt ansahen. Lag es an seiner modernen Kleidung oder war es seine für die Mönche ungewohnte Aussprache?

Umso verwunderter war er, als einer der Kapuzenmänner in einwandfreier deutscher Sprache antwortete:

„Wir haben Euch erwartet, ruft Eure Begleiterin und folgt mir."

Wolf tat, wie ihm geheißen, und winkte zu Claudia hinüber, dass sie herkommen möge.

„Ich glaube, die möchten uns etwas zeigen", sagte er zu ihr und die beiden folgten der kleinen Gruppe, die zu einem der Ausgänge schritt.

„Ist das derselbe Ort, an dem auch Lazarus damals vor Jahrhunderten gewesen ist?", fragte Wolf den vor ihm gehenden Mönch. Dieser bedeutete ihm mit einem Handzeichen, dass er still sein möge. Widerwillig gehorchte er und hoffte insgeheim, dass sie von den Padres Informationen über diesen Ort erhalten würden. Claudia folgte als Letzte mit etwas gemischten Gefühlen.

Dann erreichte die Gruppe das Kirchentor und blendend heller Sonnenschein war draußen auf der Wiese zu sehen. Wolf wusste plötzlich, dass er schon einmal hier gewesen war. Vor einigen Jahren, als er mit Linda durch die Hologramm-Höhle ging, da kamen sie auch auf einer Wiese am Waldrand durch ein Portal aus dem Berg heraus. Dann trafen sie doch auf den Priester, der mit einem Aktenkoffer auf das riesige Kloster am Hang zulief.

Ja, das musste diese Klosterkirche sein. Aber damals mit Linda kamen sie doch in der Zukunft aus dem Berg? Ja, vielleicht befand er sich mit Claudia jetzt auch in der Zukunft? Doch am Aussehen der sieben Mönche konnte man unmöglich feststellen, in welcher Zeit sie hier gelandet waren. Mönche sahen eigentlich zu allen Zeiten ziemlich ähnlich aus.

Unverhofft begann jetzt einer der Kuttenträger zu sprechen:

„Lazarus haben wir damals davon berichtet, dass einst ein großes Unheil über das Land kommen würde. Er hat es aufgeschrieben, aber niemand nahm es ernst. Seine mahnenden Worte sind nicht angekommen. Einzig der Erzbischof hat sie studiert. Aber auch dieser war nicht ein wahrer Mann Gottes. Aber das ist euch ja hinreichend bekannt. Vielleicht war es einfach noch zu früh, all diese Dinge den unbedarften Menschen dieser Zeit mitzuteilen.

Ihr beide aber seid imstande, unsere Prophezeiung weiterzugeben.

Die Umwälzung ist bereits im Gange. Es lässt sich auch nicht mehr aufhalten. Das Erwachen in den Menschen hat begonnen. Doch hier in diesem Berg ist eine gewaltige Kraft konzentriert, und wenn ihr das Augenmerk vieler Leute darauf lenken könnt, dann wird hier der Ausgangspunkt für eine harmonische Gegenkraft entstehen, welche mit Gottes Hilfe zum Segen aller wirken wird."

Wolf blickte Claudia an und flüsterte ihr leise ins Ohr: „Der meint, wir sollen das morphogenetische Feld des Untersberges stärken."

„Euch wurde bereits Hilfe aus der Zukunft zuteil, nützt diese und rettet damit viele Menschen", fuhr der Mönch fort.

„Er meint Becker, den Illuminaten!", flüsterte Claudia nun Wolf zu.

Der Mönch sprach weiter:

„Hier, wo ihr euch nun befindet, existiert keine Zeit. Die Zeit gibt es nur in eurer Vorstellung. Hier könnt ihr Vergangenes und Zukünftiges erblicken, eurem Denken entsprechend. Lebende und verstorbene Menschen werdet ihr hier sehen und auch zukünftig Geborene. Ganz nach euren Gedanken.

Deshalb ist auch eure Frage, in welcher Zeit ihr euch hier befindet, nicht zu beantworten.

Das alles konnten wir dem Lazarus mit seinem Weltbild und seinem Wissensstand nicht mitteilen. Er hätte es nicht verstehen können. Darum wurde ihm auch verboten, mit irgendwem zu sprechen.

Jetzt ist es aber hoch an der Zeit, die Menschheit aufzuwecken aus ihrem Dämmerschlaf, damit das neue Zeitalter anbrechen kann.

Tut das eure dazu und seid gewiss, dass ihr Gottes Segen dazu habt. Die Macht wird mit euch sein."

Wolf nickte bloß und war zu keiner Antwort fähig.

„Schaut euch um", sprach der Mönch, „hier könnt ihr alles sehen, die Vergangenheit und auch die Zukunft. Ihr denkt an die silbernen Flugscheiben, welche ihr mit der Lehrerin gesehen habt? Dann richtet euren Blick nach rechts." Tatsächlich stiegen dort hinter einem Waldstück zwei solcher lautlosen Fluggeräte auf und schwebten eine Zeit lang über den Bäumen, bevor sie verschwanden.

„Und nun denkt an Heinz, euren Freund, der hier am Untersberg einst das seltsame Erlebnis hatte."

Aber Heinz war doch schon vor zwei Jahren verstorben, dachte Wolf. Im nächsten Augenblick sah er aber den Uhrmachermeister auf dem Wiesenweg zur Kathedrale hinaufgehen. „Wie ist so etwas möglich", sagte Claudia leise und etwas verängstigt, „das grenzt an Zauberei!"

„Nein", antwortete der Mönch, der ihre Worte dennoch verstanden haben musste, „das ist nur die Begrenztheit der menschlichen Gedanken. Alles existiert gleichzeitig. Eine Zukunft, Gegenwart und Vergangenheit gibt es gar nicht."

Da kam eine hübsche, schlanke, braunhaarige junge Frau den Weg entlang und winkte der Gruppe zu. „Wer ist das?", fragte Claudia, die ebenso wie Wolf nicht wusste, was das sollte.

Der Mönch schaute Claudia an und meinte: „Das ist Ihre Tochter Jennifer im Alter von fünfundzwanzig Jahren, daran haben Sie doch soeben gedacht, aber ich fürchte, das wird jetzt etwas zu viel für Sie beide. Ich werde Sie deshalb wieder zur Eisentür, welche zur alten Kirche führt, begleiten." Nach diesen Worten ging er ihnen voran, bis sie wieder im Inneren der großen Klosterkirche angelangt waren. Dort öffnete er die Tür, welche in die Untersbergkirche in den Bergen führte und sprach: „Leben Sie wohl. Und vergessen Sie nicht, die Macht ist mit Ihnen und Gottes Segen haben Sie!" Sie gingen hinein und dann schloss sich die schwere Eisentür hinter ihnen. Für einen kurzen Augenblick standen Wolf und Claudia in vollkommener Finsternis und schon sahen sie den Spalt der Tür in der alten Kirche. Claudia schlüpfte als Erste hindurch und auch Wolf stand kurz danach neben ihr hinter dem Altar in der Seitenkapelle.

„Haben wir das mit dem Untersbergkloster und den Mönchen soeben geträumt? War das eine Auswirkung der modrigen Luft hinter der Tür? Oder hat uns nur einfach unser Verstand einen Streich gespielt?", fragte Wolf.

Claudia war zu keiner Antwort fähig. Sie rieb sich ihre Augen, so, als wäre sie gerade aus einem Traum erwacht.

„Aber eine recht hübsche Frau wird deine Tochter Jennifer in dreizehn Jahren sein", lachte Wolf und sah aber, dass Claudia sich noch immer nicht beruhigt hatte.

KAPITEL 33

▲

DIE AKTIVIERUNG

„Weißt du", sagte Wolf zu Claudia, „hier im Untersberg ist wirklich alles vertreten. Die Station des Generals mit ihren Dimensionstoren und den Verbindungen zu den Basen. Das stellt schon ein beachtliches Machtpotenzial dar. Dann die natürlichen Durchgänge in andere Zeiten und das großartige, riesige Kloster mit diesen Mönchen, bei denen es gar keine Zeit gibt, wo immer die auch herkommen mögen."

„Ja", antwortete die junge Frau, „und denk an die große Kuppelhalle im Berg, dort, wo sich die goldene Kugel befindet, welche von diesen neun Scheiben bewacht wird. Da kann ich mir schon vorstellen, dass dem Untersberg eine maßgebliche Rolle zukommen wird, wenn die Umwälzung im vollen Gange ist."

„Und der Illuminat Becker weist uns ja auch ständig darauf hin, dass wir mithelfen sollen, um diese Kraft zu aktivieren", ergänzte Wolf.

„Wir haben nun wieder einmal Sonnenwende und der alte Pfarrer hat ja auch gemeint, dass diese Konstellation am dreiundzwanzigsten Juni dieses Jahres extrem selten ist und ein Fingerzeig für uns beide sein könnte, die Aktivierung des Berges durchzuführen."

„Du meinst also, wir sollten nochmals in diese Kuppelhalle hineingehen?", fragte Claudia.

„Wenn du keine Angst hast, dann machen wir es. Den Weg dorthin kennen wir ja bereits, ich weiß allerdings nicht, was genau wir dort tun müssen", antwortete Wolf.

„Vielleicht werde ich Becker vorher noch einmal kontaktieren, er könnte uns sicher dazu einen Rat geben."
Das Datum rückte immer näher heran. Wolf hatte bereits eine SMS an Becker gesandt, aber diesmal kam keine Antwort. Aber auch wenn er nichts von dem Illuminaten hören sollte, würden sie trotzdem in den Berg gehen. Wolf war dazu fest entschlossen. Bis zum Abend des dreiundzwanzigsten Juni kam keine Reaktion von Becker. Wolf holte Claudia von zu Hause ab und sie fuhren mit gemischten Gefühlen zum alten Römersteinbruch. An der Ausweiche ließen sie den Wagen stehen. Auffällig war, dass in der kleinen, alten Kapelle diesmal sieben Kerzen brannten. Ansonsten waren es meist nur eine oder zwei. Claudia wechselte noch rasch ihre Schuhe und sie begannen den Aufstieg, dort, „wo alter Quell dem Berg entspringt". Zu ihrer Verwunderung stand oben an der Quelle ein Mönch, in ebensolcher Tracht, wie sie diese vor einiger Zeit in dem Kloster gesehen hatten. Der Kapuzenmann stand nur still da und sprach kein Wort zu ihnen. Weiter oben an der Felswand war ein zweiter Mönch zu sehen. Auch er stand nur stumm vor einem Spalt in der Wand, welchen sie im Vorjahr aber nicht gesehen hatten. Wolf musste sich also nicht auf die Steinplatte stellen, um einen verborgenen Mechanismus auszulösen. Sie konnten ohne Schwierigkeiten durch die Öffnung im Felsen gehen und gelangten auch recht schnell wieder in den Gang, wo dann in der Erweiterung die Truhe stand, aus der Wolf das Doppelhaupt mit dem langen Haarzopf herausgenommen hatte. Auch der Doppel-Ender Bergkristall von der Insel Unije steckte noch in der Öffnung, in die er ihn gedrückt hatte.

Es war dieses Mal viel heller in der Grotte, auch blies ihnen jetzt kein Wind entgegen. Stattdessen stand kurz vor dem Eingang in die kuppelförmige Halle ein dritter Mönch mit gefalteten Händen und nickte den beiden freundlich zu.

Sie betraten nun zum zweiten Mal diese Halle und es schien, als wäre diese nun viel leuchtender als vor einem

Jahr. Auch die silbernen Scheiben bewegten sich nicht, als sie zur Treppe in der Mitte der Kuppel schritten. „Was haben wohl die Mönche mit dieser Halle zu tun?", fragte Wolf leise, als er oben auf der Empore, auf welcher die goldene Kugel in Augenhöhe schwebte, abermals einen Mönch stehen sah.

In Claudias Gesicht war diesmal keine Spur von Ängstlichkeit zu sehen.

Zügigen Schrittes ging sie als Erste die Treppe zur Empore hinauf. Wolf folgte ihr. Oben angekommen, legten beide ihre Hände an die Kugel, worauf der große Kristall, welcher sich im Zenit der Kuppelhalle befand, immer stärker zu leuchten begann. Es war ein überirdisches Licht, welches von ihm ausging. Es strahlte Wärme aus und war aber dabei nicht heiß. Das hellgelbe Licht durchflutete nun die gesamte Kuppelhalle und die neun Scheiben, welche im Kreis um die Empore standen, leuchteten jetzt ebenfalls.

Alles war in eine harmonische Atmosphäre gehüllt. Auch dann, als Wolf und Claudia ihre Hände wieder von der vor ihnen schwebenden, goldenen Kugel nahmen, blieb das Leuchten weiterhin bestehen. Der Mönch auf der Empore lächelte den beiden zu und bedeutete ihnen, wieder hinunterzugehen. Auch beim Verlassen der Kuppelhalle kam dieses Mal keinerlei Hektik bei den beiden auf. Nein, ganz im Gegenteil, sie sahen sich alles ausgiebig an, um später den anderen Freunden vom Isais-Ring genau beschreiben zu können, was es hier zu sehen gab.

Sie gingen wieder zurück durch den Stollen und schauten sich dabei noch genau die Figura an. Doch je weiter sie aus dem Berg herauskamen, desto kälter wurde es. Auch das Licht war nicht mehr so warm, nein, es war ein hartes, weißblaues Licht. Es schien so, als wäre ein Schutzschild aus Licht um den Berg aufgebaut worden.

Sie gingen den Pfad von der Quelle hinunter zur Straße. Ihr Erstaunen war groß, als sie dort Becker bei der Kapelle stehen sahen. Der Illuminat lächelte und sagte:

„Ja, ihr habt die Aktivierung durchgeführt und dazu wart ihr beide notwendig. Das männliche und das weibliche Prinzip, so wie es auch in der Magna Figura dargestellt wird, war nötig, um die Macht zu entfesseln. Einer allein hätte nichts ausrichten können. Nun ist aber alles in Gang gesetzt worden, so wie es in den alten Prophezeiungen gesagt wurde."

„Das soll alles gewesen sein?", fragte Wolf erstaunt den Illuminaten. „Wir haben doch nur die goldene Kugel berührt und sonst nichts."

„Und den Eingang hat uns diesmal sogar ein Mönch gezeigt", sagte Claudia, „es war doch alles recht einfach."

Becker schaute sie an und meinte: „Es muss nicht unbedingt eine komplizierte Tat sein, um etwas zu bewirken. Manchmal sind es die einfachsten Dinge, die Großes auslösen." Und zu Wolf gewandt sagte er: „Denken Sie an die Rosenkreuzer-Rituale. Diese sind zuweilen auch sehr einfach und haben aber oft eine große Wirkung." Wolf nickte nur, dann ergänzte Becker:

„Es sind nun schon hunderttausende Menschen, welche das morphogenetische Feld um den Untersberg unterstützen und dieses wird von Tag zu Tag stärker. Sagt euren Freunden Bescheid, dass sie sich nun auf die Umwälzung vorbereiten sollen, denn es wird sehr schnell gehen. Ein paar Vorräte zur Überbrückung einer kurzen Zeitspanne würden ebenfalls nicht schaden.

Schaut euch die Welt-Nachrichten an und seht dabei genau hin. Ihr werdet dann rasch erkennen können, was geschehen wird", erwiderte Becker.

„Was wird denn nun auf uns zukommen?", fragte Wolf etwas unsicher, worauf Becker antwortete: „Euch beiden wird gar nichts geschehen, ihr steht unter dem Schutz der Allmacht. Jeder, der euch auch nur Böses will, egal wer, wird nicht mehr in der Lage sein, euch etwas anzutun. Ihr werdet es mit eigenen Augen sehen können." Becker machte dabei eine ernste Miene und ergänzte dann:

„Meine Aufgabe ist nun fast erfüllt, aber ich werde euch noch eine Zeit behilflich sein, denn ich denke – oder eigentlich weiß ich es –, dass ihr mich noch brauchen könnt."

„Woher kommen Sie eigentlich und wer sind Sie wirklich?", entfuhr es Wolf, der sich nun nicht mehr zurückhalten konnte.

Becker lächelte und gab zur Antwort: „Ich kann Ihnen beiden versprechen, dass Sie alles über meine Existenz in naher Zukunft erfahren werden. Noch ist es aber zu früh, denn die Umwälzung hat eben erst begonnen."

Wir wollen hier des letzten, auf österreichischem Boden verbrannten Mädchens, der 16-jährigen Maria Pauer, gedenken, deren Gnadengesuch vom Salzburger Fürsterzbischof Dietrichstein abgelehnt wurde.
    Sie wurde am 6.Oktober 1750 in Salzburg öffentlich hingerichtet.

Am 18. Juni 2009 gab der Salzburger Erzbischof Dr. Alois Kothgasser zum Hexenprozess gegen Maria Pauer eine Stellungnahme ab, in der er ihre Verurteilung als „Justizmord" und „entsetzliches Verbrechen" bezeichnete und „Gott und die Menschen um Vergebung für diese Gräueltat" bat.http://www.salzburg.com/wiki/index.php/Maria_Pauer-cite_note-0

Gleichzeitig mit diesem Buch ist auch der „Bildband Steine der Macht" erschienen, welcher im Hardcover-Großformat auf einhundertfünfzig Seiten über 350 Hochglanzbilder zu den fünf Bänden von „Steine der Macht" präsentiert.

Weitere Infos zu den Büchern auf: www.stan-wolf.at

Der Autor

Stan Wolf wurde 1950 in Passau geboren. Die ersten Lebensjahre verbrachte er auf einem Bauernhof in Deutschland. Seine Schulzeit und die Ausbildung zum Stahlbautechniker absolvierte er in Salzburg, am Fuße des Untersberges, wo er nunmehr seit über dreißig Jahren ein kleines Unternehmen betreibt. Stan Wolf ist verheiratet, hat zwei Töchter und mittlerweile auch eine Enkelin. Seine Hobbys sind die Fliegerei und versunkene Kulturen. Seine Vorliebe für die Wüste führte ihn schließlich nach Ägypten, wo er mehrmals im Jahr auf entlegenen Pfaden den Spuren der Pharaonen folgt.

Mit „Steine der Macht – Band 5" erscheint der 5. Teil der Buchreihe rund um Wolf und Linda im novum pro Verlag. Die ersten beiden Bände wurden bereits ins Englische übersetzt.

novum 🔔 VERLAG FÜR NEUAUTOREN

Der Verlag

„Semper Reformandum", der unaufhörliche Zwang sich zu erneuern begleitet die novum publishing gmbh seit Gründung im Jahr 1997. Der Name steht für etwas Einzigartiges, bisher noch nie da Gewesenes.
Im abwechslungsreichen Verlagsprogramm finden sich Bücher, die alle Mitarbeiter des Verlages sowie den Verleger persönlich begeistern, ein breites Spektrum der aktuellen Literaturszene abbilden und in den Ländern Deutschland, Österreich und der Schweiz publiziert werden.
Dabei konzentriert sich der mehrfach prämierte Verlag speziell auf die Gruppe der Erstautoren und gilt als Entdecker und Förderer literarischer Neulinge.

Neue Manuskripte sind jederzeit herzlich willkommen!

novum publishing gmbh
Rathausgasse 73 · A-7311 Neckenmarkt
Tel: +43 2610 431 11 · Fax: +43 2610 431 11 28
Internet: office@novumverlag.com · www.novumverlag.com

Stan Wolf

Steine der Macht
Die goldene Kugel im Untersberg

ISBN 978-3-99026-911-4
236 Seiten
Euro (A) 16,90
Euro (D) 16,40
SFr 24,50

Wolf und Linda entdecken am Obersalzberg ein unterirdisches Labor des dritten Reiches. Der General aus der Station im Untersberg ermöglicht ihnen einen Besuch auf einer Basis in einer fernen Vergangenheit. Mit Claudia kann Wolf auf einer Adriainsel einen Kristall des Ordo Bucintoro bergen, mit dessen Hilfe sie die goldene Kugel im Untersberg finden.

novum VERLAG FÜR NEUAUTOREN

Stan Wolf

Steine der Macht
Das Isais-Ritual am Untersberg

ISBN 978-3-99026-305-1
236 Seiten
Euro (A) 16,90
Euro (D) 16,40
SFr 30,60

Wolf entdeckt auf einem Flug über den Atlantik mit seiner Jugendfreundin Silvia die sagenumwobene Insel San Borondon. In einem Stollen am Fuß des Untersberges stoßen sie auf eine vierzig Jahre alte Flaschenpost mit einem unvollendeten Manuskript eines bekannten Schriftstellers, worauf die beiden durch ein Zeitportal gelangen …

Stan Wolf
Steine der Macht
Die Zeitkorridore im Untersberg

ISBN 978-3-99003-510-8
229 Seiten
Euro (A) 18,90
Euro (D) 18,40
SFr 33,80

Ein deutscher Stahlhelm, gefunden in einem uralten Keltengrab am Dürrnberg, gibt Rätsel auf.
Auf der Suche nach dem Zeitphänomen am Untersberg entdecken Wolf und seine Begleiterin Linda ein vergessenes Waffendepot der Amerikaner. Eine Marmortafel mit einer Inschrift aus 1798 ergibt einen Hinweis auf den Illuminatenorden …

Stan Wolf

Steine der Macht
Das Mysterium vom Untersberg

ISBN 978-3-85022-785-8
266 Seiten
Euro (A) 18,90
Euro (D) 18,40
SFr 33,80

Sind schwarze, orangengroße Steine aus Ägypten die Ursache für eine Verlangsamung der Zeit und für das Verschwinden von Menschen am Untersberg? Wolf begibt sich auf die Suche nach dem Phänomen und macht eine erstaunliche Entdeckung. Ein überaus spannender, auf Tatsachen beruhender Roman, der jeden in seinen Bann zieht.

Stan Wolf

Bildband
Steine der Macht

ISBN 978-3-99038-295-0
148 Seiten
Euro (A) 29,90
Euro (D) 29,10
SFr 40,90

Mit „Bildband Steine der Macht" erscheint das illustrierte Begleitbuch zu den fünf Bänden von „Steine der Macht". Der Bildband illustriert wesentliche Stätten der Geschehnisse der Romanreihe und ist eine wertvolle Ergänzung dazu. Die Bilder sind mit ganz kurzen Titeln versehen, der Leser wird sich rasch zurechtfinden und bildlich in die Geschehnisse von „Steine der Macht" eintauchen.